田渕句美子
Kumiko Tabuchi

百人一首

——編纂がひらく小宇宙

Eurus
Notus
Boreas
Zephyrus

岩波新書
2006

目次

序章　『百人一首』とは何か
——その始原へ

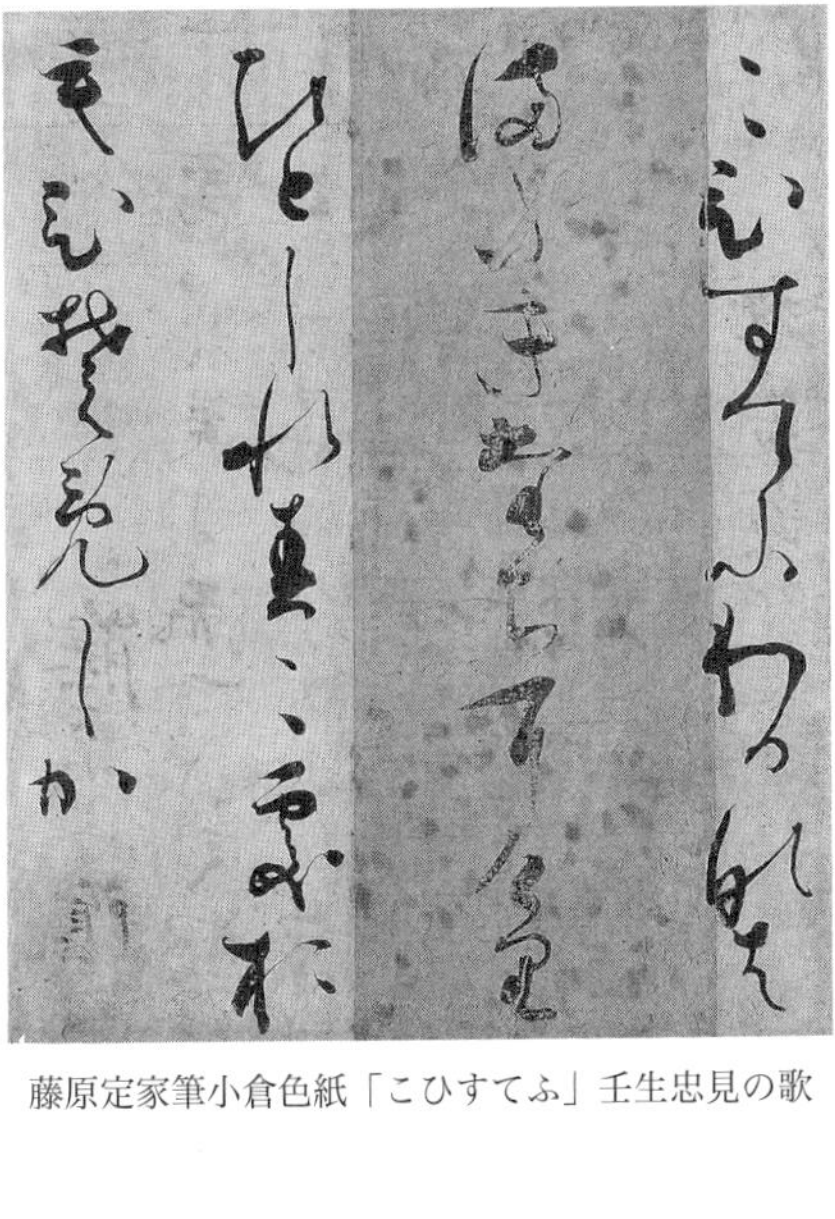

藤原定家筆小倉色紙「こひすてふ」壬生忠見の歌

『百人一首』は不思議な書物である。たしかに書物なのだが、到底それには収まりきらず、多種多様なメディアに変身している。とてもコンパクトな作品に過ぎないが、中世から現代に至るまで、そして世界中でもさまざま姿を変えて生きている。また、百でもあり一でもあり、すべてでもあり一片でもある。そして、藤原定家《ていか》が選んだアンソロジーと言われることが多いが、厳密にはそうではない。

『百人一首』は、古典中の古典と言われるアンソロジーである。和歌のアンソロジーは、天皇(上皇)の命を受けて撰者が編纂した公的な性格の勅撰和歌集《ちょくせんわかしゅう》(一一頁参照)、ある目的で誰かが私的に編纂した私撰和歌集、すぐれた歌を集めて作った秀歌撰《しゅうかせん》、歌題ごとに分類して作った類題集、既存の歌から撰んで番《つが》えて作った撰歌合《せんかあわせ》などがある。『百人一首』は秀歌撰の一つである。

本書では、『百人一首』がどのような背景のもとで編纂され成立したか、どのような文化的脈動とともに変貌していったか、なぜこれほど長い命脈を保ち、現在のような位置を獲得したのかなど、いくつもの疑問を解きほぐしながら、『百人一首』という作品について考えていく。その際には、当時の事実をもとにしてとらえなおすことを基本にして、その遡源から考えていきたい。すると『百人一首』成立にまつわる幻想の物語が見えてきて、そこにはさまざまな物語化があったことが明らかになってくる。

定家による編纂のありようは、定家が唯一残した日記である『明月記《めいげつき》』をもとに考えていかなければならない。作家の日記があればそうするのが通常であるが、定家の場合は和歌の世界を統《す》べる偉大な巨匠としてのイメージが先行するゆえか、日記に見える事実の細部からの照射が十分にはなされてこなかったように思う。本来はできる限り広く『明月記』の文言を追いながら考えるべきで、それは『明月記』の世界を満たしている定家の声に耳をすませることにほかならない。『百人一首』の成立に関する論は汗牛充棟であるが、残念ながら中には根拠のない仮説も少なくない。それは成立について直接述べる資料が少なく、憶測の広がりを生んでしまった面があるからだ。しかし実は『明月記』とその周辺にはいくつもの重要な手がかりが存在しており、それを丹念に読み、定家の意識を可視化し、当時の価値観やそこに流れている情報を押さえつつ、政治社会や権力関係の中に置き直して考えていくことができる。歌人といえども、定家は宮廷貴族であり公卿であるから、当時の権力構造と無縁ではあり得ない。

そのようにして読み進めていくと、いくつかの証拠を見出すことができて、『百人一首』は定家撰ではなく、定家以後の誰かが改編したものである可能性が極めて高いことがわかってきた[田渕句美子、二〇二〇・二〇二二]。定家撰ではないという説は江戸時代から一部にあり、現在も学説の中に存在するが、一般的には定家撰者説が浸透している。しかし一方では、『百人一首』の元である『百人秀歌《ひゃくにんしゅうか》』(一〇一首)は定家撰であり、そのうち九十七首は『百人一首』と共通しているから、その意味では『百人一首』は定家撰という言い方も間違いではない。だが実は、これは単に数の問題ではない。この二つは配列構成が大きく異なっており、厳密に言えば別の作品であるとも言える。

『百人秀歌』と『百人一首』の違いについては、『百人一首』巻末にある後鳥羽院《ごとばいん》の「人もをし人も恨めしあぢきなく世を思ふゆゑにもの思ふ身は」と順徳院《じゅんとくいん》の「ももしきや古き軒端のしのぶにもなほあまりある昔なりけり」の二首の歌以外は、従来はさほど注目されてこなかった。それは、これまで『百人秀歌』『百人一首』は共に定家撰とされることが多かったため、多少修正を加えて入れ替えを行ったというように考えられて、撰者(編者)の違いによる差異とは認識されていなかったのである。だが『百人一首』編者が定家ではない可能性が高いとすると、二つの作品の違いは大きな問題となって浮かび上がる。その違いの一つとして『百人一首』の中には、編纂・配列によるある種の物語化、劇化が行われた部分があるように思う。だからこそ『百人一首』は、悲劇の帝王・貴族たちの物語としても読まれてきたのだろう。そして『百人一首』は新たな装いのもと、原形たる『百人秀歌』を超える歴史的存在となっていく。

さて、一般に『百人一首』(『百人秀歌』)は、定家が一〇〇人の歌人の歌から優れた歌を厳選した秀歌撰と考えられており、現在では定家撰のアンソロジーの中で最も著名なものとなっている。しかし定家にとってはおそらく『定家八代抄』の方が重要であっただろう。これは一八〇〇首余の大部なアンソロジーであり、『古今集』から『新古今集』までの八勅撰集から、彼が秀歌であると考えた歌を抄出して編纂したものである。これ以外の定家撰の小さめのアンソロジーは、定家が『定家八代抄』から目的にあわせて歌を抜き出しているのであり、その内容は献呈・贈与する相手によって変動する。『百人秀歌』はその一つに過ぎないのだ。定家が『百人秀歌』でなぜその歌人のその歌を選んだのかということは、作品全体と切り離して考えるのではなく、アンソロジーの目的・献呈先を含めて相対的に考えなければならない。

『百人一首』の最も卓抜な点は、一〇〇人の歌人・和歌一首ずつというコンパクトな枠の中に、王朝から中世前期の古典和歌が凝縮されていることである。これは『百人秀歌』が創成したコンセプトであり、アンソロジーの編纂に長けた定家なしには生まれなかっただろう。簡単なことのようにも見えるが、実はこれはそれまでになかった発想である。平安中期に藤原公任《きんとう》が選んだ『三十六人撰』は著名なもので、多くのアンソロジーに影響を与えたが、有力歌人六人は十首ずつ、その他の三十人は三首ずつという構成であったので、分節しにくく、後に一人一首本も生まれた。後鳥羽院の『時代不同歌合《じだいふどううたあわせ》』は歌人一〇〇人の歌を三首ずつ選ぶが、これは百五十番の歌合の形なので、分解できない。そのため後には一人一首の絵巻なども作られ、番がないものもある。これらに対して、『百人秀歌』の秀逸な点は、集合体としても完成体であるが、いつでも一首ずつに分解できることである。そもそも『百人秀歌』をもとにして『百人一首』ができたのも、『百人秀歌』がいとも簡単に分解でき、容易に配列を変えられたからである。

『百人一首』の原形たる『百人秀歌』は、審美眼に長けた定家の和歌観のフィルターを通ってきており、古典和歌の精髄であるが、定家はさほど四角四面な態度で作ったわけでもないかもしれない。宮廷和歌世界を公的に代表する勅撰集には、歌道家(和歌の家)の当主が持つ厳しい規範的意識の反映がある。勅撰集以外でも、上皇などから依頼されたアンソロジーも同じであろう。しかし『百人秀歌』は、これについては後で詳述するが、最晩年の定家が、親しい知人で縁戚でもある蓮生《れんしょう》に贈った私的なアンソロジーであって、公的な意識に基づいて編んだものではない。そこには定家による斬新な作り、知的なたくらみが見て取れるが、一方で古典和歌の古代からの長い歴史をゆっくりと振り返って集約して見せるような、やや余裕ある編纂態度が感じられるように思う。このような蓮生への小さな贈与品であったアンソロジーが、やがて他の作品を圧倒してこれほど巨大な存在になるとは、聖典的な古典というものが生まれる時の不思議さを感じる。

なお、『百人一首』は『小倉百人一首』と呼ばれることが多い。しかし『小倉百人一首』は、江戸時代以降に生まれた『百人一首』のバリエーション（『武家百人一首』のような類）と区別するために生まれた名称であるから、本書では原則として用いない。実は『百人一首』という名称も十四世紀後半以降にしか見出し得ず、おそらく定家のあずかり知らぬ書名であるが、本書では一貫して『百人一首』と呼ぶことにする。

本書の中で引用する本文は、『百人秀歌』は『冷泉家《れいぜいけ》時雨亭叢書《しぐれていそうしょ》』第三十七巻『五代簡要　定家歌学』（朝日新聞社、一九九六年）所収の『百人秀歌』により、『百人一首』は原則として宮内庁書陵部蔵　堯孝《ぎょうこう》筆『百人一首』（書陵部所蔵資料目録・画像公開システム）によるが、出典の勅撰集などによって歌句を校訂した場合もある（巻末「『百人秀歌』『百人一首』所収和歌一覧」参照）。そのほかの歌集の引用は『新編国歌大観』（「日本文学Web図書館」所収、古典ライブラリー）によるが、一部校訂した部分がある。歌番号は（　）内に記す。『明月記』は『冷泉家時雨亭叢書』所収の『明月記』一―五（朝日新聞社、一九九三―二〇〇三年）の影印により、影印がない部分は同叢書別巻『翻刻明月記』一―三（朝日新聞社、二〇一二―二〇一八年）により、割書は〈　〉で記す。そのほかの作品は通行の本文による。以上の表記はすべて私意による。なお、和歌の横に必要に応じて現代語訳を付したが、歌句の注にするような内容も含めて訳した場合があるので、逐語訳ではないことをお断りしておく。

第一章　『百人一首』に至る道

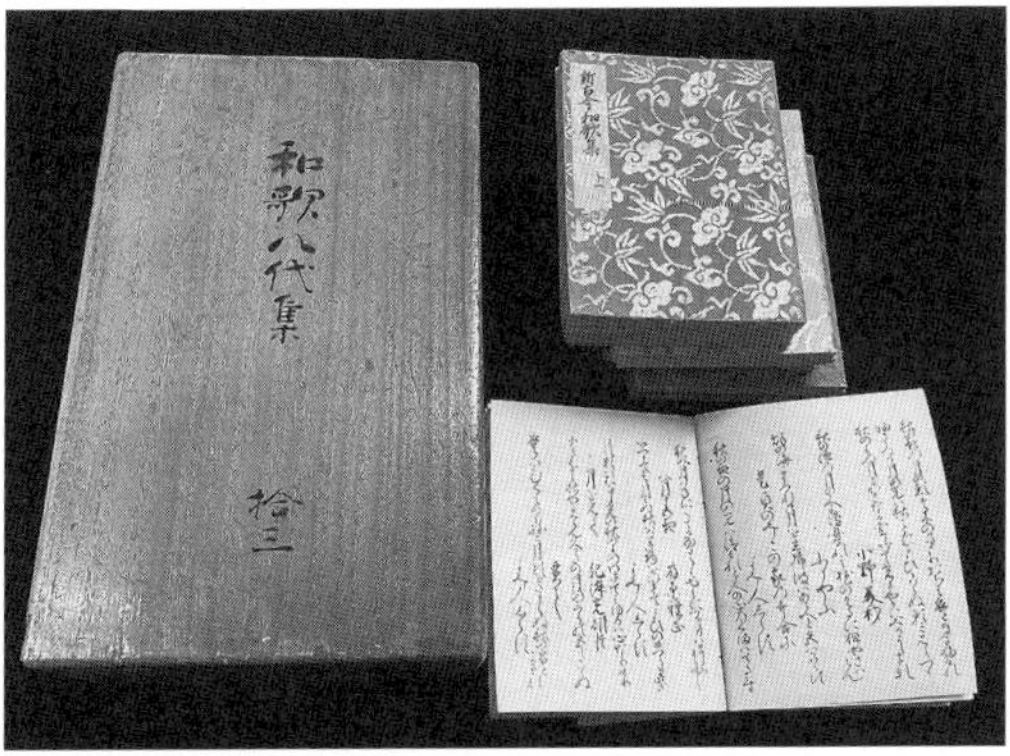

高貴な女性用と思われる小型の八代集写本とその箱
（江戸時代前期）

1　勅撰和歌集というアンソロジー——撰歌と編纂の魔術

『百人一首』はどこからきたか

『百人一首』は、古代から中世前期までの歌人一〇〇人の和歌から、歌人一人につきそれぞれ一首ずつを選んだものであるが、その歌は『古今和歌集』(略して『古今集』と言う。その他の和歌集についても同様)を始発とする過去の勅撰和歌集(略して勅撰集と言う)に入集している歌から選んだものである。勅撰集とは、天皇または上皇の命によって編纂され、天皇(上皇)に献上されるアンソロジーである。『百人一首』は勅撰集の存在なくしては生まれ得なかった。勅撰集は極めて公的なものであり、『百人一首』の各歌は勅撰集に入集した歌という権威をまとっているが、『百人一首』自体はアンソロジーとして公的なものではない。

勅撰集という作品・文学ジャンルの存在は、現在ではあまり話題にされることがないが、宮廷文化を公的に代表する文学であり、当時における勅撰集の文化的・社会的な重みというものは、たとえば『伊勢物語』『枕草子』『源氏物語』『平家物語』『徒然草』などとは別次元のものである。

『古今集』を始めとする勅撰集の撰者たち、作者たちは、ことばの力を信じ、人の心や思想・感情、世界との結節のありようは、すべて和歌によって表現できると考えた。和歌の中でも、天皇(上皇)の命によって編まれる勅撰集は、その集と和歌が歴史に永遠に刻印されるという確信のもとで、五〇〇年という長きにわたり、陸続と編纂され続けたのである。

まずは『百人一首』の生みの親である、この勅撰集の説明から始めよう。

勅撰和歌集とは何か

勅撰集は二十一の集があり、「二十一代集」と呼ばれる。最初は『古今集』の延喜五年(九〇五)、最後が『新続古今集』の永享十一年(一四三九)である。時代によってその位置づけや特質は異なるが、勅撰集の形態・構成は基本的に同じである。

勅撰集は二十巻が殆どで(一部の集は十巻)、これは単に巻に分けたということではなく、世界をこのように分節して、和歌によって再構成して見せるという意識であり、『古今集』が創成した画期的な構造である。原則として各巻は、春、夏、秋、冬、恋(以上の歌群は時の流れに沿って配列するという原則がある)、哀傷(死を悼む歌)、賀(祝の歌)、離別(地方下向の際などの別れの歌)、羇旅《きりょ》(地方下向の旅中の歌)、雑《ぞう》(述懐・嗟嘆の歌、無常を嘆く歌、機知的な歌などの種々の歌)、神祇《じんぎ》(神に関連する歌)、釈教《しゃっきょう》(仏教に関連する歌)などの部に分類して、和歌を配列する。これを部立《ぶだて》という。その歌が勅撰集のどの部の歌であるかは重要な意味を持ち、『百人一首』を考える時も注意しなくてはならない。それぞれの部立の中も、たとえば春は立春から始まり季節の流れとともに進行していく。恋は恋一〜恋五の五巻で組成されることが多いが、恋一はまだ見たこともも逢ったこともない女に恋し始める男の恋心から始まり、恋のプロセス・進行とともに恋が深まっていき、恋五の最後はもはや過去となった恋で終わる。

平安初期の漢文学全盛の時代には、『凌雲集《りょううんしゅう》』をはじめとする勅撰漢詩文集の三集が編纂されるが、それは九世紀初頭のわずかな間の成立であったことを思えば、結果的に『古今集』が創成したアンソロジーのかたちが五〇〇年以上にわたって堅持されていき、さらには和歌という五七五七七という詩的形態が、勅撰集終焉後もさらに五〇〇年以上保たれ、現在にまで至っていることは、奇跡のような文化現象である。その中の歌は、『百人一首』の歌をはじめ、今も当時の形を変えずに口ずさまれているのである。さらに明治期に和歌は近代短歌をも生み出す母胎となり、短歌は和歌とは別に今も成長を続けている。

勅撰集をまとめて言う時、「三代集」「八代集」「十三代集」「二十一代集」のように言う。「三代集」は『古今集』『後撰集』『拾遺集』の三集で、平安期前半の勅撰集である。「八代集」は『古今集』から『新古今集』までの八集で、平安期から鎌倉初期までの勅撰集である。「代」がつくことは、そもそも勅撰集が天皇の綸旨《りんじ》、または上皇(院)の院宣《いんぜん》によって編纂されたものであり、その治世の文化的象徴であることを物語っている。とはいえ、天皇一代ごとに必ず勅撰集が編纂されたわけではないし、一人の天皇(上皇)が間をおいて二つの勅撰集を撰進させた例も見られる。

勅撰集には、既に過去の勅撰集に採られた歌は採入しないという原則がある(時々間違いもある)。もしこの厳しい制約がなければ、勅撰集史は全く違ったものになったのではないか。同じ歌が何度も勅撰集に入ることが繰り返され、撰者にとっても読者にとっても、公的な和歌史にその歌が残るのは一回だけ、という緊張感が失われてしまっただろう。

またその勅撰集には、同時代の歌だけではなく、過去に詠まれた歌を入れることができる。『百人一首』の例で言えば、万葉時代の歌人である天智天皇の「秋の田の……」(一)は『後撰集』(第二勅撰集)にある歌、持統天皇の「春過ぎて……」(二)は『新古今集』(第八勅撰集)にある歌である。だからその和歌が詠まれた時代と、その和歌が採入された勅撰集の時代とは同じではない。勅撰集は、ずっと過去にまで遡って、いにしえから現在までの歌人たちの歌を取り混ぜ、何らかの意図に基づいて錦のように織り上げるのである。

さらには、勅撰集は単なる秀歌のアンソロジーではなく、文化的・社会的な機能を持つ。勅撰集はその時代の人々の価値観・意識を代表するもの、同時代や後代に向けて発信するものであり、宮廷和歌の世界や、当時の社会・政治の中で、種々のメッセージを放っていた。当代の勅撰集の撰者に誰が任命されるかは、もちろん大きな関心の的であった。また完成されて公にされた勅撰集に、どのような人物のどのような歌が、集のどの部分に、どのような配列の中に置かれ、どのような意味づけがなされているか、各歌人が何首入集し、数多く採入されている歌人は誰かなど、人々はできあがった勅撰集を見て、撰者が勅撰集に幾重にも張りめぐらした糸を読みほどいていくのである。この視点は『百人一首』を読む時にも関係する。

院政期以降は特に勅撰集が政治性・社会性を増す。その時に編纂された勅撰集に入集するかどうかが官人としてのアイデンティティにも繫がっていく。勅撰集撰進の命が下されて編纂が始まると、宮廷内外の人々の眼が撰者に注がれた。自分の歌を入れてもらうために撰者に贈り物・賄賂が贈られたという噂なども生まれる。藤原為家《ためいえ》は嫡男為氏《ためうじ》に、賄賂は怖ろしいことだと訓戒している（『為家卿続古今和歌集撰進覚書』）。また、ある勅撰集の完成後に、その内容を激しく批判する書が出ることもある。宮廷貴族はもちろんのこと、遠く鎌倉の武士たちなども、和歌を詠む人ならば、当代の勅撰集に自分の歌が入るかどうかに一喜一憂した。たとえば、藤原定家が『新勅撰集』を編纂した時、鎌倉にいた執権北条泰時は、『新勅撰集』に自らの歌が三首入ったことを聞いて喜び、感謝する書状をすぐに定家に書き送っている（『明月記』文暦二年〈一二三五〉正月一日条）。

勅撰集に、たとえ一首でも入るのは大変なことだった。それは同時代的に名誉であるばかりでなく、勅撰集のように永続的に尊重される集に自分の和歌が残る、つまりは歴史に自身の名が残ることを意味していたからである。

勅撰和歌集の配列の意図

勅撰集の配列構造は精密なものである。単に秀歌を並べているのではない。『古今集』以来のすべての勅撰集において、種々の要素を繋いで和歌の流れを作り、緻密に計算して配列されているのだ。集のあらゆる部分の配列に、何らかの意図が流れている。そのうち最も中心となる配列原理は時の流れ、時のうつろいである。この方法は『古今集』が編み出したものであり、『万葉集』には殆ど見られない。

もともとは歌それぞれに固有の詠歌事情があり、別々の時や場で別々の歌人によって詠まれたものなのだが、勅撰集では、和歌の配列――つまり編集――によって、和歌に流れる幾筋もの動脈、つまり時間の進行、空間の移動、心や主体の動き、音・声や香りの感覚、歌ことばのイメージ、歌の骨格や趣向、背後にある古典作品、その歌人の軌跡などのいくつかを、ことばを接着剤にして、網の目のように連環的につないで、コラージュ的手法で読者の知識や和歌的想像力に訴えかけ、ある流れや物語、世界などを次々に描き出していく。そこでは、元の歌の意味が変質したり、別の文脈に転ずることさえもしばしばおこる。

『新古今集』の冒頭（巻一・春上の巻頭）をあげてみよう（図1）。すべての勅撰集の巻頭は、四季の最初の日である立春から始まる。

春立つ心をよみ侍りける　　摂政太政大臣

み吉野は山も霞みて白雪のふりにし里に春はきにけり　（一）

春のはじめの歌　　太上天皇

ほのぼのと春こそ空にきにけらし天の香具山霞たなびく　（二）

百首歌たてまつりし時、春の歌　　式子内親王

山深み春ともしらぬ松の戸にたえだえかかる雪の玉水　（三）

五十首歌たてまつりし時　　宮内卿

かきくらし猶ふるさとの雪のうちにあとこそ見えね春はきにけり　（四）

入道前関白太政大臣、右大臣に侍りける時、百首歌よませ侍りけるに、

立春の心を　　皇太后宮大夫俊成

今日といへばもろこしまでも行く春を都にのみとおもひけるかな　（五）

題しらず　　俊恵法師

春といへば霞みにけりな昨日まで浪まに見えし淡路島山　（六）

西行法師

いはまとぢし氷も今朝はとけそめて苔の下水みちもとむらむ　（七）

この歌群は、空間的な移動に種々の要素が綯い交ぜになって進行していく。この歌群は立春のその日の感動を歌う。春というものが、都から遠い「吉野」「天の香具山」「山」「ふるさと」、そして「都」に至りつき、唐土をも幻想させながら、海へ、「淡路島」へと流れていく。また雪と霞が混じり合いつつ春が到来して、感覚が行きつ戻りつしながら春が深まっていく、グラデーションのような流れがある。さらに「今日」「昨日」「今朝」という時の連鎖があり、ほかにも「ほのぼの」「たえだえ」などの詞が交響し合い、その中で「春」という語、太い糸がすべてをさし貫いている。

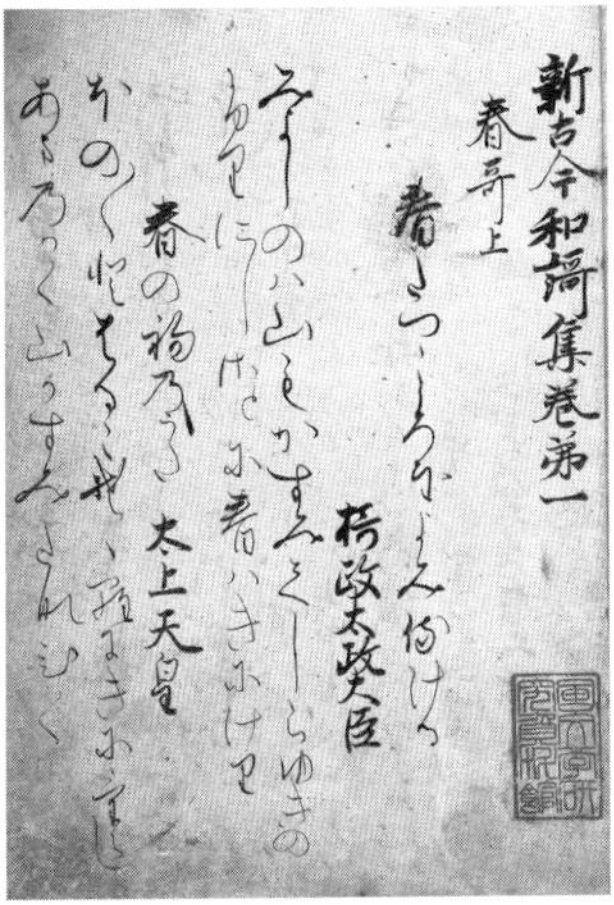

図1 『新古今集』巻一・巻頭

また、歌人の配列にも深い意図があるように思う。俊成までの五人は、新古今時代に活躍した代表的な歌人たちであるが、実は、太上天皇(後鳥羽院)を除いた四人は、『新古今集』の成立を前にして、『新古今集』を見ずしてこの世を去った人々、しかも後鳥羽院がこよなく愛した歌人たちである。これは後鳥羽院が、彼らへの鎮魂と哀悼をこめて構成した歌群ではないだろうか。しかも後鳥羽院は後年隠岐で自ら『新古今集』を改撰した『隠岐本新古今集』で、二首目の自身の歌をこの歌群から消し去って彼らの姿のみとし、その意図をより純粋に見せるようにした。

このように、勅撰集は何かの意図の気泡をあちこちにしのばせている。高度な編纂技術だが、こうした配列構成は『新古今集』に限るものではなく、『古今集』以降のすべての勅撰集、及び一部の私撰集にもみられる。またたとえば鎌倉中期の物語歌集『風葉和歌集』の配列構成でも活用されており、この集は大宮院の女房集団による編纂と思われるが、勅撰集から学んだ手法によって巧緻に組み立てられている。

映画の編集のように

『映画もまた編集である　ウォルター・マーチとの対話』(マイケル・オンダーチェ著、吉田俊太郎訳、みすず書房、二〇一一年)という本がある。マーチは、『ゴッドファーザー』三部作をはじめ、『ジュリア』『地獄の黙示録』『存在の耐えられない軽さ』『イングリッシュ・ペイシェント』などで、画期的な映像・音響の編集を行った映画編集者である。

マーチはこの中で、彼の編集の方法について詳細にオンダーチェに語っている。もちろん映画には脚本があり、俳優たちはそれによって演技をするが、連続性という「背骨」がある舞台とは異なって、映画の撮影は断片的であり可変的である。そして編集のやり方によって、映画はまるで異なったものになってしまう。編集の魔術と言えよう。映画の編集について、マーチはこのように語っている。

「編集者の仕事は、自分にあたえられた素材すべてを可能な限り有効に利用して、全力をあげて、映画の展開をナチュラルに、しかもエキサイティングに見えるようにすることにつきる。オーケストラの編曲と本当によく似ているんだ。……編集者は包括的なマクロの側面と微視的なミクロの側面の双方を踏まえながら作業を進めなければならない。つまり、それぞれのショットを時間にして何秒間見せるのかを判断することから、シーンを再構築して並べ替えること、さらにはサブプロット(わき筋)を大胆にカットすることも見据えながら作業することになる。」

「あらゆる要素を駆使しながら私が目指そうとしているのは、サウンドと映像と演技と衣装と美術と撮影とその他もろもろの側面を複雑なレベルで調和させ相互作用させることなんだ。作品として機能している映画は必ずそうなっているものだよ。」

これはまるで勅撰集の編纂方法そのものではないか。勿論こうした方法は多くの芸術や音楽とも共通すると思われるが、マーチの言葉は、勅撰集撰者の編纂行為の内側を見せてくれているようにも思える。映画監督によって既に撮影されたフィルムや、音楽などの断片が、勅撰集では歌人によって既に詠まれた和歌の一首一首ということになる。また映画編集では、役者がうまく演技できなかったショットを、別の文脈に置いてみて効果をあげることがある、とマーチは言うが、それは勅撰集や百首歌に、秀歌だけではなく「地歌《じうた》」(趣向をこらさず普通に詠んだ歌)をあえて入れることと似ているかもしれない。また無関係の映像同士を並べて衝突させ、化学反応を起こさせる、とマーチは語っているが、それは勅撰集にも常にあり、撰歌合《せんかあわせ》などのアンソロジーでも使われている編集方法である。

勅撰集等の配列も、もとは作者も時代も異なっている独立した和歌を、単に横に並べるという単純な方法によっているのだが、配列によって、視点が遠くから次第に近づいてきたり、光や色がゆるやかに変化していったり、急に何かの音が響き渡ってしばらく続いたり、読者がある時空・時代に呼び寄せられたり、歌人同士がそこで対話しているような空間が生じたり、もとの意味合いが変わって転調したりする。偶然のようにも見えるし、自然な流れにも見えるのだが、おそらく多くが意図的である。色々な点で、マーチが語る映画の編集と近いように感じる。けれども勅撰集が映画と大きく異なるのは、これを映像も音楽も俳優達の演技も美術もなしで、文字だけでやってのけていることだ。それは和歌が、そして文学が喚起する感覚の果てしなさをあらわしている。

『百人一首』はコンパクトなものではあるが、そこに垣間見える配列・構成の手法は、『百人一首』固有のものではなく、勅撰集をはじめとする和歌のアンソロジーにおいて使われる手法を踏襲したものである。

2　八代集という基盤――「私」から複数の人格へ

『古今集』から『後撰集』へ

八代集は『古今集』から『新古今集』までの八つの勅撰集をさし、二十一代集の中でも古典和歌の精髄として古来尊重されている。八代集の各勅撰集はおよそ半世紀に一度編纂されているが、それを辿っていけば、平安期から鎌倉初期までの和歌の変遷を見ることができる。『百人一首』はさらに遡って古代・万葉時代の歌も加えているので、約六〇〇年の和歌の歴史を辿るものとなっている。以下、『百人一首』の歌を取り上げながら、八代集を簡単に辿っていこう。

九世紀の仮名文字の誕生は、日本語を発語のままに書記できるという驚きと衝撃をもたらした。平仮名は「女手《おんなで》」と称されるが、実際は男女ともに共通して使える書記文字であり、大きなうねりとなって広がっていき、和歌の発達を刺激した。

醍醐朝の文化事業の中で作られた最初の勅撰集『古今集』（二十巻、延喜五年〈九〇五〉）は、仮名文学の源流として、いわば聖典となり、日本文化の美意識の根幹を形成し、千年にわたって文化全般に生き続けている。これは『古今集』の撰者紀貫之らの予想を越えたことだったのではないか。『古今集』の歌表現はその後の和歌表現史の基盤を形成するものとなり、人の心を自然の森羅万象に繋ぎながら歌う典雅な調べが溢れている。

花の色はうつりにけりないたづらに我が身世にふるながめせし間に　小野小町（『百人一首』九）

（花の美しさははかなく色あせてうつろってしまったことだ。むなしくこの身が世にあって物思いに沈み、春の長雨が降り続いていた間に。）

『古今集』春下の歌であり、しかも散る花の歌群の中にあるので、あくまでも春の歌として読むべきだという解釈も成り立つ。一方で、勅撰集の四季の歌でも、恋的な情趣や、述懐の嘆きが込められることは多い。しかしこの歌を、女が自分の美貌の衰えを嘆くという狭隘な視座に封じ込めるべきではないと思う。自然の時間の推移とともに過ぎゆく人生の時間、花の移ろいと同じようにはかない人間の存在、それを実感している悲しみと吐息が、この歌の魅力であろう。奥深く、哀愁に満ちており、『百人一首』を代表する歌の一つである。

『古今集』の後、宮廷で摂関政治が確立していく中で、和歌は宮廷生活に不可欠なものとなっていき、宮廷後宮サロンなどで洗練されていった。第二勅撰集である『後撰集』（二十巻、天暦五年〈九五一〉）は、文雅を好む村上天皇の命で編纂されたものである。宮廷貴族たちの日常詠を中心にし、宮廷人の人間模様に重点をおいているため、専門歌人の歌は少ない。結果的に八代集の中で『後撰集』は異色な集となった。恋の贈答歌が非常に多く、さらに詞書が長大なものが多いので、宮廷の上流貴族や女房たちの恋が、物語絵巻のように描かれている。一四四頁で取り上げる元良《もとよし》親王の歌(二〇)はその代表的な例である。

『拾遺集』と『後拾遺集』の間の断層

約半世紀後、藤原公任《きんとう》撰『拾遺抄』(十巻、長徳二年〈九九六〉頃)と、それを増補改訂した『拾遺集』(二十巻、寛弘二年〈一〇〇五〉頃)が編纂され、後者は花山院《かざんいん》親撰だが(親撰とは天皇・院が自ら編纂すること)、藤原道長が後援した、というのが近年の有力な説である[近藤みゆき、二〇一五]。現在では『拾遺集』を第三勅撰集として扱う。コンセプトとして『後撰集』よりも『古今集』を受け継いでおり、古今歌風の完成とも言われる。ここまでの三集を三代集と言い、王朝和歌の基本テキストとして尊重された。ここでは王朝の歌人・文化人として卓越した地位にあった藤原公任の歌をあげよう(『拾遺集』雑上・四四九と『千載集《せんざいしゅう》』雑上・一〇三五に重出)。公任は関白太政大臣頼忠の子という名門貴族だが、道長・頼通の摂関政治全盛時代にあって、父の地位には到底及ばず、文学・文化に大きな足跡を残した。漢詩・和歌・管絃のどれにも秀でた「三舟《さんしゅう》の才」で知られる。

大納言公任

滝の音は絶えて久しくなりぬれど名こそ流れてなほきこえけれ　（『百人一首』五五）

（ここ嵯峨離宮〈大覚寺〉にあった滝は、水音が絶えてから長い歳月がたったが、見事な滝であったという名声は世に流布し、今もやはりそう聞こえてくるよ。）

縁語を連ねると共に、一首の前半では夕音をたたみかけ、後半ではナ音をたたみかけて、水音を思わせるようなリズミカルな調べを作り出している。余情や優艶さはないが、この歌は道長ら一行の遊覧で史跡を褒め称えたもので、集団性・共有性が強い。王朝盛時の宮廷和歌では、このような整った声調の典雅な歌が好まれた面もある。しかしこの歌は、俊成も定家も、自分が編んだ秀歌撰に採っておらず、定家は『定家八代抄』にも入れていない。そもそも定家は、『定家八代抄』に公任の歌を三首しか入れておらず、そのことにも驚かされる。それでもやはり『百人秀歌』で公任を無視することはできず、『千載集』からこの歌を入れたのだろう。『百人秀歌』は定家自身の好尚のみを強く打ち出すというよりも、初学の歌人も対象としているようなアンソロジーであったことを示しているように思う。

第四勅撰集である『後拾遺集』（二十巻、白河天皇下命、応徳三年〈一〇八六〉）までは、八十年という長い空白がある（図2）。その期間は藤原道長・頼通の権勢のもと、宮廷文化が平安期で最も隆盛した時期であり、その実りは『後拾遺集』に吸収されている。一条朝前後に活躍した、和泉式部（『後拾遺集』で最も多くの歌が採られている）をはじめとする女房歌人たちが綺羅星のように並び、その輝きはそのまま『百人一首』の歌群に凝縮されている（一二八頁）。

　一方で、『後拾遺集』では受領《ずりょう》層の歌人たち（和歌六人党など）や僧侶歌人たちが、その存在性を高め、新しい傾向の歌風を形成した。

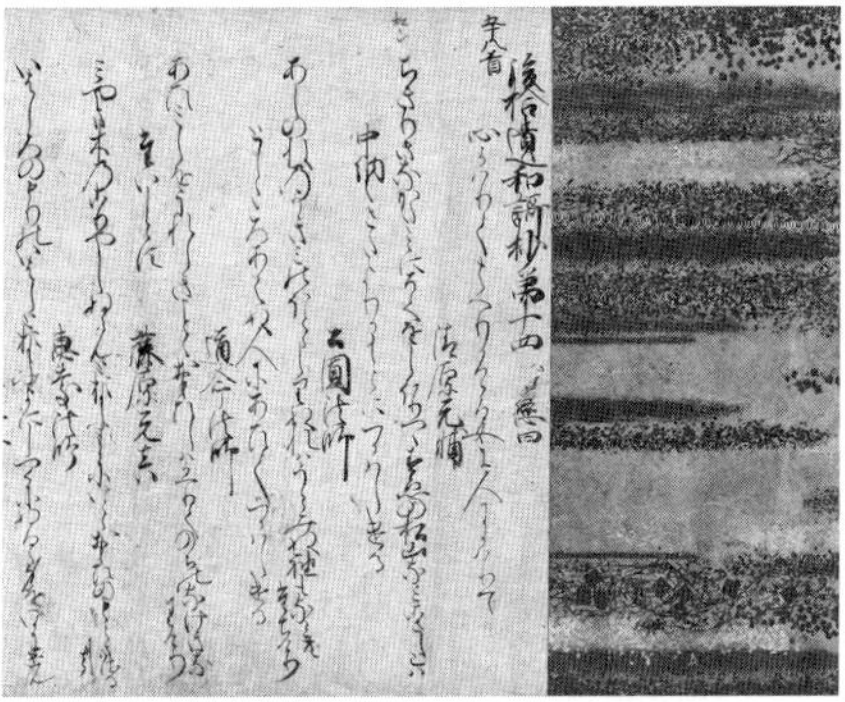
図2　『後拾遺集』巻十四・巻頭（伝藤原為家筆）

和歌がもはや宮廷上流貴族と彼らに庇護された専門歌人に占有されるものではなく、歌人層が拡大したことを示している。三代集の世界とは大きく変わりつつあり、『後拾遺集』は平安和歌史の曲がり角にある。『後拾遺集』を編纂させた白河天皇は、その成立直後に譲位し、時代は院政期（平安時代の終わりの約一〇〇年間）へと入っていく。

題詠歌・百首歌による大転換

　院政期に、和歌は『堀河百首』（長治二年〈一一〇五〉）を大きな転換点として、題詠が和歌の主流となっていく。題詠とは、与えられたある歌題に基づいて和歌を詠む詠法であり、これ以前も絵を伴う屏風歌や、歌合、季節の和歌会などでは行われてきた。しかし『堀河百首』では一人の歌人が、春・夏・秋・冬・恋・雑の、百の歌題の一セット（組題《くみだい》という）の百首を詠むという画期的な方法を採っており、百題は春の「立春」「子日《ねのひ》」から始まる勅撰集の体系に準じた構成で並べられている。

これは宮廷和歌のあり方を根本的に転換させた。題詠においては、詠歌主体（詠作主体・作中主体）と作者とは別の人間であり、性別・状況・立場などすべて、同一とは言えない。歌の作者は、いわばその詠歌主体の人物になりかわって、自分を演出するようにして歌を詠む。つまり読む側としては、作者自身が前面に出てくることが多い雑の歌はやや別だが、原則として作者の実像とは切り離して享受すべきものであり、そのまま作者と直結させてはならない。

なぜなら、題詠歌は本意（その歌題で詠むべきテーマ）に強く規制されるからだ。「初恋」（はじめのこい）という題なら、ある女性の噂を聞いて恋心を持ち始めた男性の心情を詠むことが本意であり、自分は恋をしていなくても、女性であっても、この本意に基づいて詠まなくてはならない。もちろん、四季の歌でも恋歌でも、作者自身が以前に見た風景や恋の体験が影を落とすかもしれないし、意図的に自己の一片を入れることもあり、作者と詠歌主体が無関係とは言えない。しかしそれは、抽象化されたり置き換えられたり、韜晦《とうかい》されたりして、思念のフィルターを通り、本意の枠組に規制されながら、観念的に表現されるのである。

題詠の詠歌主体の複数性や自在さに類するような営みは、芸術でも音楽でも文芸でも、至るところにあるだろう。たとえば、複数の名・複数の人格をもつ作品群を残したことで知られているポルトガルの詩人、フェルナンド・ペソアの言葉を掲げてみよう。

「詩人としては、私は感じる。劇詩人としては、私は自分自身から離れているのを感じる。劇作家(詩人は抜きで)としては、自分が感じることを、まったく無縁な表現のうちへと自動的に変換する。そして、存在しない人物を感情のうちへと再構成する。この人物こそが真にこの感情を感じるのだ。私から生まれながらも、私自身――それはただの私だ――が忘れてしまったさまざまな感情を。」

(「断章」『[新編]不穏の書、断章』澤田直訳、平凡社ライブラリー、二〇一三年)

院政期以降の歌は、王朝時代の貴族のコミュニケーション手段としての和歌から離陸して、虚構という翼をもって美的観念的世界へ飛翔する、独立した創作詩へと変貌した。百首歌や歌集などの中に、ある一人の歌人の複数の人格・精神の歌があることは、当然のこととなったのである。『百人一首』の中にも、こうした題詠歌が多く含まれている。

『金葉集』『詞花集』の苦闘から『千載集』の中世和歌へ

院政期和歌の新風は、第五勅撰集『金葉集《きんようしゅう》』(白河院下命、大治二年〈一一二七〉頃)と、第六勅撰集『詞花集《しかしゅう》』(崇徳院下命、仁平元年〈一一五一〉)に結実していき、清新な面を見せているが、いずれも十巻という小さめの集である。『金葉集』撰者源俊頼《としより》は天才的な歌人で、王朝和歌から脱却した自由で斬新な和歌の表現をめざしたが、俊頼が選んで献上した集を白河院は二度にわたって却下、さらに俊頼は改訂を行い、三度目にやっと認められた(しかし皮肉にも、この三度目の本は流布せず、二度目の本が流布した)。続いて、藤原顕輔《あきすけ》が撰進した『詞花集』は、献上した集から崇徳院の命で除棄された歌があったり、また当代歌人があまりに少ないことなど、成立当初から不満と批判が多くあった。これらのできごとは、大きな転換期に直面していた院政期和歌の混沌と模索を示している。

やがて藤原俊成《しゅんぜい》は俊頼の影響を受けつつも、その斬新な詠法とは少し離れて、王朝和歌を遠景におく古典主義を基本的態度とし、和歌の意味内容からこぼれ出る奥深い余情や、静かで叙情的なしらべを重んずる歌風を形成していく。後白河院の命によって、源平動乱の直後、第七勅撰集『千載集』を撰進した。中世の始まりを告げる勅撰集である。その『千載集』恋三・八〇二にある歌をあげる。

待賢門院堀河

長からん心も知らず黒髪の乱れて今朝はものをこそ思へ

(『百人一首』八〇)

(貴方の愛情が末長く続くかどうかわからなくて、不安でたまりません。貴方がお帰りになった今朝は、私の長い黒髪が乱れゆらめいていますが、それと同じように私の心も千々に乱れて、物思いに沈んでいます。）

女性による後朝《きぬぎぬ》の歌である。紡がれた言葉が描き出す光景は、逢瀬がもたらした黒髪の乱れと、女の心の乱れがからまって、官能的な美しさに満ちている。これは『久安百首《きゅうあん》』に詠進された題詠歌である。だから詠歌主体（作中主体）は作者自身とは限らず、ペソアのようにその一つの人格、あるいはその一片、あるいは想像上の何かに過ぎないかもしれず、基本的に虚構と想像の世界のものである。

この妖艶な題詠歌を詠んだ待賢門院堀河《たいけんもんいんほりかわ》は、女房として長く仕え、歌壇でも活躍した人である。しかし私家集（歌人の個人の歌集）である『待賢門院堀河集』の次のような歌を詠むと、印象が一変しないだろうか。

具したる人の亡くなりたるを歎くに、幼き人のものがたりするに
いふかたもなくこそ物は悲しけれこは何事を語るなるらん　（『待賢門院堀河集』一二〇）
（夫が亡くなって嘆いていたところ、幼い子がお話ししているのを見て／言いようもなく悲しい。この子は、これは何を話しているのだろうか。）

遺児が父の死もわからず、可愛らしい声を出している。まだ言葉になっていない幼子の声やおしゃべりである。その声を聞いて、我が子へのいとおしさと亡夫への思いが綯い交ぜとなって、深い悲しみに胸が衝かれる。堀河の伝記は殆ど残っていないが、この歌一首によって、堀河に

夫と子がいたことが判明するのだ。これは現実の生活の日常でありのままに詠んだ歌であり、詠み方として『百人一首』八〇の題詠歌「長からん……」とは対照的である。

題詠の時代になると、このような作者の実人生を語る私的な詠歌は、哀傷歌（人の死を悼む歌）にはあるものの、勅撰集では急に減り、私家集も多くは載せなくなっていく。けれども、このような日常生活での私的な歌は、一見すると急激に減ったように見えても、宮廷や人々のくらしの中では変わらずに詠まれていた。それは日記、説話、物語などを読むとよくわかる。そのような日常の贈答歌や機知的な歌を作るためのテキストは、いつの時代でも必要とされたであろう。王朝以来の贈答歌や即詠も多く収める『百人秀歌』『百人一首』は、そうした詠歌テキストとしての役割も持っていたと考えられる。

怒濤の『新古今集』の時代の始まり

俊成の子定家や、摂関家の九条良経《よしつね》らの歌人集団は、俊成の方法を継承し、さらに物語幻想や絵画的イメージの表象、象徴美の醸成などに、本歌取りの方法を強化し、革新的で複雑な和歌表現をさまざまに実践した。良経家歌壇で『六百番歌合』などを行いながらこうした新風和歌の試みを重ね、やがて次にあらわれる宮廷歌壇の主を待っていた。

正治二年（一二〇〇）、和歌を少しずつ詠み始めていた若き帝王後鳥羽院は、この新風和歌を目にするとたちまち魅了され、そこから怒濤のような新古今歌壇が始まった。後鳥羽院は撰者として定家ら六名を任命し（うち一人の寂蓮は編纂途中で死去）、勅撰集の編纂を命じた。図3は、『新古今集』撰進時における定家自筆の草稿であり、編纂の営みをうかがわせるもので、きわめて貴重である。

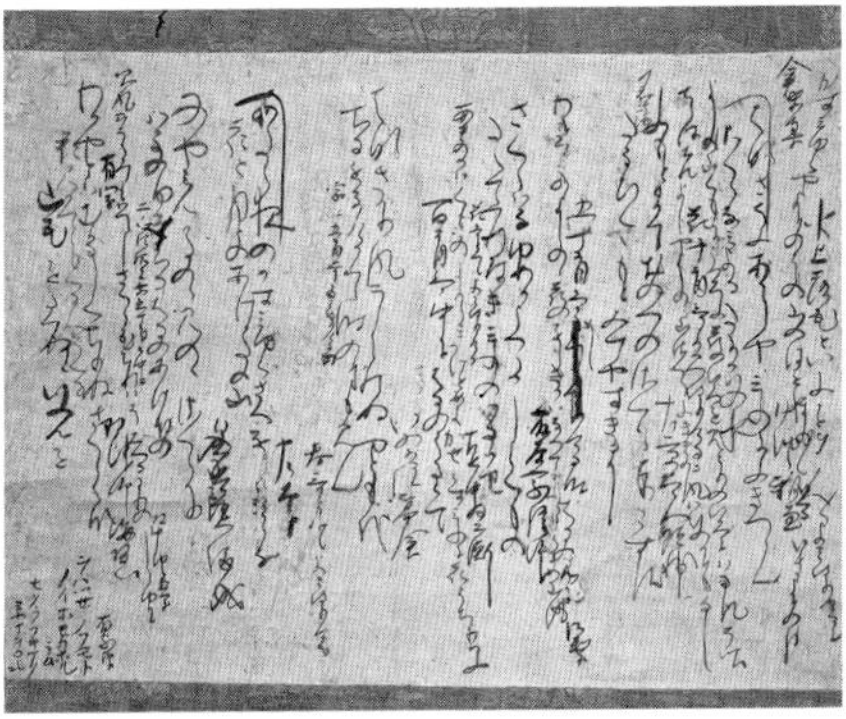

図3　『新古今集』藤原定家自筆草稿

五年後の元久二年（一二〇五）、第八勅撰集『新古今集』が一旦は完成したが、その後も約四年間、院の命で改訂を繰り返した。後鳥羽院は歌壇を統率・支配し、自ら編纂に大きく関与したので、『新古今集』は実際には後鳥羽院親撰に近いものである。撰者の一人であった定家が、『百人秀歌』（『百人一首』の原形）の撰者である。

以上のような和歌史の流れと達成を、種々の点でバランスよく、百首というコンパクトな箱に封じ込めたのが『百人一首』である。

3 『三十六人撰』から『百人一首』へ――〈三十六〉と〈百〉の意味

藤原公任『三十六人撰』とその影響力

和歌史において、六と三十六は一種特別な数字である。六は、『古今集』仮名序で紀貫之が僧正遍昭《そうじょうへんじょう》、在原業平《ありわらのなりひら》らのいわゆる六歌仙について批評し、真名序・仮名序で和歌の様式を「六義」の六種類にわけて論じた。これは『詩経』の「六義」に由来する。他にも『古今和歌六帖』という類題集のアンソロジーの編纂、「和歌六人党」というグループの誕生、『中古六歌仙』という私撰集の編纂、また新古今歌人六人を新六歌仙と呼んで『六家抄』や『六家集』が編纂されたり、二条派が重んじた歌論書六点が『六部抄』としてまとめられたりした。

六歌仙を三十六歌仙に発展させたのは、前述の藤原公任である。公任の業績の中で注目されるのは、『拾遺抄』『和漢朗詠集』『前十五番歌合』を始め、さまざまな種類のアンソロジーを作ったことだが、中でも『三十六人撰』における歌人選定は、後世に大きな影響を与えた。公任の『三十六人撰』は、人麻呂から中務までの歌人三十六人の和歌を、人麻呂・貫之ら主要歌人六人は十首、その他の歌人は三首を選び、計一五〇首の秀歌撰とした。通常の歌合の形態ではないが、図4に示すように、宮内庁書陵部蔵の御所本(親本は定家筆本)は歌が上段と下段にわけて書かれ、対称性がある点で歌合的な要素があり、『三十六人歌合』とも呼ばれる。

この三十六人の歌人は「三十六歌仙」と呼ばれるようになり、彼らの家集はのちに『三十六人集』と総称されるようになり、三十六人の略伝は『三十六人歌仙伝』という書にまとめられた。また鎌倉期以降には一人一首で歌仙絵を描いたものが盛行し、『佐竹本三十六歌仙絵巻』(鎌倉時代)のような優品も生まれた。王朝が憧憬される後世において、平安前期の王朝歌人と言えば「三十六歌仙」というイメージを形成し、江戸時代に至るまで画帖が作られたり、絵入り版本や注釈書等が刊行されたりして、長く命脈を保つ。

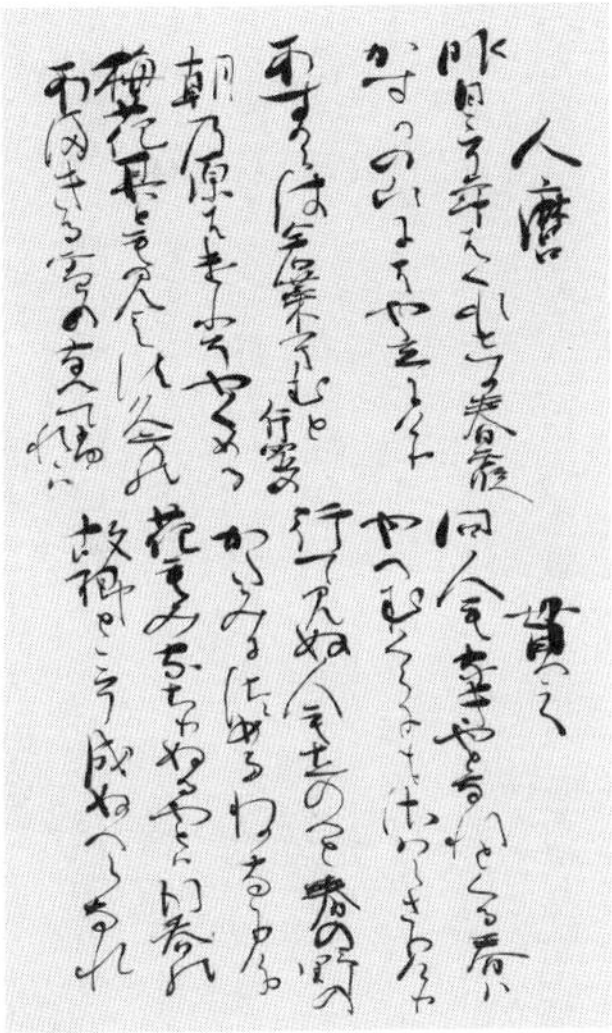

図4　御所本『三十六人撰』本文冒頭

このような歌人(歌仙)ごとに秀歌を選んだアンソロジーを、歌仙秀歌撰という。歌合の形をとったものも多く、それは歌仙歌合とも呼ばれる。

この公任の『三十六人撰』の影響のもとで、三十六人がいわば基準の数字となり、類似の歌仙秀歌撰が次々に編まれた。『新三十六人』(平安後期成立、藤原基俊撰、散逸したため内容不明)、『後六々撰《のちのろくろくせん》』(十二世紀半ば成立・藤原範兼撰)、『治承三十六人歌合』(治承三年〈一一七九〉頃成立。歌仙絵を伴う歌仙歌合)など、歌仙歌合・歌仙秀歌撰は盛行して次々に編まれ、江戸時代になっても三十六人という枠は使われ続ける。もちろん三十六は歌人の数だけではなく、まとまった和歌の数(三十六首、三百六十首など)にも多く使われ、歌合の番の数(三十六番)にもよく使われる。

このように、六歌仙が『古今集』で言挙げされてから約一〇〇年後、公任によって『三十六人撰』が編まれた。さらに二〇〇年余り後に、定家の『百人秀歌』が編まれる。「三十六歌仙」には天皇家や大臣など貴人は一人も含まれないことや、時代的にも平安前期・十世紀までの歌人という狭さが、『百人秀歌』『百人一首』誕生の背景にあると考えられる。

百首歌から『百人秀歌』『百人一首』へ

十世紀半ばに、曽禰好忠《そねのよしただ》という歌人が、「初期百首」と呼ばれる百首歌の形式を創始し、「好忠百首」を詠んだ。才人好忠は、さらに三十六の歌群に十首ずつ詠む「三百六十首歌」(『毎月集』)も試みた。このように一人の歌人がある主題に基づき百首を詠む詠法は、すぐに同時代歌人に広まり、この後長く引き継がれた。源順《したごう》、源重之、恵慶《えぎょう》法師、和泉式部、相模《さがみ》など、多くの歌人達が、不遇の嘆きなど何らかの内的な動機によって、ある時点での感懐を百首に託した。これは既に衰えていた長歌にかわって考え出された連作形式であると言われている[久保田淳、一九八二〕。こうした個人の百首歌は、題詠の時代となった中世以降も詠まれ続け、述懐百首、恋百首、名所百首など、その作りはさまざまである。

この百首歌がまた別の姿に変わったのが、二五頁に記した『堀河百首』である。堀河天皇が十六人の歌人それぞれに、百の歌題・各一首ずつの百首（組題《くみだい》百首）を詠進させたもので、百題は勅撰集の流れに沿った構成の題であり、それ自体が完結した擬似的世界である。これは応制（製）百首の濫觴《らんしょう》となった。応制百首とは、天皇（または上皇）が、宮廷の歌人たちに詠進させる催しで、勅撰集撰進などの前に撰集材料として行われることが多い。それに準ずるようなものとして、摂関家などが行う場合もある。

応制百首は、『堀河百首』以後、長く宮廷歌壇で盛行した。新古今歌壇の帝王であった後鳥羽院は、四度も応制百首を行っている。こうした複数人による和歌行事としての百首は、百題の組題百首の場合もあれば、春二十首、夏十五首……、というように部立と数だけ設定する場合もある。さらに百首をもとに、『六百番歌合』『千五百番歌合』のように、歌合に仕立てる場合もある。注意したいのは、個人による百首歌も、応制百首なども、百首を一人の歌人が詠むということである。ある一歌人によって、その時点で新しく詠まれた新作の百首なのである。和歌における百首には、この頃はそういうイメージが纏わっていたのかもしれない。

しかし定家は『百人秀歌』（『百人一首』の原形。一〇一首）で、それを新作ではない既に存在する古歌から選び出して、百一首の歌仙秀歌撰とした。しかも百首歌が一人・百首であるのに対して、これは百一人・一首なのである。

　こうした歌仙秀歌撰ならば、公任の『三十六人撰』に始まる三十六を用いるのが定家の頃にも普通に行われており、定家以前も以後も多くの作品が残っている。しかし定家はおそらく、この手垢がついたような三十六という数を使いたくなかったのではないか。当時、古代からの歌人を網羅するには三十六人ではもう足りないという現実的な面もあっただろうが、それよりも、三十六人の歌仙秀歌撰にすれば、どうしても公任の影がちらつくのである。定家は『清正《きよただ》集《しゅう》・興風集《おきかぜしゅう》』坊門局筆本の識語で、藤原興風と在原元方《もとかた》を三十六歌仙に入れないとは、歌道を弁《わきま》え知る者の撰であろうかと、『三十六人撰』に痛烈な批判を加えている［久保木秀夫、二〇一三］。ここで定家が採った手法は、三十六人を退け、しかも百一人・一首にするという、当時の常識を反転させるようなやり方であった。

　しかし、この『百人秀歌』『百人一首』はすぐには流布しなかった。世に広く知られるようになるのは中世後期以降である。定家当時もその後も長い間、歌仙秀歌撰・歌仙歌合という歌人を単位とするアンソロジーは、歌人は三十六人であることが多い。これらの作品は、類似の書名や異称が多いし、殆どは撰者不明であるが、いくつか挙げる。『三百六十番歌合』は新古今時代の建仁二年（一二〇二）頃成立の撰歌合で、後鳥羽院ら現存歌人三十六人の和歌を番えたアンソロジーであるが、歌人の歌数は多寡があり、一定していない。『古三十六人歌合』は、奥書に俊成とあるため、従来は俊成撰と考えられて『俊成三十六人歌合』とも通称されているのだが、近年は俊成撰ではなく、後代のものであろうと論じられていて〔田仲洋己、二〇〇八・久保木秀夫、二〇一三〕、それが妥当と思われる。このほか『新三十六人歌合』（『新撰歌仙』『新三十六歌仙』とも呼ばれる）、『新三十六人撰』（一二六〇年成立）、『三十六人大歌合』（一二六一年成立）、『現存三十六人詩歌』（北条時宗の命による。一二七六年成立）、『女房三十六人歌合』（歌仙絵を伴うものもある）、『新撰三十六人歌合』、『中古三十六人歌合』、『釈教三十六歌仙』（栄海撰、一三四七年成立）など、三十六人を単位として歌人と和歌をセレクトする歌仙秀歌撰・撰歌合は、鎌倉期以降も陸続と編纂され続ける。

それに対して、『百人秀歌』『百人一首』の形式が継承されるのは、かなり後になってからである。『新百人一首』（将軍足利義尚《よしひさ》撰）が編まれたのは、文明十五年（一四八三）である。そして、歌人百人という枠組が定着して『百人一首』の型をふまえた「異種百人一首」がおびただしく作られるのは、さらにずっと後のことである（一八八頁以下参照）。

実は百人の歌人を選んだ撰歌合として、後鳥羽院が隠岐で選んだ『時代不同歌合』があるのだが、これと『百人秀歌』との先後関係は微妙である。『時代不同歌合』については一六七頁以下で詳しく述べることにしよう。

第二章　『百人一首』の成立を解きほぐす

藤原定家像

1　アンソロジスト藤原定家の登場――編纂される和歌と物語

歌道家のアイデンティティと戦略

藤原定家は俊成の子で、歌道家である御子左家《みこひだりけ》の当主である。歌道家とは歌道宗匠家・和歌の家などとも呼ばれるが、宮廷で和歌の指導を担い、勅撰集の撰者を輩出するような家をさす。この時代、勅撰集はその天皇（上皇）の治世の記念碑としての重要な意味を持ち、文化的表徴であるから、勅撰集の撰者に任命されるのは極めて名誉であり、宮廷和歌の中心にいることを示している。

中世において和歌は宮廷文化の中心であり、勅撰集、歌合、和歌会などすべて単なる風雅の営みではなく、そこにいる人、そこで詠まれる和歌は、大なり小なり政治的な意味を帯びている。歌道家は公的な立場の和歌師範であり、天皇・上皇や宮廷貴族たちの和歌を指導するという権威性をもった存在であり、そのため院政期以降、歌道家がいくつか生まれたり分裂したりして、和歌師範の地位を争った。その中で、藤原俊成以降、御子左家の子孫は代々勅撰集の撰者に任命された。俊成は『千載集』を撰進、その子定家は『新古今集』撰者の一人となり、さらに『新勅撰集』を単独で撰進した。その子為家《ためいえ》は『続後撰集《しょくごせんしゅう》』を単独で撰進し、さらに『続古今集』撰者の一人となった。歌道家の御子左家は、俊成が慎重にその礎を築き、定家が継承して固め、為家が永続していく形に整えたと言えよう。

藤原定家が生まれたのは、保元・平治の乱の直後(応保二年〈一一六二〉)である。「武者の世」の誕生、平家の栄華、源平争乱と平家滅亡、この間の飢饉や災害、父俊成による『千載集』撰進、後鳥羽天皇の即位、幕府の樹立と鎌倉での数々の争乱、新古今時代、承久の乱、後鳥羽院らの配流、これらすべてを貴族社会の側から体験し、眺めていた。

父俊成も定家も(俊成没後の後半生は特に)、宮廷貴族として当然のことであるが、現実的で冷徹である。定家は歌人である以前に廷臣(高級官僚)であり、後年には公卿(閣僚クラス)に至っている。歌人・古典学者として定家は多大な業績を残したが、一方で廷臣に必要な公事や故実にも詳しくて有能であり、その関連の記録の書写や、定家自身の著述も多い。そして和歌は、俊成・定家にとって、自らの家のアイデンティティであり、御子左家を他家と差別化し、勅撰集撰者を担う歌道家、即ち天皇(上皇)の文化支配を支える家とするための最も有力な武器であり、戦略の道具であった。だから定家にとって、和歌は単なる風流韻事ではない。

『新古今集』編纂と定家の才能

定家は若い時から歌人として頭角をあらわした。そして正治二年(一二〇〇)以後、後鳥羽院は急速に和歌に傾斜、自らも詠歌に耽溺し、多くの新進歌人を発掘し、歌合・和歌会を頻繁に催すようになった。この後鳥羽院歌壇において、最もその才能を後鳥羽院に認められたのが定家である。後鳥羽院は定家の和歌に魅了され、その言葉に耳を傾け、自らの近臣として近くにおいた。建仁元年(一二〇一)、『新古今集』撰進の命を出した時には、信頼する定家を撰者の一人とした。暫くの間、すべてを統括したい帝王と、己の歌才を強く恃む歌人との間に、蜜月の時が流れる。後鳥羽院の主導により歌壇は高揚、才能が密集し、新風の和歌が磨かれると共に、和歌は王朝文化を誇示する政教性を強め、元久二年(一二〇五)、『新古今集』が一旦は完成に至る。しかもその後の約四年間、細かに切り継ぎされ、改訂が続けられた。

『新古今集』は定家を含む五人の撰者たちによって編纂されたが、後鳥羽院が編纂にさまざま関与したので、実際には親撰に近いことは既に述べた。後鳥羽院は和歌所(勅撰集編纂のための場所)の撰者たちに、この歌を入れよ、この歌を切り出せ、この歌群を再考せよというような、細々とした指示を次々に出してくる。それを受けとめながら、約八年間にわたって断続的に、定家は撰者たちの中心として、撰歌のとりまとめ・部類・配列・詞書等の整備・増補修正というような、複雑なプロセスの編纂に取り組んだ。しかも『新古今集』は単独撰者ではないから共同作業ゆえの苦労がある上、後鳥羽院の要求は絶対であり、大変な作業であったに違いない。

しかし、定家は自分の撰歌眼に絶対の自信をもち、しばしばそれを時も場も配慮せずに人に言う性格であった(『後鳥羽院御口伝』ほか)。また、『新古今集』の改訂について際限がないとうんざりしている不平不満を、内々『明月記』に細かに書き付けている。『新古今集』の編纂や和歌会などを通じて、後鳥羽院と定家の間には、避けられないことだが、和歌への考え方をめぐって微妙な亀裂が生じていた。そしてやがては、宮廷全体が承久の乱によって激変し、後鳥羽院は隠岐へ配流されることになる。

編纂の手腕を磨く

定家は編纂の達人、アンソロジーの名手であった。のちに単独で編纂した『新勅撰集』の配列構造にもそれはあらわれている。それはどこで磨かれたものなのだろうか。おそらく、以上のような多くの労苦を伴った『新古今集』編纂の経験や、後鳥羽院の命によって短期間に色々な集から和歌を抄出して進上しなければならなかったこと等が、もともと生まれ持った才能に加えて、さらにアンソロジストとしての定家を磨いたのではないだろうか。

定家は九条良経の依頼によって、『物語二百番歌合』(建久期–建永元年〈一二〇六〉以前の成立)を編んだ(四六頁)が、『新古今集』編纂の時期にも並行して、後鳥羽院の命で、元久二年(一二〇五)に物語歌集の編纂を行っている。さらに承元元年(一二〇七)に、後鳥羽院の命で『源氏集』

という集の歌を書き出して進上し、さらに『狭衣物語《さごろも》』の歌を抄出して進上している。また建仁二年(一二〇二)と承元元年には、三代集以下の勅撰集から秀歌を抄出せよという院の命があり、選び出して進上しているが、承元元年の方はかなり頻繁に『明月記』に見える。これは勅撰集から撰んだ秀歌撰である『今古《きんこ》珠玉集』(散逸)となっていったと推定される。定家は『明月記』でこれを「禁固囚獄」だと揶揄的に言っていて、その口ぶりには驚くが、後鳥羽院の命はいつも性急であり、すぐに進上せねばならないことが多かった(以上すべて『明月記』による)。

『新古今集』の編纂をほぼ終えた承元三年(一二〇九)頃から、定家は院の命ではなく自分の意志で、いくつものアンソロジーの編纂を行い、自身の歌論をまとめることにも着手している。定家がはじめて著した歌論書は、承元三年に鎌倉将軍源実朝のために書き下ろして鎌倉に送った『近代秀歌』であり、本歌取りなどについて論じ、秀歌例を付している。そして同じ承元三年に、『五代簡要』(『万物部類倭歌抄』)を編む。これは『万葉集』から『後拾遺集』までの五集から歌句や和歌を抄出した、作歌の要領のようなものである。

定家自身の和歌については、元久二年、承元元年、建保元年(一二一三)などに後鳥羽院が定家の歌を提出するように命じ、自分で撰んだ歌を提出しているが、この撰歌は建保四年(一二一六)の『定家卿百番自歌合』や『拾遺愚草《しゅういぐそう》』(定家の私家集)一次本の編纂へと繋がったであろう。

定家撰のアンソロジーとしては、『定家八代抄』(書名は『八代抄』だが他と区別してこのように呼ばれている）が定家にとって最も重要なものと言える。後鳥羽院の意向を気にせず、誰かに献呈するためでもなく、自らのために、自身の価値観に基づき、『新古今集』を含む八代集から秀歌を抄出したものである。初撰本と再撰本とがあり、初撰本は八七三首（図5の大東急本のみ現存）、再撰本は一八〇〇余首に及び、これは建保三年（一二一五）頃の成立である。この後に定家が秀歌撰を編む時は、『定家八代抄』再撰本を基盤にしてここから歌を抄出したとみられる。つまり『定家八代抄』は、定家の多くの秀歌撰の撰歌源とも言うべき基幹的なアンソロジーである。『百人秀歌』も九十四首をここから採っている（『百人一首』は九十二首）。だが定家はこのアンソロジーを、単なる撰歌源の集とせず、あえて勅撰集のような構成・形態にし、精密な配列をしているのだ。いわば成立したばかりの『新古今集』を含む八代集を、定家が自分の和歌観で見直し、勅撰集による勅撰集を作って見せている、と言ってもいいだろう。『新古今集』に不満をもっていた定家がやりそうなことだし、斬新な方法である。しかもその配列構成には、反『新古今集』的な側面があるという［佐藤明浩、二〇二〇］。

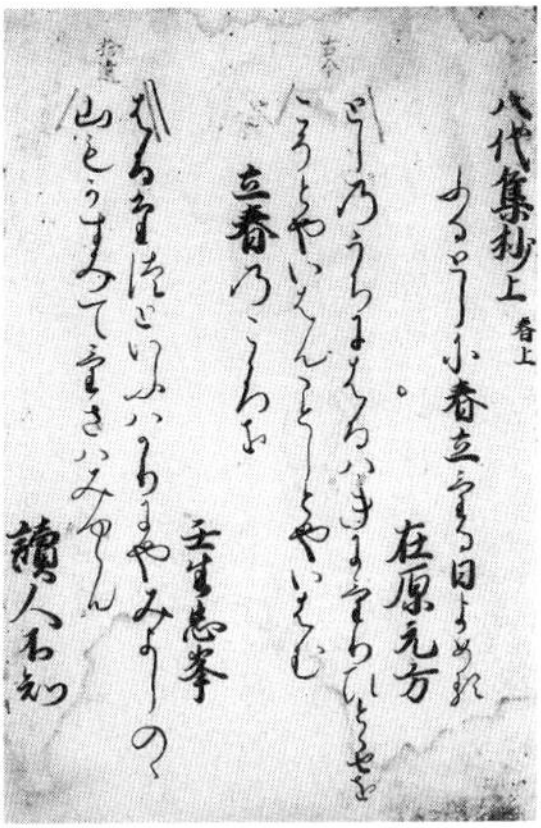

図5　『定家八代抄』初撰本巻頭

このように、父俊成に比べて、定家ははるかに多くのさまざまな秀歌撰を編み、歌論書を残している。歌論書に秀歌例(秀歌撰)が付される場合も多い。そもそも、歌人が自ら「歌論書」を書いて弟子に与えるという方式を開発したのは定家である、という指摘がある[浅田徹、二〇〇二]。アンソロジストとして定家は傑出した存在であった。

定家は、やや偏屈な歌人というイメージを持たれているが、意外にも教育者としての自覚や才能があったとみられる。特に元久元年(一二〇四)に俊成が没した後は、宮廷和歌の指導者たるべき自分の立場を自覚し、詠歌活動だけではなく、こうした教育・啓蒙のためのアンソロジーの編纂に力を注いだ。承久の乱後には、さらに多くの人から依頼を受けてさまざまな性格・レベルのものを編纂している。これについては後で述べる(七九頁)。

『物語二百番歌合』の革新性

このように、定家撰のアンソロジーは色々なものが作られ始めたが、そのうち、独創的な作りの『物語二百番歌合』を取り上げておきたい。これは定家の主人であり敬愛する歌友でもある摂関家の九条良経(図6)の依頼で編んだもので、物語歌を番えた歌合形式のアンソロジーである。西行以来、盛行していた自歌合《じかあわせ》(過去の自詠を番えて作る歌合)の影響があるとみられる。

『物語二百番歌合』は、『源氏物語』と『狭衣物語』の歌各百首を左右に置いて結番した『百番歌合』(『源氏狭衣歌合』とも呼ぶ)と、『源氏物語』歌と十点の作り物語の歌各百首を左右に置いて結番した『後百番歌合』(『拾遺百番歌合』とも呼ぶ)の二つから成る。

『物語二百番歌合』の冒頭は、光源氏と藤壺との密かな逢瀬での歌から始まる。

一番　恋部

左　中将ときこえし時、限りなく忍びたる所にて、あやにくなる短か夜さへ程なかりければ　　六条院

見ても又逢ふ夜まれなる夢のうちにやがてまぎるる我が身ともがな

図6　九条良経像(『天子摂関御影』)

右　譲位のこと定まりて後、忍びて斎院に参りて、出でさせ給ふとて　御製

めぐりあはむ限りだになき別れかな空行く月の果てを知らねば

左右ともに、詠者(作中和歌を詠じた人物)は物語の主人公の男性であり、その秘めた恋の歌を番える。「限りなく忍びたる所にて」「忍びて斎院に参りて」が対照されている。いずれの歌も、二度と会えないかもしれないという恐れに覆われていて、しかも著名な歌である。そし

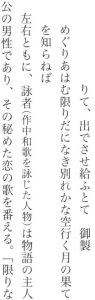

て、詠者の身分は、六条院（光源氏）と御製（狭衣）である。公儀性の強い歌合においては、院・天皇もしくは最高位の人物から始まるという原則が守られており、この場合、歌を贈られた相手までも、藤壺宮、源氏宮という最高身分の貴女である。この後もできる限り身分的にほぼ同格の詠者を番える努力がなされている。しかもいくつかの番では、なんと詠者の年齢までも同じ時の歌が番えられている。すべてが偶然とは思えない。

このような緻密な構成の方法が全体に貫かれ、手が込んでいる。物語中の場面・状況、人物の属性・身分・年齢、詠まれた和歌の表現・言辞、そこに表出された心性・感情等を、対比的、連続的、連想的に、結番し配列している。左右の対称性が際立っているが、さらには後続の番への連続性も周到に考えられている。詞書には物語の場面性や人物性を取り込み、端的に対照させ、それをあたかもある恋の歌題に基づく歌合であるかのように仕立てている［田渕句美子、二〇〇四］。

さらに作者名の書き方には、物語を公的なフィールドに載せることを試みた挑戦的な態度が透けて見える。物語中での通称を避け、勅撰集等で使われる正式な官位呼称の書き方、ここでは物語の最終時点における正式呼称を用いた。左の『源氏物語』で言えば、通称の「桐壺院」（後宮の壺名であり、現実にはあり得ない）は使わずに「故院御製」、「光源氏」ではなく「六条院」、「藤壺」「薄雲女院」ではなく「入道后宮」、「軒端荻」ではなく「伊予介朝臣女」、「蛍宮」ではなく「前兵部卿親王」、「夕霧」ではなく「右大臣」、「薫」ではなく「右大将」、「匂宮」ではなく「兵部卿親王」、「宇治中君」ではなく「兵部卿親王上」のように呼称し、女房名も出仕先を付して、中将君を「六条院中将」と書く。物語中の詠者を作者とみなした上で、勅撰集や宮廷歌壇での公的な歌合で用いられる呼称にした。つまり、物語の歌を勅撰集的方法によって置き換え、『源氏物語』などの作り物語を、物語中の想像上の宮廷から切り離して、現実の宮廷制度の規範の上に載せた[田渕句美子、二〇〇四]。作者名を厳密に書き換えてみせたのは、勅撰集の厳しい規範下にある歌道家の定家の所為としてふさわしい。

『源氏物語』などの歌は定家には馴染み深いもので、しばしば本歌取りの本歌としている。しかし作り物語の歌は、勅撰集に入集することはない。いわば勅撰集の表舞台からは疎外されている和歌を、あえて歌合という公儀性の強い対極的なメディアに移植し、それを可能な限り勅撰集・歌合の形式に近づけるという、空前絶後のアンソロジーである。これほどに定家の前衛的な試みが詰まった歌合を読みほどくのは、良経にとって愉悦であったに違いない。

このように『物語二百番歌合』は実に凝った作品で、才気が溢れている。物語歌を編纂することは、歌道家の定家にとっては勅撰集などとは異なって、遊びの要素がある仕事である。けれども凝り性の定家は、依頼した良経を喜ばせるためもあったのだろう、手を尽くしてこのような巧緻な作りのアンソロジーに仕上げた。相手のためのこうした姿勢や、和歌を収める器の幅を拡げるようなさまざまな試みは、『百人秀歌』にも共通するものがあると思われる。

式子内親王の幻の『月次絵巻』

定家の『百人秀歌』編纂に影響や刺激を与えたようなアンソロジーはいくつか考えられるが、その一つに、式子《しょくし》内親王が制作した『月次絵巻《つきなみ》』(十二ヶ月の絵巻)二巻があったかもしれないと思う。これは現存しておらず、『明月記』によってその構成のみが知られる幻の作品である。定家の娘で当時藻璧門院《そうへきもんいん》の女房であった民部卿典侍《みんぶきょうないしのすけ》因子《いんし》は、幼い頃にこの絵巻を式子から拝領し、大切に持っていた。約三十年後、天福元年(一二三三)に後堀河院とその后藻璧門院が多数の物語絵巻(『天福元年物語絵』という。散逸。田渕句美子[二〇〇九]参照)を制作させた時、参考のために藻璧門院に献上した。献上する前に父定家にこの式子の絵巻を見せたのだが、定家はこの時改めて見たようである。定家はそれを見て各月の歌(場面)を『明月記』に短くメモ的に記した(天福元年三月二十日条)。それによって復元すると、十二ヶ月の絵は、以下の和歌(場面)とその前後に基づくものであったと推定できる。

正月　正月一日、二条の后宮にて白き大うちきをたまはりて　藤原敏行《としゆき》朝臣

ふる雪のみのしろ衣うちきつつ春きにけりとおどろかれぬる　(『後撰集』春上・巻頭歌)

二月　（斉信が梅壺に参る所。歌はなし）　（『枕草子』第七九段）

三月　天暦四年三月十四日、藤壺にわたらせ給ひて花をしませ給ひけるに　天暦御歌
まとゐして見れどもあかぬ藤浪のたたまくをしき今日にも有るかな
（『新古今集』春下・一六四）

四月　祭りの使にて、神館の宿所より斎院の女房につかはしける　藤原実方《さねかた》朝臣
ちはやぶるいつきの宮の旅寝には葵ぞ草の枕なりける
（『千載集』雑上・九七〇）

五月　紫式部
何事とあやめはわかで今日もなほ袂にあまるねこそたえせね
（『新古今集』夏・二二四）

六月　業平朝臣
ゆく蛍雲の上までいぬべくは秋風吹くと雁に告げこせ
（『伊勢物語』四十五段。『後撰集』秋上・二五二）

七月　七月七日、二条院の御方に奉らせ給ける　後冷泉院御製
あふことは七夕つめにかしつれど渡らまほしきかささぎの橋
（『後拾遺集』恋二・七一四）

八月
声そふる虫よりほかにこの秋は又とふ人もなくてこそふれ
（『道信集』四一）

九月　（師宮《そちのみや》と和泉式部の歌。詞書と前後の文章略）

秋の夜の有明の月の入るまでにやすらひかねて帰りにしかな（『新古今集』恋三・一一六九）

秋のうちは朽ち果てぬべしことわりの時雨に誰か袖はからまし（『和泉式部日記』）

十月

十月許にまうできたりける人の、時雨のし侍りければたたずみ侍りけるに　馬内侍

かき曇れしぐるとならば神無月けしき空なる人やとまると（『後拾遺集』雑二・九三八）

十一月

五節の舞姫を見てよめる　良岑宗貞《よしみねのむねさだ》

あまつ風雲の通ひ路吹きとぢよ乙女の姿しばしとどめむ（『古今集』雑上・八七二）

十二月

前大納言公任

谷風の身にしむごとに故郷のこのもとをこそ思ひやりつれ（『千載集』雑中・一〇九九）

この月次絵は、宮廷の後宮での歌（二月、三月、五月、七月）や宮廷行事（正月、四月、十一月）を背景とするものが多い。新年の祝宴（正月）、梅壺を訪れた貴公子（二月）、藤壺を訪れた天皇（三月）、賀茂祭の神館の祭使（四月）、局の女房たち（五月）、天皇から妃への恋歌（七月）、五節の舞姫（十一月）である。加えて、恋死した無名の女の物語（六月）、父の死への哀傷歌（八月）、女房と貴公子の恋（九月は門を開けず男を帰してしまった女とその男、十月は男をひきとめようとする女）、出家隠遁した人の山家での歌（十二月）などが、実にバランスよく組み合わせられている。もちろん歌人はすべて異なる。

正月から十二月という枠の中で、主体(男女・身分・立場など)も、場面・場所も、部立(四季・恋・哀傷・雑など)も、同じものがないように、注意深く撰歌されている。さらに絵巻として歌の場面を絵画化できること、歌がその季節(月)の本意に沿っていること、詞書や文から何月かがわかることなど、いくつもの足枷がある。

詞書を式子が書いたと『明月記』にあり、これらの歌は式子が自ら撰んだと考えられる。式子の優れた才能が窺われ、その周到な撰歌のありようが定家に感銘を与えたからこそ、定家はその内容をすべて『明月記』に書き残したのだろう。

これは、勅撰集を主な素材とし、読者には女性をも念頭においた和歌テキストであり、宮廷歌人絵巻でもあり、一人一首で、コンパクトな中にさまざまな要素をバランスよく集約しており、容易に分節できる。これが幼い因子に与えられたことをみても、宮廷周辺の女性が見て楽しみ、学ぶために作られたものと考えられる。この絵巻を見た天福元年(一二三三)の二年後、定家は『百人秀歌』を編纂した。『百人秀歌』に絵はなかったと思われるが(後述)、定家が敬愛する式子内親王が撰歌・制作したこの絵巻のありようには、『百人秀歌』と共通する特質がいくつかあり、何かしら定家の『百人秀歌』に刺激・影響を与えたかもしれないと思う。

2　『百人秀歌』と『百人一首』——二つの差異から見えるもの

成立を語る『明月記』記事の再検討

さて、いよいよ『百人一首』(『百人秀歌』)の成立の話に入ろう。定家の日記『明月記』の文暦二年(九月に改元して嘉禎元年。一二三五)五月二十七日条は、直接に成立(おそらく下限)を語る唯一の記事であり、しばしば引用される。この時、定家は七十四歳である。ただしこの部分は定家自筆本が現存せず、転写本に拠っているので、もとの自筆本とは多少字句が異なっているかもしれない。それでもこの記事が残ったのは僥倖であり、極めて貴重である。

○『明月記』文暦二年五月二十七日条

　廿七日〈己未〉、朝天晴、

(前略)予本自不知書文字事、嵯峨中院障子色紙形、故予可書由、彼入道懇切、雖極見苦事、
　憖染筆送之、古来人歌各一首、自天智天皇以来、及家隆・雅経卿、

「私(定家)はもとより文字を書くことを知らないのだが、嵯峨中院《ちゅういん》障子に貼る色紙形を、是非とも私に書いて欲しいと、かの入道(宇都宮蓮生)が熱心に頼んでくるので、大変見苦しいことだが、なんとか染筆して色紙形を送った。古来の歌人の歌それぞれ一首ずつで、天智天皇から、

家隆卿、雅経卿に及ぶものである」。定家はこのように書いている。障子とは、現在の襖にあたる。

ここで定家は、「予本自不知書文字事、……雖極見苦事、憖染筆送之」と記しており、染筆することに対して困惑した心情を述べているが、これがどういう意味なのか、謎の一つとされてきた。これについて『明月記』などから改めて考えると、これは色紙形に和歌を揮毫することへの違和感ではないかと考えられる。定家は人に依頼されて、また自分のため、家のために、常に古典籍の書物を書写しているので、書くのは日常的なことであり、ここで自分の筆跡を謙遜する必要はない。しかし『明月記』を見る限りでは、屏風や障子の色紙形を書くことは、定家はこのほかには行っていない。当時、宮廷や上流の家の屏風や障子に貼る(押す)色紙形に和歌・漢詩などを書くのは、宮廷の能書家の仕事であり、定家当時では世尊寺《せそんじ》行能《ゆきよし》に依頼することが普通であった。行能は、大嘗会《だいじょうえ》屏風の色紙形をはじめ、さまざまな色紙形・額・願文・上表文などの書役を頻繁に行っている。後に述べる「宇都宮神宮寺障子和歌」の歌は、定家と藤原家隆が蓮生に詠み送ったものであるが、これも行能が揮毫している(七六頁)。こうした点からみて、傍線部の記述は、定家が自身の筆跡を卑下した言辞ということではなく、自分が色紙形を書くことへの違和感の表明であろうと推定できる。定家のような大歌人に色紙形染筆を依頼できるのは親しい蓮生だからであろうし、また後掲の『吉記《きっき》』(八九頁)で吉田経房《つねふさ》が関わりある人々に書かせている例も見えるので、特別な関係の場合に限るのであろう。この「嵯峨中院障子色紙形」は私的な性格のものであり、親しい縁戚の蓮生が懇望したゆえに、定家はしぶしぶながら蓮生の「懇切」なる依頼を聞き入れて、通常は書かない色紙形を、今回は例外的に染筆したと考えられる。

ところでこの『明月記』記事に、「古来人歌各一首、自天智天皇以来、及家隆・雅経卿、」とあるのも、昔から注目され、これも謎とされてきた。なぜなら、『百人一首』の和歌の配列は天智天皇から後鳥羽院、順徳院までだからだ。『百人一首』の原形とされる『百人秀歌』(次項に述べる)の配列は、天智天皇から定家、公経《きんつね》までである。つまりいずれの配列の最後ともこれは一致しない。ただ「各一首」のアンソロジーという点は一致する。

しかし改めて考えてみると、「自……以来」という言い方は、ある時点から現在までの時間的経過をあらわす語句である。だからこの傍線部は、和歌の配列を記述したのではなく、「古来人歌各一首」が上古から当代までの歌人であることを、具体的な歌人名をあげて説明しているのではないか。冒頭の天智天皇の「秋の田の……」は平安前期の『後撰集』から、次の持統天皇の「春過ぎて……」は鎌倉前期の『新古今集』から採入したものであるというように、全体に歌人の生きた時代と勅撰集の時代が一致しないので、撰歌した時代を勅撰集名で書くことができない。ゆえに定家は歌人名によって撰歌範囲の時代を記したと考えられる。つまり撰歌範囲が、天智天皇の時代から、定家と同時代の歌人まで、という意味であろう。こうした場面では自分自身(定家)の名は書かないし、新古今時代から今の代表歌人として、家隆・藤原雅経(いずれも『新古今集』撰者であった)の名を書くのは自然である。しかもこの記事は日記の中の記述であり、書物の奥書・識語の類ではないので、やや大まかな書き方にもなるだろう。つまり『明月記』の「及家隆・雅経卿」は、配列の最後と一致しなくても、矛盾とはならないと思う。なお、この部分は染筆した色紙形を言うものという解釈(徳原茂実[二〇一五]など)も成り立つが、その場合は特に問題とはならない。

では少々先走ったが、これから『百人秀歌』について述べることにしよう。

発見された『百人秀歌』

『百人秀歌』は有吉保が昭和二十六年(一九五一)に宮内庁書陵部本を発見し、このアンソロジーの存在が初めて世に知られるようになった。これは『百人一首』研究を一新させるものとして大きな反響を呼んだ。その後、志香須賀文庫蔵本と冷泉家時雨亭文庫蔵本二本が見出され、計四本が現存する(すべて同系統)。冷泉家時雨亭文庫蔵本の一つが最古の写本(南北朝頃の書写。図7)であり、この本の内題には「百人秀歌〈嵯峨山庄色紙形　京極黄門撰〉」とある。

『百人秀歌』は計一〇一首で、天智天皇から定家、西園寺《さいおんじ》公経までで、後鳥羽院と順徳院の

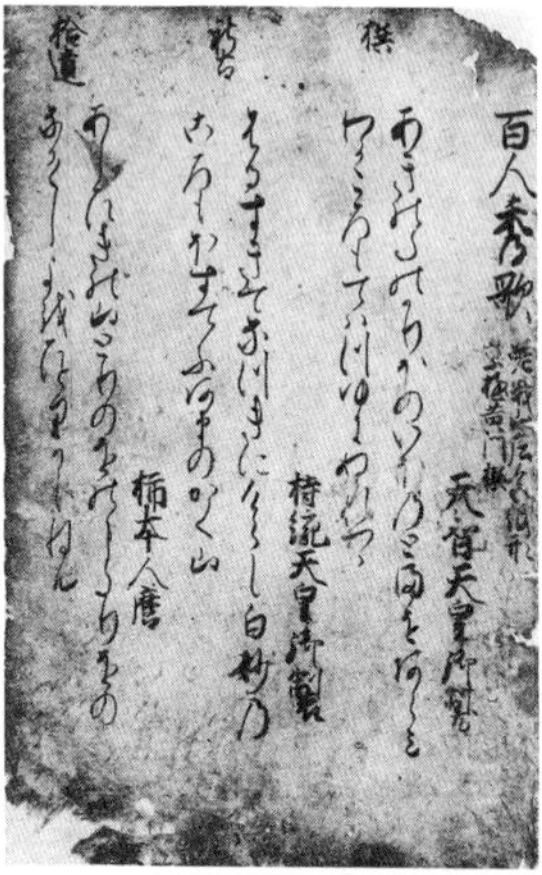

図7 『百人秀歌』冒頭

歌は含まず、『百人一首』にない定子《ていし》らの歌三首がある。『百人一首』は一〇〇首で、天智天皇から後鳥羽院、順徳院までである。また和歌の配列が異なり、源俊頼の歌が違うなどの相違がある。『百人一首』と『百人秀歌』は、和歌九十七首が（歌人は九十八人が）共通しているが、配列がかなり異なっており、同じ作品とみることはできない。

『百人秀歌』『百人一首』のどちらが先なのか。これは、これまでも『百人秀歌』が先の成立と考えられることが多く、そのように決定して良いと思う。なぜなら、『百人秀歌』では家隆の作者名が「正三位《しょうさんみ》家隆」、『百人一首』では多くの伝本で「従二位《じゅにい》家隆」と記されているからである。正三位であった家隆が昇進して従二位に叙せられたのは文暦二年（一二三五）九月十日なので、『百人秀歌』はこれ以前の成立、となる。するとこれは時期的にみて前掲の『明月記』文暦二年（嘉禎元年）五月二十七日条と合致する。また『百人秀歌』奥書（九一頁）は、定家の『定家八代抄』や『詠歌大概《えいがのたいがい》』の奥書の文体とよく似ており、定家によるものとみられる。『明月記』当該条には「百首」または「百一首」という文言はないが、ほかにこの時に編まれた定家の秀歌撰は現存しないので、『明月記』文暦二年五月二十七日条の記述は、この『百人秀歌』をさすと見るのが妥当である。『百人秀歌』が定家撰であることを疑わねばならない理由は特に見出されず、『百人秀歌』は定家撰であると決定してよい。

問題は『百人一首』の方である。『百人一首』巻末の後鳥羽院・順徳院の二首は、定家没後、為家撰の第十勅撰集『続後撰集』(建長三年〈一二五一〉成立)に採られている歌である。しかも『百人一首』で「後鳥羽院」「順徳院」という、彼らの没後の諡号《しごう》(おくり名)で書かれているが、これは定家が生きている時にそう書かれるはずはない。「後鳥羽院」という諡号は仁治三年(一二四二)七月八日以降であり、「順徳院」は建長元年(一二四九)七月二十日以降である。これは『続後撰集』の作者表記でもある。結論を先に言えば、『百人一首』のこの二首は『続後撰集』から採入したもので、『百人一首』は後世の成立であるとシンプルに考えるべきであると思う。

つまり『百人秀歌』が定家撰で、それをもとに『百人一首』が作られたが、その成立は後世の『続後撰集』以降の可能性が高いと推定される。以下でこれについて、研究史を整理しながら、できるだけ仮説を避け、資料によって確実に言えることを中心にして考えてみよう。

『百人秀歌』『百人一首』をめぐる研究の錯綜

『百人一首』巻末にある歌は、次の二首である。

後鳥羽院御製

人もをし人も恨めしあぢきなく世を思ふゆゑにもの思ふ身は　（九九）

（人がいとしくもあり、あるいは人が恨めしくもなる。いかんともし難くて、世の政事を思うゆえにこそ、苦しい物思いに沈む我が身であるよ。）

順徳院御製

ももしきや古き軒端のしのぶにもなほあまりある昔なりけり　（一〇〇）

（宮中の古く荒れた軒端に生えている忍ぶ草を見るにつけても、昔のことが偲ばれて、偲びつくせないほどに慕わしく思われる、昔の宮廷盛時の時代であるよ。）

承久三年（一二二一）五月、後鳥羽院とその子順徳院は倒幕計画を実行に移し、承久の乱を起こしたが、上洛してきた幕府軍にすぐに敗れ、後鳥羽院は隠岐へ、その子順徳院は佐渡へ配流された。九九は「世」と「人」への思いを詠じ、一〇〇は天皇として朝廷の衰微を嘆く歌であるが、九九の歌は建暦二年（一二一二）、一〇〇の歌は建保四年（一二一六）に詠まれたものなので、承久の乱に直接関わるわけではない。だが後鳥羽院と順徳院の心中で、承久の乱の契機に繫がるような何かが兆していたとも読み解かれてきた。

この二首は、『百人一首』を代表するような歌としてよく知られているが、昭和二十六年（一九五一）に発見された『百人秀歌』にはこの二首がない、という驚くべき事実から、『百人秀歌』と『百人一首』の関係や、撰者・成立に関する論が多く刊行された。そこではさまざまな推論・仮説が生まれ、ここで概略を述べるのがむずかしいほどに錯綜しているのだが、基本的なところを説明しよう。なお、『百人一首』の研究史についてはさまざまな論著があるが、文庫では、ロングセラーの注釈書である島津忠夫訳注『新版百人一首』(角川ソフィア文庫)の解説に詳しい。また撰者論の研究史については近年わかりやすい整理と解説[田口暢之、二〇二二]が出されているので、ご参照いただきたい。

『百人一首』の最後の二首に「後鳥羽院」「順徳院」と書かれていることは、多かれ少なかれ『百人一首』には定家以降の後人の手が加わっていることを示している。この二つの作者名だけを、後に誰かが書き換えたという可能性も一応ある。しかしその場合は、それを示す何らかの文献的証拠が欲しいが、そうしたものは見出されない。また問題なのは、『百人一首』は勅撰集の歌のアンソロジーであるのに、この『百人一首』の後鳥羽院と順徳院の二首だけが定家までの勅撰集になく、定家没後の『続後撰集』の歌である点である。また、『百人秀歌』『百人一首』が共に定家撰であるとするなら、後鳥羽院と順徳院の歌を入れたのも定家、削除したのも定家ということになる。これらの問題について、納得できるような説明が必要となる。

『百人一首』の撰者が定家であるとする諸論において、この最後の問題を説明するために使われたのが、『新勅撰集』編纂における紆余曲折である。定家は『新勅撰集』の草稿(これは現存していない)に後鳥羽院、順徳院、土御門院《つちみかどいん》(後鳥羽院の皇子。承久の乱には関与しなかったが、自ら希望して配流となった)の歌を多数入れていたが、鎌倉幕府が後鳥羽院らの入集を忌避するであろうと危惧した摂関家の九条道家《みちいえ》・教実《のりざね》父子に命じられて、文暦元年(一二三四)十一月十日に、定家は三上皇の歌、計百余首を草稿から削除した(『百練抄』ほか)。この経緯と結びつけて、定家が『新勅撰集』草稿ではこの二首(『百人一首』にある後鳥羽院と順徳院の歌)を入れていたのに、道家らの命でこの二首を意に反して削除したゆえに、その後に(逆に、その前にという説もある)改めてこの二首を入れて『百人一首』を作ったというような仮説が多く生まれた。

『百人秀歌』と『百人一首』の両方を定家撰とし、『明月記』の文暦二年(一二三五)五月二十七日の記事を『百人一首』成立を語るものと解釈するためには、極めて短い期間にこの二つが成立したと考えねばならない。たとえば樋口芳麻呂[一九七五]は、『明月記』文暦二年四月六日条等が述べる、摂関家の道家から幕府に提案された後鳥羽院・順徳院の還京案(配流先から都に帰るのを許すこと)が、五月十四日に幕府により拒否された、という一連のできごとに、定家が衝撃を受けた結果であると推測した。その論では、四、五月に定家が蓮生から色紙形を中院山荘で依頼され、その時は『新勅撰集』草稿から後鳥羽院らの歌が削除されたことへの不満もあって、両院の歌二首を含むものを選定していたが、五月十四日に還京を拒否する幕府の態度を知って動揺し、両院の歌を含まない『百人秀歌』を作り、その直後にまた幕府への反感などから考え直して十日ほどの間に『百人一首』の形に改訂し、色紙形を染筆して五月二十七日に蓮生に届けたと推測する。この樋口説にはすぐに反論もなされたが〔石田吉貞、一九七五〕、樋口説は刺激的な論述でその後の成立論に影響を与えた。しかしこれは、極めて短い間での出し入れを想定し、実はその裏付けとなる傍証がない中で、アクロバティックな仮定が先行しており、無理がある。またこの還京拒否事件との関連を示す証拠は全くない。むしろ定家は蓮生や西園寺家などを通じて幕府周辺のことは把握しているので、この還京案についても冷ややかな言い方をしており、幕府の拒否から衝撃を受けるようなことはないと『明月記』から推測できる。

資料から解きほぐす

根本に戻って考えれば、『新勅撰集』の編纂時の問題（幕府への配慮から後鳥羽院・順徳院らの歌をすべて『新勅撰集』から削除したこと）と、『百人秀歌』『百人一首』の撰歌内容（後鳥羽院・順徳院の歌各一首が『百人秀歌』になく『百人一首』にあること）、この二つに直接の因果関係があることを、客観的に示す当時の資料はない。そもそも、後鳥羽院の「人もをし……」と順徳院の「ももしきや……」の二首が、『新勅撰集』草稿に存在したという証拠はないのである。樋口説など多くの論が、傍証なくこの二つの問題を結びつけてしまい、その変化を定家の心情の変化と想定して、そこに論理展開のポイントをおいたことが、諸説の錯綜を生み、その類の論が広がることとなった。けれども、この二首は配流された上皇たちがそれぞれ「世」を思い、政道を慨嘆するような趣の歌であり、慎重な定家がこの二首を『新勅撰集』草稿に入れた可能性は極めて低いのではないか。ちなみに後堀河院崩御の報を受けた定家が、一旦『新勅撰集』草稿を焼却したのは、勅撰集にならなかった集という不名誉を回避するためであろう。また勅撰集と秀歌撰とは目的も位置も異なり、別次元のものであり、時期が近くても同一には論じられない。さらに秀歌撰の中でも、それぞれ目的が異なれば内容も異なるのである。加えて、定家の当時の立場や周辺の状況を、同時代資料をもとに考えねばならない。

また、『明月記』文暦二年(一二三五)五月二十七日条を『百人秀歌』成立を語るものと見た上で、数年後に定家自身が『百人秀歌』を改訂して『百人一首』を作ったと推測する説もあるが、『百人一首』が定家が生きている間に成立したことを示す当時の資料は、現在のところ見出されないのである。

このような矛盾や疑問がありながらも、長い間多くの論著で『百人一首』は定家撰の可能性が高いとされてきたのは、『百人一首』のみにある「人もをし……」(後鳥羽院)と「ももしきや……」(順徳院)の小倉色紙が伝存しており、特に前者は古来から定家真筆とされたことが大きな理由であった。しかし現在の書誌学研究では、この二枚が定家真筆という見方は否定されている[名児耶明、一九九四など]。つまり『百人一首』を定家の時代の成立とする最大の根拠が失われている。しかし、その後もなぜ『百人一首』が定家撰という見方が受け継がれてきたのだろうか。その理由の一つとしては、定家と後鳥羽院との関わり合いを重く見て、この二首の出し入れについて、定家の後鳥羽院への心情のあらわれであると解釈することがずっと行われてきたということがある。

この頃の定家の内と外

承久の乱のしばらく前から、後鳥羽院と定家は微妙な緊張をはらむ関係になっていた。そして承久二年(一二二〇)二月、順徳天皇の内裏歌会で定家が詠んだ歌が後鳥羽院の逆鱗に触れ、院勘を受けて、定家は閉門蟄居した。もし承久の乱がなければ御子左家は沈み、その後の勅撰集の歴史は大きく変わっていただろうが、承久三年の承久の乱ですべてが一変した。その後の都の歌壇において、定家はほかに並ぶ者のない巨匠となるのであり、後堀河天皇の命を受けて『新勅撰集』を完成させたのが文暦二年(一二三五)三月である。

鎌倉幕府は、承久の乱を起こした後鳥羽院と順徳院に対して、ずっと厳しい姿勢を変えなかった。だから前述の『新勅撰集』の草稿からあらかじめ三上皇の歌を削除させた九条道家・教実の政治的判断は、当然とも言えるものだっただろう。実は定家もこうした問題は予想していた。定家は、寛喜二年(一二三〇)七月に道家から勅撰集撰進の相談をされたのだが、その時に

図8　後鳥羽院法体像(模写)

既に後鳥羽院歌の採入が最大の問題になるだろうという懸念を『明月記』に書きつけている。つまり定家にとってこの削除は、半ば予想していたことでもある。思いもかけぬ衝撃でなかったのなら、定家が短期間に『百人秀歌』から『百人一首』(あるいはその逆)に改編する動機は考えにくい。

定家と後鳥羽院(図8)との関係は複雑で、屈折している。誰よりも互いの才能を認め合い、隠岐と都に別れた後も互いをずっと意識し続けており、空間を越えて見つめ合っているようだ。しかし、定家はその内なる意識を簡単に人に見せるようなことはしない。承久の乱後は特に、定家は『明月記』の中でさえ、後鳥羽院(「遠所」「遠所貴人」「隠岐」などと記される)の動向については言葉少なに語る。その中でも特に、『明月記』嘉禄三年(一二二七)十月二十一日条で「貴人御事也」として短く述べている記事では、定家は十四日から日吉社に七ヶ日参籠を行い、「貴人」に再び会えるかどうかの夢告《むこく》を得ようと七日間祈り続けたことが記されている。この「貴人」は後鳥羽院以外には考え難い。この参籠には、承久の乱以前に後鳥羽院から院勘を受けて、許されないままに今日に至っていることへの思いがあったとみられるが、このような場面で定家は「貴人」としか記せないような重苦しい感情の中で、自身にとっての後鳥羽院の存在を反芻するような筆致である〔田渕句美子、二〇一二〕。

このように複雑な内的感情を持つ定家が、あえて外に向けて、それも御家人の名族の宇都宮蓮生に贈与するアンソロジーに、後鳥羽院と順徳院の歌を入れて、自身の後鳥羽院への思いをはっきり他人に知られる形であらわすようなことは、極めて考えにくい。定家の個人的な心情を盛るための器ではないのだ。

定家は、病弱で神経質な芸術家というイメージがあるかもしれないが、廷臣としての定家は現実的で冷徹であり、政治的には親幕派である。刻々と変わる政治状況を見極め、御子左家の地位を固めるために全力を傾注している。この頃の定家は御子左家を危うくするようなことは万が一にも行わないし、蓮生の家に対しても同じである。そうした定家の晩年の姿を、『明月記』は克明に語っている。

3　贈与品としての『百人秀歌』——権力と血縁の中に置き直す

定家・為家を支えた蓮生の一族

ではその蓮生の一族と、定家・為家との関係について述べていこう。蓮生一族とはどのよう

図9　宇都宮蓮生（『法然上人絵伝』巻四十二「嘉禄の法難の時の蓮生」）

な人々なのだろうか。蓮生は為家の妻の父、つまり為家の岳父である。蓮生とその一族の動向や地位は、従来の『百人一首』成立論ではあまり重視されていないが、『百人一首』の性格を考える上で重要である。なお七三頁に系図を掲げているのでご参照頂きたい。

　蓮生の俗名は宇都宮頼綱《よりつな》である。頼綱は宇都宮を本拠として幕府に仕えた御家人で、北条時政とその後妻牧《まき》の方《かた》の間に生まれた娘を妻（妾ともされる）とした。つまり時政の娘婿である。そのため、元久二年（一二〇五）、平賀朝雅《ともまさ》事件（牧の方が娘婿朝雅を将軍に擁立しようとしたもの）の時に謀反を疑われ、一族郎党出家して幕府に恭順の意を示し、頼綱自身若くして出家、蓮生と名乗った。嫌疑が晴れた後には京・鎌倉を往復して生活しており、出家後は幕府に公的な出仕はしていないが、出家後も有力な在京御家人の位置にあった。また承久三年（一二二一）五月の承久の乱時には「宿老」の一人として、北条義時、大江広元、三善康信らとともに鎌倉に留まり、後方支援した（『吾妻鏡』）。蓮生の子である頼業《よりなり》は、幕府側の将の一人として出陣し、武功をたてた（『承久兵乱記』『古今著聞集』）。なお、蓮生の娘と為家との結婚は、承久三年中のことであったとみられる。

仏教史から見ると、蓮生とその弟信生《しんしょう》は専修念仏《せんじゅねんぶつ》に帰依し、法然の高弟である善恵房証空《ぜんえぼうしょうくう》の弟子であった。信生も歌人で、蓮生の分身のような人物である［田渕句美子、二〇〇二］。蓮生は嘉禄三年（一二二七）の「嘉禄の法難」では、法然の遺骨を嵯峨の二尊院へ改葬するため警護の武士一千人を指揮したと伝えられている。図9はそれを描いたものである。

このように蓮生は法然門下で活躍、西山《せいざん》派の中心的存在であった。宇都宮氏は富裕であり、多くの寄進をし、証空とともに三鈷寺《さんこじ》（往生院）を再興し、蓮生の子泰綱《やすつな》も西山派に貢献した。泰綱の子の一人は西山派の玄観房承空《げんかんぼうしょうくう》で、西山に住み、冷泉家に現存する私家集を多数書写したことで知られている。

このように蓮生とその一族は法然教団で大きな役割を果たしたが、一方では、出家後も政治力・武力と権勢、そして富を持ち、鎌倉幕府と強く繋がっており、決して単なる遁世僧ではない。蓮生を、遁世した出家者・不遇な隠遁者であると見なして、『百人一首』の撰歌のありようにに収斂させるような推測もあるが、不遇者ではないし、蓮生を出家者という一面のみで見ることはできない。

蓮生は、宇都宮に本拠があるが、都では錦小路富小路邸に住み、ほかに中院山荘（後述）があり、西山の善峯寺《よしみねでら》辺に住居（「西山の草庵」と言っている）があり、蓮生の妻（時政女）は吉田に邸をもち、他にもあり、財力豊かであった［佐藤恒雄、二〇〇八］。

図10　西園寺公経像(『天子摂関御影』)

また、宇都宮氏と宮廷貴族との近さは、御子左家との縁だけではない。蓮生の娘の一人は、正二位内大臣に至った源(中院)通成の正室となり、従一位准大臣通頼ほか多くの子女を生んだ。また蓮生は、当時絶大な権勢をもっていた太政大臣西園寺公経(図10)のもとに出入りしている(『明月記』)。おそらくこの背景にあるのは、蓮生は伊予国守護であり、伊予国の知行国主は西園寺公経である事実であり、この職はそれぞれ代々継承されている。交易における伊予国の利権は大きく、得られる富は莫大なものであり、鎌倉期、知行国主西園寺氏と守護宇都宮氏との連携によって、伊予国の統治が行われていたのである[市村高男、二〇一三]。この西園寺公経は定家妻の異母弟であり、定家一家にとって縁戚であった。

北条氏と宇都宮氏・定家の親近

蓮生一族と幕府執権北条氏との関係は、極めて近いものである。頼綱(蓮生)以降、宇都宮氏は代々当主かその兄弟が北条氏一族の女性と結婚し、北条氏と密接な関係を保ち、評定衆、引付衆などを歴任しており、御家人の中で特別な地位にあった。蓮生の嫡男泰綱《やすつな》は幕府の重臣として十八年間にわたり評定衆を務めており、北条朝時の娘を妻としている。さらに嘉禄二年（一二二六）七月には、執権北条泰時が、自身の孫にあたる経時（泰時の子時氏の嫡男）と、泰綱の娘（この時まだ二、三歳）との結婚を約諾したと、定家は『明月記』に書いている。北条時氏は泰時の後継者として嘱望されていたが、寛喜二年（一二三〇）に二十八歳で病死したため、経時が仁治三年（一二四二）に、祖父泰時の後を継いで十九歳で第四代執権に就任した。しかし経時妻（蓮生孫・泰綱娘）は寛元三年（一二四五）に十五歳で没し（『吾妻鏡』）、その翌年には経時も、弟の時頼《ときより》に執権職を譲って病死してしまったので、結局は蓮生の曽孫が執権となることはなかった。が、当時において、蓮生の孫娘が北条経時妻になったことは、蓮生・泰綱ら宇都宮一族の権勢や北条氏との紐帯を、都の人々にもありありと見せていたに違いない。それはすなわち定家・為家一族の繁栄を支えるものでもあった。

『明月記』には、蓮生が為家夫妻を気にかけ、孫たちを可愛がり、あれこれサポートしている様子がさまざま描かれている。為家妻は、時政と牧の方（出家後は牧の尼）の孫娘にあたる。つまり為家妻の母は北条政子の異母妹であり、彼女から鎌倉の情報がもたらされることも多い。為家妻の親族達は互いに親しく行き来し、北条政子の死に際しては為家妻も仏事のために鎌倉へ行っており、北条氏との縁は驚くほど深いものである［佐藤恒雄、二〇〇八］。そして、嘉禄三年(一二二七)正月、牧の尼の一行が鎌倉から上洛してきた時には、定家・為家ら一家あげて歓待しているのだが、高齢の牧の尼は大変行動的で元気であり、雪がちらつく中、娘・孫娘たちを引き連れて奈良へ寺めぐりに出かけた。為家妻は妊娠中なので、定家は行くのをやめるよう注意したが、為家妻は聞く耳を持たず、まして牧の尼も聞かない、と定家は呆れて、細々とそれを『明月記』に書き付けている。憮然とした老定家が眼に見えるようだ。

ともあれ、蓮生にとって宮廷の歌道家たる御子左家との結びつきは重要であったが、定家の側でも、関東との縁故や蓮生一族からもたらされる関東関係の情報は極めて貴重であり、定家が蓮生に何かを問い合わせることもよくあった(『明月記』)。

御子左家は北条氏とも近い関係となっていったとみられる。嘉禄元年(一二二五)十月、為家の蔵人頭《くろうどのとう》任官の前には、執権北条泰時が公経に書状を送って推挙したり、定家が天福元年(一二三三)十月に出家した時、そのことを直ちに自分で書状を書き泰時に知らせたりしている(『吾妻鏡』)。また前述のように、『新勅撰集』に自分の歌が入集したことを知った北条泰時は、すぐに定家に感謝の手紙を送ってきた(一四頁)。また北条時房の子息、時村《ときむら》(行念)と資時《すけとき》(真昭)は、定家の和歌の弟子であり、定家邸に出入りしていた。『新勅撰集』には、将軍実朝やこれらの幕府関係者ら八名が入集、その殆どは定家と知己であっただろう。

このように蓮生は、定家や為家にとって大切な縁戚であり関係が密であり、二人とも蓮生に

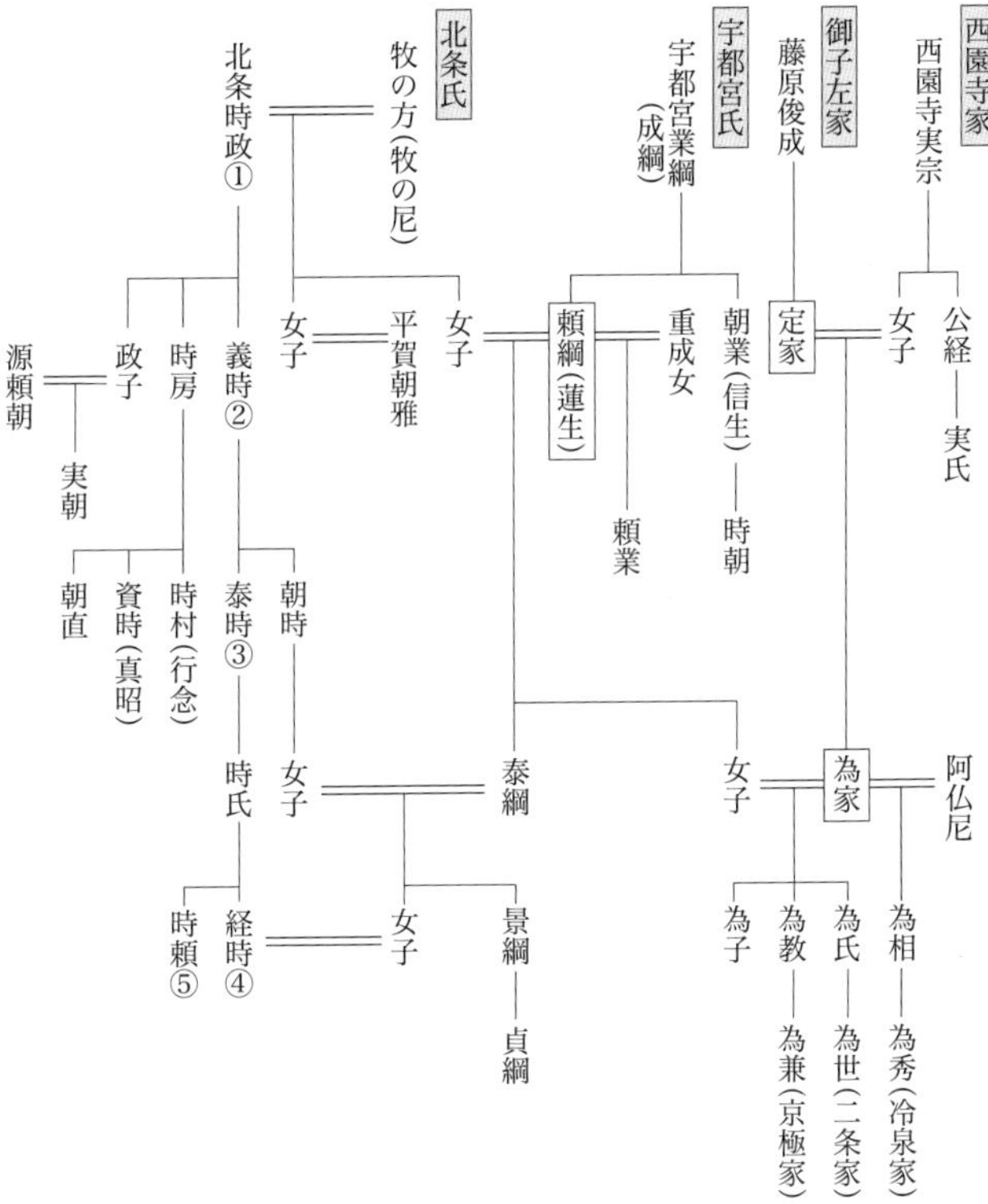

北条氏・宇都宮氏・御子左家・西園寺家系図
(数字は執権の代数，左右は長幼と無関係)

は最大の配慮をして尊重している。しかも蓮生一族の向こう側には北条氏がいるのだ。

数多くの秀歌撰や歌集、撰歌合などを編纂している定家は、後鳥羽院への思いを蓮生へのこのアンソロジーにこめねばならぬ必然性はないのであり、それよりも、蓮生に合わせて撰歌をしたに違いない。反対の例をあげれば、承久の乱後に編まれた『詠歌大概』は梶井宮尊快《かじいのみやそんかい》入道親王(後鳥羽院皇子)のために書かれたらしいが(『井蛙抄《せいあしょう》』)、これに付された秀歌撰『秀歌体大略』(一〇三首)には、後鳥羽院の歌が『新古今集』から六首採入されている。

以上のように、昔から多く言われてきた、「定家は『新勅撰集』ではやむを得ず後鳥羽院と順徳院の歌を除いたが、そのうちの二首を『百人一首』に復活させることにこだわり、それによって何らかの意図を示した」というような推測は成り立ち難い。特に後鳥羽院の「人もをし……」の歌は、承久の乱の九年前の詠であるが、その歌内容から、そこに隠岐の後鳥羽院の妄念を想像する人もいるかもしれないのだ。この二首が蓮生への障子歌には不適という指摘はこれまでも一部でなされていたが、やはりそのような撰歌は、アンソロジーとしても幕府の有力御家人宇都宮蓮生に贈与するものにはふさわしくないし、更に、もしもその歌が山荘の障子に飾られて幕府関係の客人や使者等の目に触れたなら、御子左家や宇都宮氏の浮沈にも関わるかもしれない。蓮生は、前述のように時政の娘婿であったために平賀朝雅事件に際して謀反を疑われ、一族郎党出家して幕府に恭順の意を示して許されたという苦い過去がある。宇都宮氏に対しても御子左家に対しても、定家がそのようなリスクを冒す筈がない。

蓮生に贈られた三つの障子歌・屛風歌が表す意識

別の観点から考えてみよう。成立を語る『明月記』の文暦二年（嘉禎元年）五月二十七日条を再度掲げる。

廿七日〈己未〉、朝天晴、
（前略）予本自不知書文字事、嵯峨中院障子色紙形、故予可書由、彼入道懇切、雖極見苦事、懃染筆送之、古来人歌各一首、自天智天皇以来、及家隆・雅経卿、

実は、この中院山荘障子和歌だけが、蓮生に贈られたものではない。あまり注目されていないが、ほかに定家が家隆と共に寛喜元年（一二二九）に詠み送った「宇都宮神宮寺障子和歌」と、為家が蓮生に贈った「蓮生八十賀名所屛風和歌」がある。このほかにもあったかもしれないが、少なくとも「嵯峨中院障子色紙形」は三つのうちの一つなのである。それがどのような意識で作られているか、瞥見してみよう。

年代順で一つ目の「宇都宮神宮寺障子和歌」は、『明月記』寛喜元年七月二十九日条に記事があることによって知られる。

廿九日〈甲午〉、天晴、

有朝露云々、関東入道、於本居所作堂障子、書大和国名所〈十ケ所〉、予、前宮内卿、令詠歌、可押色紙形由、誂宰相、仍今朝腰折五首書送〈葛木山春、久米磐橋同、多武峯同、布瑠社夏、泊瀬山同〉、前宮内〈吉野山春、二上山・三輪山夏、龍田山秋、春日山同〉、秀多、可恥、行能朝臣可書云々、世以雖処軽忽、此三人没後、詠歌右筆誰人乎、

関東入道(蓮生)が、本居宇都宮の宇都宮神宮寺の障子に描く大和国の名所十ヶ所の絵にあわせて、定家と宮内卿家隆の歌を、為家を通して依頼してきた。色紙形の揮毫は当時の著名な能書家、世尊寺行能が行うという。定家は「世の人は軽々しいことのように扱うかもしれないが、定家、家隆、行能の三人が没した後は、詠歌も右筆も誰が気にしようか」と記している。それだけ定家は、蓮生に気を遣い、特別に扱っていることがよくわかる。

これは障子和歌全体としては残っていないが、家隆の家集『壬二集《みにしゅう》』と、宇都宮歌壇の私撰集である『新和歌集』に歌が残る。この障子は、吉野山、葛木山を始めとする大和国の古代からの信仰の中心地である十ヶ所の名所絵が描かれ、そこには定家、家隆作の和歌十首の色紙形が、世尊寺行能によって書かれて貼られたのである。都の屈指の文化人たちの作であり、都の文化の粋を集め、同時に古代大和の宗教的空間を鮮やかに可視化する調度品であっただろう。

二つ目は、当該の「嵯峨中院障子色紙形」であり、定家が蓮生の依頼で中院山荘の障子に押すため、古歌を色紙形に書いて贈った。『百人秀歌』の歌である。

三つ目は、「蓮生八十賀名所屛風和歌」である。定家が没して十六年後の正嘉元年（一二五七）、為家は、妻の父である蓮生の八十賀を祝い、名所絵を描いた月次《つきなみ》屛風をあつらえ、蓮生に贈った。そこに貼られた歌は為家の家集や『新和歌集』に九首あり、うち三首を掲げよう。

　　蓮生法師八十賀屛風歌

春のくる今日の若菜も芹川の千代のふる道年をつみつつ　（『新和歌集』春・九）

　　蓮生法師八十賀屛風歌

咲きにほふ梅津の川の花ざかりうつる鏡のかげもくもらず　（同・一二）

　　三月　小塩山《おしおやま》の花

思ひいづる小塩の山の桜花かけし神代の春の昔を　（『為家集』一三三九）

各月一首ずつの月次の和歌であったようだが、すべて都の歌枕である。以下に列挙する。（　）内に、詠まれている景物を示す。

正月　芹川（若菜）　二月　梅津（梅）　三月　小塩山（桜）
四月　常磐の杜（郭公）　五月　貴舟《きぶね》川（五月雨）　六月　糺《ただす》の杜（夏祓《なつばらえ》）
七月　嵯峨野（秋風）　八月　桂川（月）　〔冬〕宇治川（網代《あじろ》）

注目されるのは、これらの歌枕が、蓮生の中院山荘に近い嵯峨近辺や現右京区の名所が多いことである（傍線を付した）。小塩山は善峯寺に近い。ほかに貴舟川などの著名な歌枕も加えている。蓮生と為家が共に見た風景もあるかもしれず、和歌の内容を見ても、色々な点で蓮生を喜ばせようとしたものと思われる。これは、為家が蓮生の長寿を言祝《ことほ》ぐとともに、蓮生の中院山荘の風光を賞《め》でて、周辺の名所歌枕や著名な歌枕を入れて名所絵を描かせ、自らその歌枕の和歌を詠んでその色紙形を貼った屛風であったと言えよう。その和歌は、後に宇都宮歌壇で編纂された『新和歌集』に収載されている。蓮生はこの屛風を為家から贈られて大いに喜び、屛風を周囲に見せていたのであろう。

このような定家・為家の配慮と姿勢からみて、蓮生の求めに応じて編んだアンソロジーに、遠島に流されている後鳥羽院や順徳院の和歌を入れるようなことは考えられない。蓮生の意向を最優先にし、蓮生を喜ばせることに意を注いだに違いないのである。

なお、蓮生嫡男泰綱にも、定家が『古今集』を書写して贈ったことが『新和歌集』に見えている。宇都宮氏一族への和歌関係の贈与はよく行われていたのであろう。「京極入道中納言」は定家をさす。

藤原泰綱に古今書きてたびける奥に書きつけられける　京極入道中納言
跡をだにありし昔と思ひいでよ末の世ながき忘れ形見に　（八二二）

贈呈されるアンソロジーの違い

更に別の視点から考えてみたい。『百人秀歌』(『百人一首』)は定家の唯一のアンソロジーではないのだから、相対的に眺めねばならない。この頃の定家の秀歌撰や歌論書に付属する秀歌例の内容を概観してみよう。自筆本『近代秀歌』(再撰本。成立年時不明)のほか、承久の乱後に編まれたものとして、梶井宮尊快入道親王(後鳥羽院皇子)に献呈された『詠歌大概』に付属する『秀歌体大略』、貞永元年(一二三二)頃に後堀河天皇に献上された『秀歌大体』、天福二年(一二三四)に道助法親王を介して隠岐の後鳥羽院に送られたらしい『八代集秀逸』などがあり、これらは『百人秀歌』と時期的に近い。

これらを部立の構成や撰歌傾向から見渡すと、定家は同時期の秀歌例・秀歌撰であっても、その構成や傾向は同じということはなく、献呈先・目的などを配慮して選んでいることが確認できる。献呈する相手に合わせて歌人や歌を変えるのは、当然であろう。

『秀歌大体』を例に取ると、これは定家が後堀河天皇に献呈したもので、三代集と『新古今集』から歌を抄出しているが、万葉時代と古今時代の歌が殆どを占め、『新古今集』から採った歌も万葉歌人と三代集歌人の歌である。平安後期以降の題詠歌は全くない。四季歌が非常に多く、恋歌・雑歌が少ない。成立は不明とされてきたが、後堀河天皇が集中的に詠歌を始めた貞永元年(一二三二)五月以降、翌年の后藻璧門院崩御で和歌会が行われなくなる天福元年九月以前の約一年間に進献した可能性が高いと思う[田渕句美子、二〇一〇]。『新勅撰集』撰進下命の頃に、初学の若き後堀河天皇に向けて、勅撰集を飾るにふさわしい天皇の歌の詠作を指導するため、本歌となり得る歌・参看すべき古歌を、万葉・古今時代の歌から選んで示した詠歌テキストであると考えられ、明確な方針を読み取ることができる。

これらのアンソロジーの歌数は概ね一〇〇首前後であり、自筆本『近代秀歌』は八十三首、『秀歌体大略』は一〇三首、『秀歌大体』は一一二首、『八代集秀逸』は八十首である。しかしこれらの撰歌は、『百人秀歌』の一〇一首とは、共通歌もあるが、一致しない歌も多い〔齊藤瑠花、二〇二二、作成の表参照〕。これはこれまでにも指摘されている事実だが、改めてこの点を強調しておきたい。献呈先・編纂目的によって選ぶ歌はかなり異なるのであり、『百人秀歌』(『百人一首』)の歌が絶対的な秀歌とは言えないのである。

ところでこれらの秀歌撰に、定家は『新古今集』から後鳥羽院歌を、数の多寡はあるが採入している(『秀歌大体』を除く)。だからもしも仮に、定家が『百人秀歌』に後鳥羽院の歌をどうしても入れたいと思えば、『近代秀歌』(自筆本)『秀歌体大略』『八代集秀逸』に定家が採入したように、既に成立している『新古今集』の後鳥羽院歌を入れることは、蓮生という献呈先を無視するならば、可能であったことになる。この三つに共通している後鳥羽院歌は、次の三首である。

桜さく遠山鳥のしだり尾の長々し日もあかぬ色かな　　(『新古今集』春下・九九)

秋の露やたもとにいたくむすぶらん長き夜あかずやどる月かな　（同・秋上・四三三）

袖の露もあらぬ色にぞきえかへるうつればかはる嘆きせしまに　（同・恋四・一三二三）

「桜さく……」は『新古今集』春下の巻頭歌で、院自らが主催した俊成九十賀の屏風歌であり、人麻呂の歌（『百人一首』三）を本歌とし、悠揚たる帝王ぶりの詠で、御子左家にとっても名誉な歌である。「秋の露や……」は『源氏物語』桐壺の歌を本歌とし、後鳥羽院が桐壺帝に成り代わるようにして詠んだ哀れ深い秋歌である。「袖の露も……」は『源氏物語』若菜上の紫上の歌などをふまえ、恋人の心のうつろいを嘆く女の哀艶な恋歌である。この三首は、後鳥羽院の歌の中でも定家が特に高く評価していた歌と見て良いだろう。

あるいは、もしも仮にだが、定家が為政者としての後鳥羽院の姿をそこに刻みたければ、次の歌を『新古今集』から入れるという方法も一応はあったことになる。

住吉歌合に、山を　　太上天皇

奥山のおどろが下もふみわけて道ある世ぞと人に知らせん　（雑中・一六三五）

（奥山のいばらが生い茂っている下も踏破して、道〈正しい政道〉がある世なのだと人々に知らせよう。）

ちなみに定家は承久の乱以前の建保三年（一二一五）頃に編んだ『定家八代抄』にはこの歌を入れており、そこでは『百人秀歌』所収の俊成と慈円の歌の間に置く。たしかにこの三首は表現上、連結されるにふさわしい。

世の中よ道こそなけれ思ひ入る山の奥にも鹿ぞなくなる　皇太后宮大夫俊成（雑下・一七〇八）

住吉社歌合に　院御製

奥山のおどろが下もふみわけて道ある世とぞ人に知らせん（同・一七〇九）

題不知　前大僧正慈円

おほけなく憂き世の民におほふかなわが立つ杣に墨染の袖（同・一七一〇）

しかし定家は、承久の乱後は、どの秀歌撰にも後鳥羽院の「奥山の……」の歌は入れていない。承久の乱後の世では、これはやはり触れられない禁忌の歌となっていたのだろう。

結局、定家が『百人秀歌』に『新古今集』から後鳥羽院歌を採択しなかったのは、後堀河天皇への『秀歌大体』に後鳥羽院歌を入れなかったことと同じであり、献呈先と目的によることなのである。歌数が同じような『近代秀歌』(自筆本)『秀歌体大略』『秀歌大体』『八代集秀逸』と『百人秀歌』の撰歌が、それぞれかなり異なるのも、献呈先が異なるのだから、当然と言えよう。つまりは『百人秀歌』は、蓮生へ贈与されたもの、それも私的セレクションであった点が重要という点が明らかとなる。

『百人秀歌』巻末歌群に見える意図

このように、人に贈呈・献上するアンソロジーは、まずは贈る相手に合わせて撰ぶものである。もし『百人一首』が蓮生の求めに応じて作られたアンソロジーなら、蓮生への具体的な配慮がなければならない。しかしそれが見られるのは、『百人一首』ではなく、『百人秀歌』であると思う。それがはっきり見える例として、『百人秀歌』の巻末歌群を挙げよう。頭書《とうしょ》(本文の上に書かれている注記)として勅撰集の略称が書かれているが、ここではそれも付して掲げる。

千　おほけなく憂き世の民におほふかな我が立つ杣に墨染めの袖　前大僧正慈円　(九六)

新　み吉野の山の秋風さ夜更けてふるさと寒く衣打つなり　参議雅経　(九七)

新勅　世の中は常にもがもな渚漕ぐ海人《あま》のを舟の綱手かなしも　鎌倉右大臣　(九八)

同　風そよぐならの小川の夕暮は禊《みそ》ぎぞ夏のしるしなりける　正三位家隆　(九九)

同　来ぬ人をまつほの浦の夕なぎに焼くや藻塩の身もこがれつつ　権中納言定家　(一〇〇)

入道前太政大臣

同　花誘ふ嵐の庭の雪ならでふりゆくものは我が身なりけり　（一〇一）

この歌群を見ると、歌と歌ことばがゆるやかに繋がれていて、意識的な配列構成であることがうかがえる。歌枕としては、比叡山（九六）→吉野山（九七）→（鎌倉の）海（九八）→上賀茂神社の御手洗川《みたらし》（九九）→松帆の浦（一〇〇）のように推移する。自然の景物としては杣（九六）→山（九七）→海（九八）→川（九九）→浦（一〇〇）→庭（一〇一）というように舞台が次々に変わっていく。また人の姿は、抽象的な意味合いの世の中の「民」（九六）、見知らぬ誰かの砧《きぬた》の音（九七）、渚で小舟の綱手を引く見知らぬ漁夫（九八）、少し近づいて、小川で禊ぎをする人の姿（九九）、そして身体の内側へと焦点化されていき、恋焦がれる「身」（一〇〇）、そして老いゆく「我が身」（一〇一）へと収束する。また数首には風が吹きわたっていて、夜更けの秋風（九七）、楢の葉をそよがせる風（九九）、それがぱたりと途絶えた「夕なぎ」（一〇〇）、そして最後には花を雪のように降り散らせる「嵐」（一〇一）で終わる、という流れが作られている。また出典の勅撰集の部立ては分散しており、雑（九六）、秋（九七）、羈旅（九八）、夏（九九）、恋（一〇〇）、雑（一〇一）のように配列されている。このようにいくつもの連鎖の糸が繋がれている。

『百人秀歌』では、全体に八代集の歌はばらばらに混ざって置かれているが、末尾の『新勅撰集』の四首だけが最後にまとめて置かれていることは重要であり、この点から類推して、定家は、『定家八代抄』などをもとに、『新古今集』までの八代集の歌から九十七首を撰び終えた後、続けて、成立したばかりの『新勅撰集』から、九八の実朝（鎌倉右大臣）、九九の家隆、一〇〇の定家、一〇一の公経（入道前太政大臣）の四首を加えたとみられる。『百人秀歌』の『新古今集』歌は十六首であるが、実は持統天皇、赤人、家持《やかもち》、伊勢、兼輔、好忠、儀同三司母《ぎどうさんしのはは》、紫式部などの古歌が多く、新古今時代の歌人で『新古今集』から採られたのは式子内親王、寂蓮、藤原良経、藤原（飛鳥井《あすかい》）雅経だけであり、彼らはいずれも故人である。それに対して『百人秀歌』最後の三首、家隆、定家、公経は、『百人秀歌』当時に生きていて、最後に三人並べている。彼らはもちろん新古今時代にも活躍したが、その歌を『新古今集』ではなく『新勅撰集』から採っている。つまり『百人秀歌』には、新古今時代を称揚する意図は稀薄であり、これは華麗な新古今歌風を否定するようになっていた定家晩年の和歌観とも一致する。『百人秀歌』巻末三首には、彼らを新古今歌人ではなく、当時の宮廷歌壇の歌人、かつ定家が撰進した『新勅撰集』の歌人であると強調する意図があるように思う。

そして、九六―一〇一の巻末六首の作者の配列には、蓮生への意識が見出されるのではないか。まず実朝（九八）、家隆（九九）、定家（一〇〇）、公経（一〇一）という配列だが、実は彼らはいずれも蓮生と直接関わりがある人々である。実朝はかつて蓮生とその弟信生が仕えた主君であり、信生は実朝の寵臣で実朝暗殺後に出家した。また家隆は、前述のように定家と共に寛喜元年(一二二九)七月に宇都宮神宮寺の障子和歌を詠んで蓮生に贈っている。そして、蓮生は公経邸に出入りしており、伊予国の知行国主であった西園寺公経と、同国守護であった蓮生とが、伊予国の統治で連携する関係にあることは、先に述べた。

さらに、これらの前の飛鳥井雅経(九七)は関東に関わり深く、妻は大江広元女であり、しばしば下向して将軍家に祗候《しこう》しており、同時期に将軍家に仕えていた蓮生・信生兄弟とは知己であったに違いない。後のことだが、雅経の孫娘は、為家嫡男の為氏(蓮生の鍾愛の孫である)の妻となって嫡男為世を生む。さらに、雅経の前に置かれた天台座主《てんだいざす》慈円(九六)は、西山派《せいざん》証空とその門下である蓮生・信生と接点があった。西山往生院(三鈷寺《さんこじ》)は慈円から証空に譲られ(『西山上人縁起』)、証空は三鈷寺を本拠とし、信生は三鈷寺に所領を度々寄進し(『三鈷寺文書』)、三鈷寺は慈円の善峯寺と至近であり、証空は慈円と密接に関わり、蓮生は善峯寺の辺りに「草庵」(といってもかなりの建物だっただろう)を持っていた。

このように、蓮生らが直接関わり合った著名歌人たちが、『百人秀歌』最後に連続して置かれていることは、定家から蓮生に向けての配慮が滲むメッセージのように見える。その配列は、九六以降、宗教者、将軍家家臣(御家人)、宇都宮氏、歌人、伊予国守護といった蓮生のさまざまな姿と人脈を彷彿とさせるような、あるいは蓮生に関わり深い西山、鎌倉、宇都宮、都、という場を喚起するような構成である。『百人秀歌』の巻末は、『百人一首』とは異なり、蓮生に向けての意識をもとに構成されていたのではないか。

従来『百人一首』論では、その巻末二首が、今は存在しない『新勅撰集』草稿にあったという仮定を中心にして論じられてきた。けれども、現存の完成本『新勅撰集』との関連を見ると、『百人秀歌』の巻末は、むしろ完成した『新勅撰集』を誇示するような配列になっていて、しかもその辺りには蓮生への意識が浮かび上がる。今ここに見える定家の意識のあらわれに注目すべきではないだろうか。

「嵯峨中院障子色紙形」は何枚であったか

さて、蓮生の中院山荘の障子に貼られた「嵯峨中院障子色紙形」の枚数は、『百人秀歌』の一〇一首をすべて書いた一〇一枚であったのか、あるいはその一部であったのだろうか。

一〇〇枚（もしくは一〇一枚）であると漠然と考えられることが多く、一般にそのイメージが強いが、それはあり得るのだろうか。たとえば石田吉貞［一九六九］は一〇〇枚と考え、「豪壮を好む関東武士が、豪富に物を言はせた新築の山荘であるから、大広間に五十枚の障子を立て、親族の大歌人定家から、古来の百歌人の歌を書いて貰つて」、障子一枚に歌の色紙二枚を押したと推定した。しかし徳原茂実［二〇一五］は、『明月記』記事にある天智天皇、家隆、雅経の歌がいずれも四季歌であり、屛風歌・障子絵によく取り上げられる画題であること等から、これは色紙形を示す言であり、障子には四季大和絵が描かれ、十数首か、あるいは二十数首という歌数の歌を選んで染筆したと推定した。絵については一七六頁以降で述べるが、和歌が書かれた色紙の数としては、たしかにその程度の枚数であったのではないかと思う。以下、その理由を説明しよう。

研究者の間で、この中院山荘障子和歌が、『最勝四天王院障子和歌』と対照されて論じられることがある。最勝四天王院は帝王後鳥羽院の御願寺であり、この障子和歌は後鳥羽院が心血を注いで作った王権のパフォーマンスであり、名所障子が御所すべての空間を覆い、その構成は和歌と絵による「幻想の王国」であるという〔渡邉裕美子、二〇〇七〕。これは古歌ではなく、この障子和歌のために新古今歌人たちが和歌を競作し、その中から後鳥羽院が一名所につき一首を選んだ。名所絵の描き方についても後鳥羽院の注文が厳しく、絵師が悲鳴をあげるほどであったという。つまり規模も性格も全く異なる。定家もこの『最勝四天王院障子和歌』制作に関わったという点から、中院山荘の障子和歌と『最勝四天王院障子和歌』とを重ねて考えることが行われているが、異なる点の方が多いのだ。それに、王権の象徴たる廟堂の『最勝四天王院障子和歌』は和歌四十六首(名所絵四十六ヶ所)であるのに対して、関東の一御家人の山荘の障子和歌がこの倍以上という数は、どう考えてもありそうもない。もしも中院山荘障子和歌の規模がそれほど壮大なものであったなら、人々の噂になるであろうが、当時そうした言説の痕跡はない。なお、障子一枚には二枚程度の色紙形を貼る(押す)ことが多い(図11)。
鎌倉期のほかの例では、前述の「宇都宮神宮寺障子和歌」は、定家・家隆が和歌を詠み送った障子和歌であるが、現存するのは十首であり、構成からみて最大でも十六首である。蓮生ら宇都宮氏一族の宗教的中心地である宇都宮神宮寺と、蓮生の中院山荘とは、規模も構造も異なるであろうが、およその目安にはなる。

図11　障子の上部に貼られた色紙形が見える
(『春日権現験記絵』巻三の一)

また、この頃の障子和歌としては、式子内親王のために作られた御所の色紙形のことが、『吉記』建久三年(一一九二)七月二十七日条にある。式子内親王は後白河院から相続した大炊《おおい》殿にすぐには入れず、経房邸の一つの南亭に移った。経房は式子のためにここを改装したが、その中に障子もあった。奥野陽子[二〇一八]が『吉記』の記述について「寝殿の出居殿と南面の正殿には、後白河院に重用せられた人々(忠親、朝方、親宗、定長〈経房弟〉)、千載集歌人(実家、親宗、伊経)、能書で知られた人々(光雅、伊経、朝方)等に、色紙形を書かせて障子に押した」と言う通りである。ここに名前があるのが七名で、ほかにもいたかもしれないが、皆が能書ではないのだから、一人が書いたのは一、二枚、多くても三枚程度ではないだろうか。すると色紙形は全体でおよそ十一二十枚程度となる。また渡邉裕美子［二〇二二］は平安期から院政期の障子歌の例を通覧して、平安時代の摂関家クラスの邸宅や山荘でも最大で二十二題（場面）であることを指摘している。

以上のような例からみて、中院山荘がかなり広大な山荘であったとしても、中院山荘障子和歌が一〇一枚にも及ぶというのは考え難い。揮毫された色紙形は、十数枚か、多くても二十数枚程度であったと考えられる。

『百人秀歌』から色紙形へ、そして色紙形の行方

それでは『百人秀歌』は、どのような経緯で成立したものであろうか。

定家が「嵯峨中院障子色紙形」として何枚か染筆する時、いきなり和歌だけ揮毫した色紙形を蓮生に送ることは考えにくい。色紙形には作者名がないのだから、まずは歌・作者名の両方を記した草案を作り、蓮生にどの歌にするか、枚数はどうするか、意向を聞く筈である。この点をふまえて推測すると、蓮生は当初は秀歌撰、つまりアンソロジーの作成を定家に依頼し、それが『百人秀歌』であり、それを見た後に改めて定家に対して、そのうちの何枚かの色紙形

染筆の依頼をしたのではないか、それを受けて定家が蓮生に色紙形を書いて送った記事が『明月記』の記事なのではないか、と考えられる。

なぜなら、『百人秀歌』の構成は、これまで指摘されているように、また八三頁でも述べたように、対照性や連続性などが仕組まれ、緻密で完成度の高いものであり、色紙形に書く和歌の草案だけならば、このような形になるとは思えないからである。さらに重要なことは、『百人秀歌』には次のような奥書があり、ここには色紙形のことは何もなく、上古以来の歌人の歌を一首ずつ撰んだものであると述べており、草案のようなものではなく、これが一つのアンソロジーであることがわかる。

上古以来歌仙之一首、随思出、書出之、名誉之人、秀逸之詠、皆漏之、用捨在心、自他不可有傍難歟、

これは『定家八代抄』や『詠歌大概』の奥書とも似ていて、定家が古今の秀歌を撰ぶ時の常套句のような表現である。謙辞を連ねているが、強い自負が流れていることは共通しており、『百人秀歌』固有の文言ではない。この奥書があるからには、定家が書いた一〇〇枚の色紙形をもとに為家が書物として『百人一首』をまとめたという後世の言説は成り立たない。そして『百人一首』にはこの奥書は今のところ見出されず、それは定家撰を疑わせる理由の一つでもある。

以上のことから、色紙染筆以前に蓮生が依頼したアンソロジーが『百人秀歌』であった可能性が高いと思う。そこでは定家は、かつて良経のために『物語二百番歌合』を編纂した時のように、構成に趣向を凝らして、歌人蓮生を喜ばせようとしたのではないだろうか。『明月記』にはここまでの階梯は細かに書かれていないが、定家は『明月記』では適宜プロセスを省いて書くことも多いので、不自然ではない。定家の他のアンソロジーも、『明月記』にその成立等が何も書かれていないものが多い。その後、蓮生から色紙染筆の依頼を受けて何枚か染筆し、『明月記』文暦二年五月二十七日条に「嵯峨中院障子色紙形」の染筆と送付のことを書き記したとみられる。だからこの日付は、『百人秀歌』成立の下限を示すものである。

ところで、この色紙形はいつまで障子に貼られていたのだろうか。定家の嵯峨山荘は為家が相続し、蓮生の中院山荘も同様に娘婿である為家が相続し、この二つは合併されて新たな中院山荘となり［角田文衞、一九八三］、晩年の為家が阿仏尼《あぶつに》とともに住み、ゆえに為家は「中院《ちゅういん》殿」と呼ばれた。もしも多数の定家筆の色紙形が、嵯峨中院山荘の障子に為家が住んだ頃まで貼られていたならば、為家・阿仏尼夫妻はこの山荘を文化サロンとして人々を招いていたので、そこに群れ集った人々の眼にも当然入り、当時の文献・歌集等にそうした記述が残りそうであるが、それは全くないのである。

とりわけ飛鳥井雅有《まさあり》が言及しないのは不可解である。雅有は文永六年（一二六九）に為家・阿仏尼夫妻が住む中院山荘に、三ヶ月にわたり通い続け、為家から『源氏物語』や和歌などの講義を受けたり、和歌・連歌・蹴鞠を共にしたりして親しく交遊し、その日々を仮名日記『嵯峨のかよひ』に日ごとに詳しく記している〔田渕句美子、二〇〇九〕。雅有が中院山荘に定家筆の色紙形が貼られているのを眼にしたなら、必ず描写するであろうが、それは全くない。ちなみに雅有は『春の深山路』という作品の中で、弘安三年(一二八〇)の東海道の旅で、前年に阿仏尼が鳴海宿の地蔵堂に書き付けた和歌を見に行けなかったと残念がっており、このような阿仏尼のわずかな手跡にも言及するほどである。もしも文永六年の中院山荘の障子に定家筆の色紙形が貼られていたならば、たとえ一枚だけであっても、雅有が注目しない筈がない。

障子や屏風は、典籍(書物)とは異なって消耗品的な調度品である。定家が揮毫して中院山荘の障子に貼られた色紙形は、揮毫から三十四年を経たこの頃には、その多くは湮滅していたのではないか。なお小倉色紙については後で述べる。

『百人秀歌』が一〇一首ということ

『百人秀歌』は一〇〇首ではなくて、一〇一首である。これはなぜなのか、現代の感覚では不思議に思えるが、当時の百首歌や私家集の百首などの例で、実際は一〇〇首前後という例は多く、現存本が一〇一―一〇二首の例は、時代を問わず散見される。タイトルに百を標榜する

『百寮和歌』(別本)や『百草和歌抄』ですら一〇二首である。おそらく、百という数は厳密に絶対的なものではなく、詠作時に出し入れがあったり、その後の増補や脱落もあり、色々なケースで振幅があり得るから、一〇〇首でなくても特に大きな問題とはされていないのであろう。『百人秀歌』の場合は、定家が自詠一首を追加したため一〇一首となったのだと思うが、それでも「百」と称するのは許容範囲だったのではないか。

定家が『百人秀歌』に最初は自身の歌は入れず、後に蓮生の依頼によって追加したと考え得る根拠は、他に編纂したアンソロジーにおける自詠の扱いである。定家が当初から誰かに贈与・献呈する目的で著した歌論書、『近代秀歌』『詠歌大概』『秀歌大体』『八代集秀逸』の秀歌例には、定家自身の歌は全く入れていない。それに対して、当初は誰かに献呈するために編んだのではない『定家八代抄』には、定家の歌を十六首入れている。

類似する例では、『新古今集』撰進の際、最初に五人の撰者たちがそれぞれに撰歌して後鳥羽院に奉った撰歌稿には、各々の自詠は入れなかったことが、『新古今集』の撰者名注記(その歌を撰者の誰が選んだかを示した注記)から明らかである。また、定家が弟子藤原長綱《ながつな》に語ったことを長綱が筆録した『京極中納言相語』に、『新古今集』撰進の時の話として「自撰恐れある間、一首も加へざりき」とあって、それを裏付けている。なお、定家の父である俊成は、『古《こ》来風体抄《らいふうていしょう》』に付属するアンソロジー(「勅撰集抄出歌」)に、一首のみ俊成の「夕されば野辺の秋風身にしみて鶉鳴くなり深草の里」を入れた。特に俊成が自讃する歌であり、例外として入れたのであろう。歌道家の指導者である俊成、定家、『新古今集』撰者たちのこうした行為から、当初は『百人秀歌』に定家は自身の歌を入れなかったと断定して良いだろう。

とはいえ、蓮生が、敬愛する定家の歌も入れてほしいと求めてくるのは予想できただろうから、『百人秀歌』巻末歌は西園寺公経の歌に決め(当時の権力者公経は特別な扱いである)、蓮生の依頼に対応できるように、定家歌を家隆歌と番いの位置に挿入できる形に考えておき、実際に依頼を受けてからそこに入れたのではないだろうか。

『百人秀歌』が一〇一首という数であることは、むしろこれが定家当時の形態(定家が自分の歌一首を追加した形)を残していることを示しているように思う。それを『百人一首』編者が一〇〇首に整えたと考えられる。

4　定家『明月記』を丹念に読む――事実のピースを集めて

重要な手掛かり、小倉色紙の紙背

小倉色紙とは、伝定家筆の『百人一首』の色紙をさす(「伝」とは「伝称」であり、必ずしも真筆ではないことを示す)。約五十枚の小倉色紙が現存するが、小倉色紙の殆どは定家真筆ではなく、

藤原信蔭
世と丶もに流てたえぬお
したにやふかきふちと
藤原親□
あふさかに
わかれをしまぬあ□□□
不遇恋

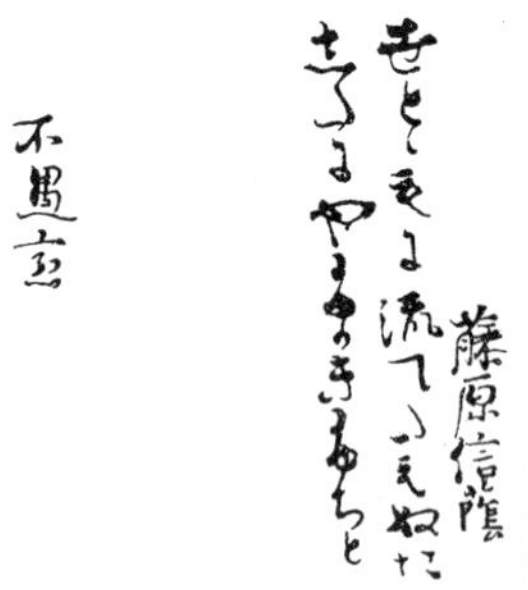

図12　小倉色紙「こひすてふ」の紙背（『集古十種』より）

室町時代から江戸時代の筆跡（つまり偽筆）であるというのが、現在ではほぼ通説である。小倉色紙はすべて偽筆という意見もある一方で、名児耶明〔一九九四〕は、定家の時代の可能性があるもの・自筆に近いと考えてよいものとして、模刻も含めて、徳川美術館蔵（尾張徳川家旧蔵）「こひすてふ」（忠見）、五島美術館蔵「あひみての」（敦忠）、「たちわかれ」（行平）、「しのぶれど」（兼盛）、「さびしさに」（良暹《りょうぜん》）の計五点をあげている。

その中に紙背（裏文書。紙は貴重だったので記入ずみの紙を裏返してよく用いた。先に書かれていたものを紙背という）があるものがあり、特に徳川美術館蔵「こひすてふわがなはまだきたちにけりひとしれずこそおもひそめしか」（忠見）の紙背が重要である。この色紙は三枚の料紙が継がれている。これを美術館が表装替えした際に、紙背を見て撮影した報告がある［杉谷寿郎、一九八七・伊井春樹、一九九〇］。実はこの紙背は、江戸時代の『集古十種』（松平定信が編刊した文化財の図録集。小倉色紙も木版の模刻で三十三枚を掲載）にも模刻があって、この模刻（図12）は色紙の両脇二枚だけなのだが（中央は濃い装飾料紙なので文字が読めなかったのであろう）、これは撮影された色紙紙背の写真とほぼ一致し、『集古十種』の正確さが知られる。下部は本文を少し欠く。図12の上段に翻字を掲げたが、中央の三行は杉谷・伊井の翻字による。なお、徳川美術館蔵「こひすてふ」の表は序章の扉頁に掲載しているので、御覧いただきたい。かすかだが左の一枚には裏も少し見える。

そして、これと同様の紙背をもつ小倉色紙はもう一枚あり、「さびしさにやどをたちいでゝながむればいづこもおなじ秋のゆふぐれ」（良暹）である。現在は小倉色紙そのものはおそらく伝存せず、『集古十種』の模刻があるお陰でかつて存在したことが知られる。表側に縦線が一本入っているので二枚の紙を継いでいるとみられ、紙背の和歌三首も模刻されている（図13）。これも下部の本文を一部欠いている。この紙背の二首目は『続後撰集』羇旅・一三一一に、「行きとまる所とてやは東路の尾花がもとを宿とさだめん」、寂縁法師（橘長政の法名）の歌として入集している。

これらの歌とその作者は、一部の字が欠けているが、藤原信蔭、法印覚寛《ほういんかくかん》、橘長政（寂縁）、

法印覚
おもひねもかひなきくさ
いつかみやこをゆめにたに
橘長政
ゆきとまるところとてやは
おはなかもとをやとゝさた
権律師隆
さのゝをかゆくかたとをき

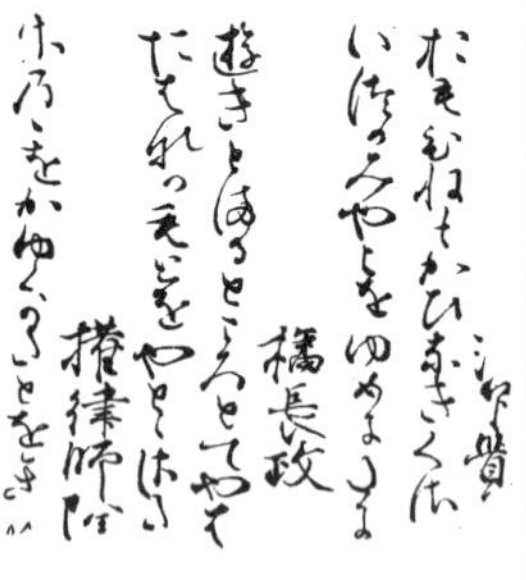

図13　小倉色紙「さびしさに」の紙背(『集古十種』より)

権律師隆昭《ごんのりっしりゅうしょう》と推定できる。彼らは晩年の定家を取り囲む好士《こうし》(数寄者《すきもの》)的な歌人達であり、『明月記』に度々登場する。『明月記』などから彼らについて述べよう。

「藤原信蔭」は、歌人・画家である藤原信実(隆信の子)の子である。信実と定家は親しく、信蔭は父信実とともに、寛喜元年(一二二九)から翌年にかけて、定家邸の和歌会・連歌会に来ている。なお、その次の「藤原親□」は、候補が複数あるので確定できない。

「法印覚寛」は、定家と親しい仁和寺僧で、定家と御室道助法親王《おむろどうじょほっしんのう》とをつなぐ人物であり、来訪等が頻繁に見え、『明月記』の紙背には覚寛からの書状が多数存在する。歌人としても仁和寺の『道助法親王家五十首』ほかに出詠し、『新勅撰集』に四首採られた。橘長政、藤原信実と同じように、承久の乱後の定家邸での和歌会・連歌会の常連である。

「橘長政」は西園寺実氏の家司《けいし》であり、定家邸連歌会の常連である。『明月記』によれば嘉禄元年(一二二五)以降、しばしば定家を訪れて言談しているが、寛喜三年(一二三一)八月以降貞永二年(一二三三)正月まで、ぱったり定家訪問の記事は途絶える。それは『今物語』第十一話が語るエピソードが背景にあるようだ。長政は『新勅撰集』草稿を見て自分の歌が三首だけであることに憤激し、なんとその三首を『新勅撰集』草稿本から削除してしまう、という過激なことをやった(一体いつどのようにやったのかわからないが)。当然、定家とは絶縁状態となったが、信実が間に立って和解させ、和解後には長政はまた定家を訪れている。結局長政は『新勅撰集』の完成本には全く入集せず、次の『続後撰集』に五首入集する。強烈な個性を放つ好士・数寄者の代表のような人物である［田渕句美子、二〇〇二］。

「権律師隆昭」も仁和寺僧で、覚寛とも近く、『道助法親王家五十首』などに出詠している。『明月記』嘉禄二年(一二二六)七月七日条で、長患いの後に逝去したことを悼んでいる。

この頃の定家は、このような初学の好士的な歌人たちが訪れて来るのを快く受け入れて、和歌の話をしたり、彼らも含めて和歌会・連歌会を頻繁に行っている。このような定家の姿は、承久の乱以前には見られないのだが、この頃の定家は、彼らの歌才を一方では厳しく評価しつつも、わかりやすく指導したり(『京極中納言相語』など)、真摯さを褒めたりしている。以前にはない、やわらかな定家の老年の姿を『明月記』は語っている。

このように、定家の晩年の一時期に、定家周辺の和歌会・連歌会に出席したり教えを受けたりしていた好士的な殆ど無名の歌人たち、それも互いに親しい人々の和歌の断片が、この定家真筆に近いとされる小倉色紙の二枚の紙背なのである。藤原信蔭、法印覚寛、橘長政、権律師隆昭は、定家の時代の当時においてすらマイナーな歌人たちで、後代では知る人もないような人々である。

ここで注目すべきことは、これらの紙背の歌人たちの和歌活動及び詠作の時期は、『百人秀歌』成立の文暦二年(一二三五)の前の数年間に集中している、という事実である。もしも紙背の歌の年時が、『百人秀歌』成立年時よりも数十年遡るとか、あるいは『百人秀歌』よりも後の年時であるということならば、「こひすてふ」と「さびしさに」の色紙は定家筆の詠草を利用して作った後世の偽作であることの証拠になり得るが、そうではなくて、まさしく『百人秀歌』成立直前の頃なのである。だからシンプルに考えれば、定家が手元にあった彼らの歌が載る詠草を翻して継ぎ、色紙として用いたということになるだろう。

この紙背の紙には界線《かいせん》(横にひかれている線)があって、もとは巻子本(巻物の本)の一部であることがわかる。これが実際何の集であったかは突きとめられないのだが、巻子本から一、二首の単位で一部がきちんと切り出されて反古になった後、その反古を裏返し、二、三枚が継がれて色紙形の料紙とされた。定家は前述のように(五五頁)、通常は色紙形を書くことはしないのだから、この二枚の小倉色紙は、書き慣れない色紙形を書いて蓮生に贈らねばならないため、定家が試し書きをした下書であったかもしれない。あるいはこれは撰集の中書本(中間的な清書本)に使われるような良い紙であるということを考慮すれば、色紙の継紙の材料として裏を利用した清書であった可能性も考えられる(佐々木孝浩氏のご教示による)。下書き・清書のいずれであっても、まさしく「嵯峨中院障子色紙形」の可能性がある二枚であり、うち一枚は徳川美術館に現存しているのだ。今こうして、約八〇〇年後に定家の息遣いに出会える僥倖を思う。

文暦二年五月二十七日前後の『明月記』を読む

『百人秀歌』の成立の下限を示す『明月記』文暦二年五月二十七日条をもう一度掲げて、その前後の定家の動静を辿っていこう。

廿七日〈己未〉、朝天晴、
(前略)予本自不知書文字事、嵯峨中院障子色紙形、故予可書由、彼入道懇切、雖極見苦事、愁染筆送之、古来人歌各一首、自天智天皇以来、及家隆・雅経卿、

前述のように、定家が「嵯峨中院障子色紙形」を書き、蓮生に贈ったことを述べる記事であるが、これは都に帰ってから書き送ったことを示すもの、という点は、これまであまり注意さ

れていない。つまり定家が色紙形を染筆した場所は、都の定家邸(一条京極邸)であり、嵯峨の山荘ではないのだ。なお、『明月記』ではこの嵯峨山荘は「小倉山荘」とは一度も呼ばれていない。

『明月記』に定家の嵯峨山荘のことが見えるのは三十六年前の正治元年(一一九九)で、姉の健御前《けんごぜん》から譲られて、定家の所有となったとみられる[角田文衞、一九八三]。この正治・建仁頃には定家は頻繁に訪れて、心身を休め、自然を楽しんだ。おそらく承久の乱の後と思われるが、為家の妻の父蓮生が、定家の山荘に隣接した東側に、中院山荘を造営した。しかし定家は、晩年には殆どこの嵯峨山荘に行かなくなっていた。この「嵯峨草庵」の荒れ果ててしまった様子が『明月記』に時々描かれており、定家は、昔から定家に忠実に仕えていた老家司の賢寂《けんじゃく》を、この嵯峨山荘に住まわせていた。

この文暦二年四月十三日に、七十四歳の定家は久しぶりに「賢寂宅」である嵯峨山荘にやってきたが、この時定家はかなり重い病気に罹っており、その療養のためであった。死を覚悟していたとも推定されている[村井康彦、二〇二〇]。来客や見舞いの使にも会わなかった。その間、為家は妻子とともに岳父蓮生の中院山荘に滞在して、しばしば定家を見舞った。その後、定家は幸い回復に向かった。

小康状態となった定家は五月一日に中院山荘の連歌会に招かれ、蓮生、その子弟の泰綱ら、為家、信実らと同席した。これは、『明月記』同日条に「自中院頻招請、雖怖壁耳、依難逃、乗輿」とあるように、蓮生の度重なる招請を拒みきれず、参加したのである。この中の「雖怖壁耳」が何を言うものなのかがはっきりせず、これまで色々な解釈がされてきたが、これは定家が四月十三日に嵯峨に来てから、周囲にはこれまで重病と言って来客をすべて謝絶してきた手前、世間体をはばかり、他人に見聞きされないように注意しながら輿に乗って中院山荘に入った［村井康彦、二〇二〇］ととるのが妥当であり、納得できる。

なおこの連歌会に、肖像画（似せ絵）の大家である藤原信実が参加していることから、この時に歌仙絵が信実に依頼されたと推測する説が少なくない。しかし、この頃の『明月記』を見るとすぐわかるように、定家も信実も連歌を大変好んでおり、しばしば連歌を一緒にする連歌仲間であるから、ここで同席していることが、信実筆歌仙絵が色紙に付随して描かれたということの根拠にはならないし、してはならないと思う。実は、成立時には歌仙絵はなかったと思われるのだが、これについては一七六頁以降で述べる。

しかしやはりこの五月一日の連歌会では、定家は「過半之間、窮屈入障子西、乍臥聞之」とあるように、病後のせいか疲れてしまって、障子の西側に入って横になって連歌を聞いていた。当時の連歌は、付句《つけく》を思いついた人が発声して句を次々に付けていくものだったので、定家は途中から連歌に参加せずにその声を聞いていたのである。翌二日、為家は、定家の病気が良くなったので安心し、家族と共に京へ戻った。そして定家も、四日になると嵯峨の「草房」が住みにくいと不平をこぼし、翌五日に京の一条京極邸へ帰った。定家の嵯峨山荘は低地にあってすぐに水が溢れると『明月記』にある。加えておそらく建物が老朽化していて住むに堪えなかったのだろう。そして帰宅してから三週間後の五月二十七日に、「嵯峨中院障子色紙形」を京の一条京極邸から蓮生に送った、という経緯なのである。だから、嵯峨山荘で色紙に染筆したのではない。また嵯峨山荘で病気療養している間に、精密な構造の『百人秀歌』を選んだ可能性も低いだろう。撰歌も染筆も京の一条京極邸で行ったとみられる。

また、研究者の間で一時流行した『百人一首』先行説では、この頃、定家は私的に『百人一首』を撰んで色紙を染筆し、自分の嵯峨山荘に置いて(あるいは障子に貼って)楽しみ、蓮生がそれを見知って自分の中院山荘の障子に貼る色紙形を依頼したのが『百人秀歌』であろう、というような推定(仮説)が行われたが、このような荒れ果てた嵯峨山荘とそこに行かない定家、という現実の状況からは、それはあり得ない。またその逆、つまり後鳥羽院・順徳院の歌を撰ぶことは蓮生への『百人秀歌』では行わなかったが、その後定家が人には見せない自分のものとして『百人一首』を編んだのではないか、と推定されることもある。しかしこれも、これまで述べてきたように、『明月記』の記事や奥書など『百人一首』が定家の時代に存在したことを示す痕跡が全くないこと、その後も為家らの言説や記録等がなく、南北朝期になってからその存在が言及されること、定家が他のアンソロジーで撰んだ後鳥羽院の歌(八〇頁)とは一致しないこと、後で述べるように『百人一首』の作者名表記に定家ならあり得ない不備が多いこと[小川剛生、二〇二二]などから、定家自身が『百人一首』への改訂を行ったとは考え難いのである。

このように『明月記』などの資料を時系列で整理し、証跡のないことを排して考えていくと、資料の力によって曇りが消え、『百人秀歌』は文暦二年五月二十七日以前の成立で定家撰、『百人一首』は鎌倉中期以降に後人の誰かが手を加えて改編したものであろうことが、鮮やかに浮かび上がってくる。

「小倉山荘で歌を撰び色紙に揮毫する定家」という幻想の絵図

定家の嵯峨山荘は、蓮生の中院山荘の西隣付近にあったとみられ、前述のように、蓮生の死後に二つの敷地は合併され、為家が相続した[角田文衛、一九八三]。この合併された山荘も中院山荘と呼ばれ、為家と阿仏尼が住んだが、為家の後は、為家の孫娘を通して、摂関家の二条家に伝領されていく。

この二つの山荘はともに、嵯峨の清凉寺《せいりょうじ》の西側辺りにあった。清凉寺は当時は棲霞寺《せいかじ》と言い、貴賤の信仰を集めていた大寺院で、定家も度々参詣した。寺の西側から西の二尊院《にそんいん》に至る道は、

図14　厭離庵

北の愛宕《あたご》神社への参道にあたるので愛宕道と言う。道に沿って中院町《ちゅういんちょう》があり、道の中程を北へ入ったところに、現在、厭離庵《えんりあん》という竹林に囲まれた静かな寺がある（図14）。蓮生が営んだ中院山荘は、この厭離庵周辺を中心とする広い地域であった可能性が高い。この厭離庵の東側の公園の隅には為家墓とされる墓が残り、榊の木を墓標としている。この辺りが中院山荘の東の境界であろう。

一方、中院山荘の西隣にあったとみられる定家の山荘は、『明月記』でここを大抵は「嵯峨」と言い、たまに「中院」とも言っているので、中院に近い嵯峨であろう。「嵯峨草庵」とも言うので、富裕な蓮生の中院山荘に比べて、やや小さなものであったかもしれない。小倉山の麓に近いが、当時定家は「小倉山荘」とは呼んでいない。

ところで、定家の山荘跡（時雨亭跡）と伝える場所は、ほかに二ヶ所ある。一つは二尊院の背後の小倉山にあり、二尊院本堂横から上に登って、法然碑（湛空上人廟）があるところを左へ、山腹の細道をしばらく進んだところに、「時雨亭跡　藤原定家卿百人一首撰定の遺蹟」という石跡がある。もう一つは、二尊院の南方に位置する常寂光寺《じょうじゃっこうじ》であり、この本堂裏手を上に登った所に「時雨亭」という石碑と、歌仙祠(定家と家隆を奉祀)がある。

二尊院の時雨亭跡も常寂光寺の時雨亭跡も、小倉山の中腹、つまり山の斜面を登った上にあり、市内を見渡せる高台に位置している。ところが、定家の日記『明月記』によると、定家の嵯峨山荘の南には水田や小川があり、雨が降ると山からの水が庭を流れたと言う。また飛鳥井雅有の『嵯峨のかよひ』には、七十二歳の為家が中院山荘から馬に乗って、紅葉見物に出かけた若い知人たちを追いかけようとしているところがある。いずれの記述からも、小倉山中腹の高台とは考えられない。為家墓の場所を東端とする平地に、蓮生の中院山荘も、定家の嵯峨山荘もあったと考えるのが妥当である。これは小倉山の麓近くにあるが、前述のように『明月記』では「嵯峨」であり、「小倉山荘」「時雨亭」とは呼ばれていない。前掲の『明月記』当該条でも「嵯峨中院障子色紙形」とあり、後世の名称「小倉山荘色紙和歌」ではない。「小倉百人一首」という呼称も江戸時代以降のものである。

「小倉山荘」の「時雨亭」で定家が『百人一首』を撰び、一〇〇枚の色紙に揮毫し、それを小倉山荘の障子に貼ったという言説が後世に形成され、その定家イメージが表象されている(図15)。しかしこれはどれも事実ではない。実際には、定家の山荘は当時「小倉山荘」とも「時雨亭」とも呼ばれておらず、晩年の定家はこの荒れた山荘に殆ど行かず、久しぶりに文暦

図15　小倉山荘で『百人一首』を撰ぶ定家（『万宝頭書百人一首大成』）

二年に行った時は重い病気の療養のためであり、その七十四歳の定家は前々年に出家入道しており剃髪した姿であった（それは出家直後に「頭《かしら》寒くて……」と『明月記』に実感が記されている）。また定家が撰歌・揮毫した場はおそらく山荘ではなく本邸の一条京極邸であり、さらに色紙は定家の山荘の障子に貼られたものではなくて、蓮生の山荘の障子に貼られた（押された）ものであり、その色紙は一〇〇枚ではなくてもっと少なく、歌仙絵は当時はなく（後述）、しかも定家が撰んだのは『百人一首』ではない……。どこにも事実はないのだが、現在まで続く幻想の絵図であり物語である。

第三章　『百人一首』編纂の構図

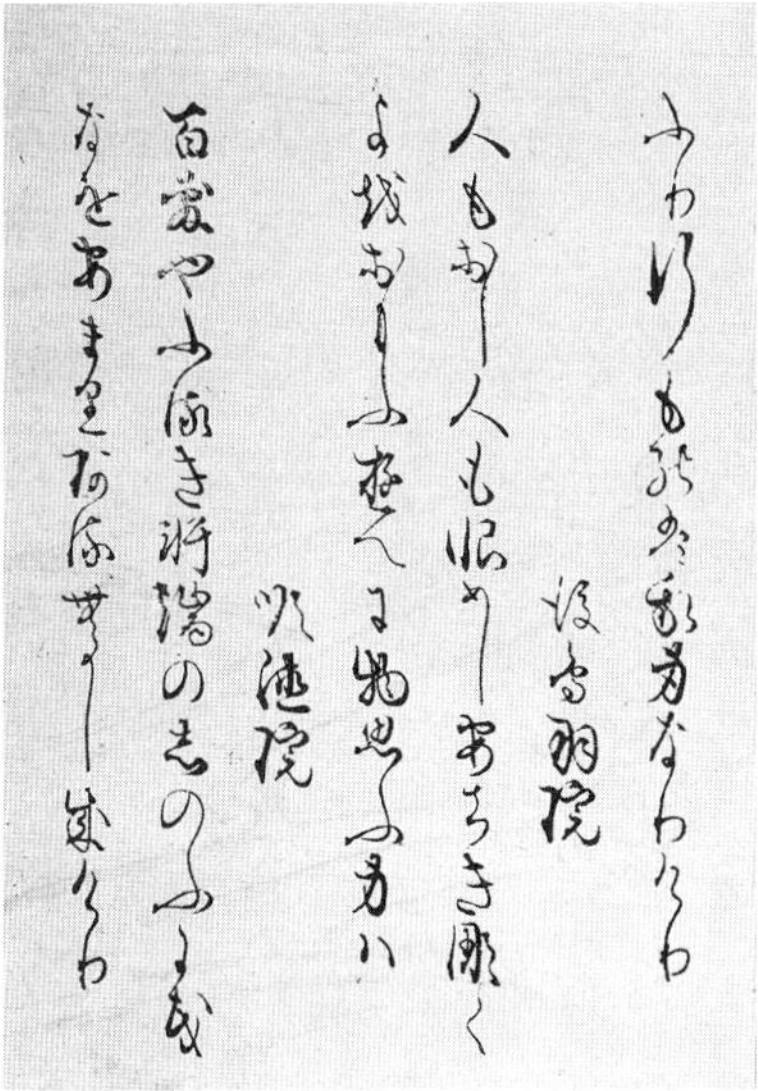

本阿弥光悦筆古活字版『百人一首』巻末

1 『百人一首』とその編者——定家からの離陸

為家編者説の検証

前章までで、『百人秀歌』が定家撰であり、『百人一首』は後人の改編であろうということについて述べてきたが、それではだれが『百人一首』を編んだのだろうか。

為家が父定家の編んだ『百人秀歌』を改訂して『百人一首』にしたという説は、吉田幸一［一九七二］、石田吉貞［一九七五］などが主張していた。また片桐洋一［二〇〇四・二〇〇五］は『百人一首』の完成は定家没後であることを明快に述べた上で、為家が編んだのではないかと言及している。

さらに近年、冷泉為村《ためむら》筆『百人秀歌』が冷泉家時雨亭文庫にあることが報告された［吉海直人、二〇一九］。それによれば、この本には為村の長い跋文があり、「今世に伝はるは中院殿の用捨をそへられしなり」等と書かれていて、『百人秀歌』が定家撰で、『明月記』の「中院障子色紙形」に該当し、『百人一首』は「中院殿」すなわち為家が「用捨」(加除修正)を加えたものと述べている。しかし為村は江戸時代中期の人であるから、かなり後代の言説になる。またこの跋文には、蓮生の依頼によるという点はなく、定家は『新古今集』撰進時に俊成の服喪があり、その間に『新古今集』に気に入らない歌が入ってしまったので、かわりに自分で一〇一首の歌を選んでその色紙形を自分の山荘の障子に押したとある(これに類似した説は『百人一首』古注にも見える)。しかし『新古今集』撰進は「中院障子色紙形」の文暦二年より三十年以上前のことであり、不審である。また、定家が山荘に「承久の春より常に住たまふ事御記にみえたり。……かくてこゝに終をとげたまふ。」とある記述は、「御記」つまり『明月記』や、他資料によっても、承久以後の定家が嵯峨山荘に常住したとは考えられないので、問題がある。おそらくこの記述には冷泉家の権威化の意図が絡むので、『百人一首』は為家が「用捨」したものという為村の言には疑問が残る。

また、江戸時代後期に屋代弘賢《やしろひろかた》が為家自筆『百人一首』を模写したと推定されている本がある〔吉田幸一、一九九九〕。その親本の「伝為家筆本」は現存していないが、為家自筆かは不明ながらも、模写の書風から鎌倉期頃の書写とも言われるため、この点から為家が『百人一首』を編んで書いた可能性も視野に入れなければならない。

しかしやはり、『百人一首』編者を為家とするには、いくつか疑問がある。まず、為家が偉大な父定家のアンソロジーを改編する実例は他にみられないので、軽々に為家が『百人一首』に改編したとは断言できないと思う。また定家・為家の二人が関わったなら『百人秀歌』『百人一首』が中世に冷泉家で重視されても良いのにその痕跡が見えない。また注意されるのは

『百人一首』の作者名の書き方で、公経が、定家当時の『百人秀歌』『新勅撰集』の書き方のまま「入道前太政大臣」となっているのは、為家ならばしない筈の誤りである。為家は『続後撰集』では正確に「西園寺入道前太政大臣」としており、このように書かないと他の人との混同を招いてしまう。伝為家筆本を模写したという屋代弘賢本でも「入道前太政大臣」となっているのは不審である。この公経の表記だけではなく、『百人一首』は全体に作者名表記に不審点・不統一が多く、『百人一首』に改訂したのは定家・為家と同時代の人ではないだろうと推定されている[小川剛生、二〇二二]。このように複数の問題が残るので、『百人一首』編者が為家であるとするのはむずかしいと思う。

鎌倉中期に、土御門院の皇子、つまり後鳥羽院の孫にあたる後嵯峨天皇が思いがけず即位すると、政治状況も変化し、後嵯峨院の命により為家が撰進した『続後撰集』になると、後鳥羽院は既に没していたが宮廷和歌の世界に復権して、これ以降の勅撰集には入集し、むしろ歌人たちから尊崇される存在となった。後嵯峨院自身も後鳥羽院時代を歌道隆盛の時代として憧憬し、後鳥羽院歌壇にならって後嵯峨院歌壇を形成した[佐々木孝浩、一九九六]。さらには『新古今集』を種々の点で先例として次の『続古今集』を編纂させた。政治的文脈ががらっと変わったのである。皇統としても、この後は後鳥羽院の皇統が続く。

『百人一首』編者は、定家の時代までの秀歌撰として、後鳥羽院と順徳院の歌ははずせないと考え、彼らの悲劇的な生涯を表現上で象徴的に示すかのような歌、「人もをし……」と「ももしきや……」を、『続後撰集』から選んで入れたのではないか。しかも『続後撰集』で後鳥羽院の「人もをし……」は雑中の巻軸歌《かんじくか》(巻の最後の歌)であり、順徳院の「ももしきや……」はそれに続く雑下の巻頭近くにある。なお、『万代集《まんだいしゅう》』という私撰集(真観《しんかん》撰)が『続後撰集』の前に成立しており、『続後撰集』の撰集資料として用いられ、約三五〇首が重複し、それは『続後撰集』の四分の一以上に及ぶ[佐藤恒雄、二〇一七]。その『万代集』で、「人もをし……」は雑六の巻頭に位置しており、「ももしきや……」は雑二にあり、為家はこの二首を『万代集』から採った可能性もある。

勅撰集・私撰集で巻頭・巻軸などにおかれている和歌は、撰者が重視する歌であることが殆どであり、読者からも注目されている。それを後世の誰かが『百人一首』に選ぶことは、実に起こりやすいことである。

『百人一首』編者はどこにいるか

以上述べてきたように『百人一首』は鎌倉中期の『続後撰集』以降の成立と考えられるが、それでは『百人一首』編者は、いったいどの時代のどの辺りにいるのだろうか。

定家没後約一二〇年間は、『百人秀歌』『百人一首』等について言及するものはなく、南北朝期に至って、二条家の地下《じげ》の門弟である僧頓阿《とんあ》が、定家編の秀歌撰の一つとして「嵯峨の山庄の障子に、上古以来歌仙百人の似せ絵を書きて、各一首の歌をかきそへられたる。」(『水蛙眼目《すいあがんもく》』)と記すのが最初である。これは、歌仙絵があったと述べる最初の資料でもあるが、何に拠っているのか不明であり、ここには蓮生の中院山荘の障子和歌であったという言もない。室町中期には、定家が自らの山荘に貼ったとされ(『宗祇抄』ほか)、書名も「小倉山荘色紙和歌」とされるなど、定家自身の山荘であるという受容に変わってしまうのである(一八五頁)。

『百人一首』の編者は、この頓阿である可能性がかなり高いとする説がある[小川剛生、二〇二二]。『百人一首』の作者名表記を厳密に見ると全体に誤りが多く、頓阿はこうした撰集の故実には暗いこと、また当時の歌壇状況など、いくつかの論拠が示されており、説得力がある。たしかに歌道家当主ならば、作者名表記にこれほどの誤りは犯さない。この論が指摘するように、『百人一首』編者が宮廷歌壇の歌道師範家ではなさそうな点は、『百人一首』を考える上で重要であると考えられる。

ところで、『百人秀歌』型配列の『百人一首』(『異本百人一首』と呼ばれている)の伝本があると指摘されている[吉海直人、一九九〇ほか]。これは、『百人秀歌』から三首を除き、俊頼歌を入れ替え、巻末に後鳥羽院と順徳院の歌を加え、つまり歌は『百人一首』と同じで、配列が『百人秀歌』の配列で並べられているという不思議な『百人一首』であり、かなりの数が伝存するとみられている。図16はその一つであり、また本章扉に掲げた光悦筆古活字版『百人一首』もその一つである。この『百人秀歌』型配列『百人一首』の遡源は、『百人秀歌』から『百人一首』へのプロセスのどこかで生まれたものなのか、逆に『百人秀歌』を見た誰かが既にある『百人一首』を改編して作ったものなのか。まだ全体がわかっていない段階なので、不明である。そもそも『百人一首』の伝本は、悉皆的な調査がなされていないことが大きな問題であり〔久保木秀夫・木村孝太、二〇二二〕、全容がわかるのはまだ先である。

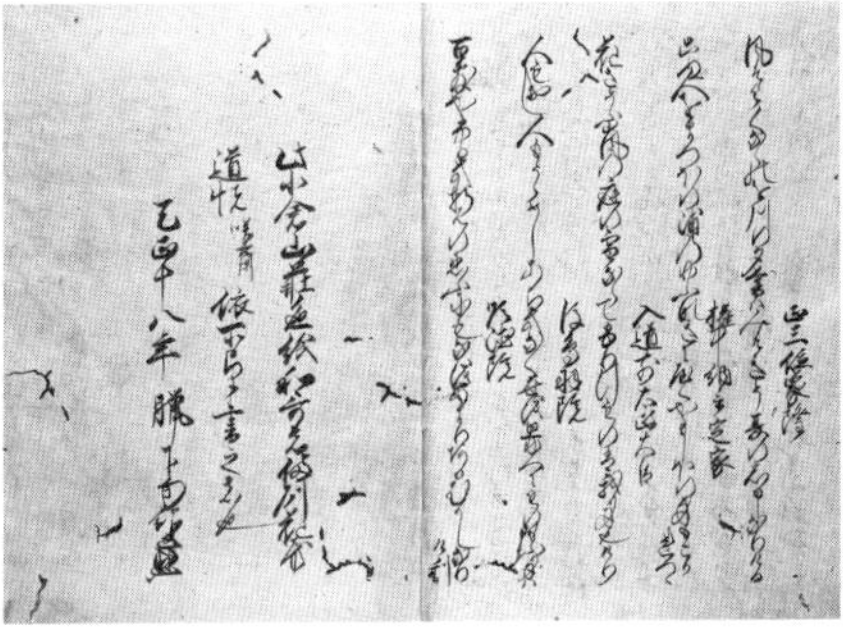

図16 『三部抄』所収『百人一首』(『百人秀歌』型配列の異本)巻末

『百人一首』はあまりにも有名なので、研究がやり尽くされているように見えるかもしれないが、そうではない。『百人一首』は後世への広がりが大きいだけに、未知のところや未調査の部分が多い。今後も研究が進んでいき、更新されていくだろう。

『百人一首』で差し替えられた歌

『百人一首』では、『百人秀歌』の歌が一部差し替えられている。削除されたのは、以下の三首である。一首目は『後拾遺集』、あとの二首は『新古今集』にある歌である。

夜もすがら契りしことを忘れずは恋ひん涙の色ぞゆかしき　一条院皇后宮

（『百人秀歌』五三）

（一晩中あなたは私に愛を誓ってくれたけれど、それを忘れていないのなら、もうこの世にいない私は、あの世からあなたの涙の色を見たいと思います。あなたが私を恋しく思って流す涙が、悲しみの極まりに流れるという血の色をしているのかどうかを知りたいのです。）

春日野《かすがの》の下萌えわたる草の上につれなく見ゆる春の淡雪　権中納言国信

（同・七三）

（春を待ち焦がれて春日野の地表一面に萌え出ている緑の若草の上に、冷然とした様子で白く見える春の淡雪よ。）

紀の国の由良の岬に拾ふてふたまさかにだに逢ひ見てしかな　権中納言長方

（同・九〇）

（紀の国の由良の岬で拾うという美しい珠、ゆらゆら波間に漂うその珠ではないけれど、たまにだけでもいいから、珠のように美しいあなたに逢いたいのです。）

一首目の皇后定子の歌はよく知られている。定子は一条天皇に入内、寵愛されたが、父道隆《みちたか》の急死後、一族は道長との政争に敗北して凋落した。一条天皇は変わらず定子を深く愛したが、定子は一時出家するなど苦しみを重ね、姫宮出産の翌日に二十四歳で没した。この歌は『後拾遺集』哀傷の巻頭歌であり(五三六)、詞書に「一条院の御時、皇后宮かくれたまひてのち帳のかたびらの紐に結びつけられたる文を見つけたりければ、内にもご覧ぜさせよとおぼし顔に、歌三つ書きつけられたりける中に」とある。だからこの歌だけを見れば恋の歌のように見えるが、詞書が示す通り、自身の死を予感して、一条天皇にあてて詠み遺した辞世の歌である。『栄華物語』や説話集にも多く載せられている逸話である。定子の悲劇的な生涯が凝縮されているようでもあり、切なく美しい。定家はこの艶な哀切さに惹かれて『百人秀歌』に選んだのだろう。しかし『百人一首』では除かれた。理由は不明だが、冥界をさまようような暗い不吉さが忌避されたのかもしれない。

ほかの二首(国信《くにざね》・長方《ながかた》)がなぜ『百人一首』では除かれたのかもわからない。ただ長方の歌は、俊成・定家の秀歌撰には全く採られていない歌である。『新勅撰集』からの四首を除くと、そうした歌はほかに二首だけである(公任と道因)。『百人一首』編者はそれを勘案した可能性もある。もう一つの可能性は、長方の歌の「由良」は「紀の国」であるが、同じように「由良」を詠む曽禰好忠の「由良の門《と》をわたる舟人かぢを絶え行方も知らぬ恋の道かな」(『百人一首』四六)は、丹後国の由良という説が有力であるため、その矛盾を避けたのかもしれない。ある歌枕の場所が二説あるのは時々あることだが、『百人一首』編者が、初学者の混乱を避けるために、長方の歌を削ったとも考えられる。この好忠・長方の歌は『新古今集』恋一で近くにあり、恋の進行具合や舞台も似ている歌である。

ともあれ、以上の三首の代わりに、巻末に後鳥羽院と順徳院の歌が採入されて、『百人一首』はちょうど百首となった。

また、『百人一首』は源俊頼の歌を差し替えており、歌の差し替えはこの一首だけである。定家は『百人秀歌』に、俊頼の歌を『金葉集』(春・二度本五〇・三奏本四五)から入れた。ダイナミックな想像力が花開いたような一首である。

山桜咲きそめしより久方の雲居に見ゆる滝の白糸　(『百人秀歌』七六)

(山桜が咲き始めてからは、白雲のかかった空から、滝の白糸が落ちてくるように見える。それは雲でもなく滝でもなく、彼方の山に白く咲き群れる桜なのだ。)

しかし『百人一首』では、別の俊頼の歌(『千載集』恋二・七〇八)に差し替えられた。

憂かりける人を初瀬の山おろしよはげしかれとは祈らぬものを　(『百人一首』七四)

(私に対して冷淡でつらくあたったあの女《ひと》が、私に靡《なび》くようにしてほしいと、霊験あらたかな長谷の観音に祈ったけれども、それは無駄だった。初瀬山の山おろしよ、お前が激しく吹きつける如くに、あの女が私に激しくつらくあたるようにとは、決して祈りはしなかったのに。)

定家は『近代秀歌』初撰本に、この「憂かりける……」の歌について特に賞讃のことばを書き付けていて、「これは、心深く、詞心に任せて、まなぶとも言ひ続け難く、まことに及ぶまじき姿なり」と絶讃する。その後、後鳥羽院も『後鳥羽院御口伝《ごくでん》』で俊頼について、「もみもみと、人はえ詠みおほせぬやうなる姿もあり。この一様、定家卿が庶幾する姿なり。」と言ってこの「憂かりける……」の歌を掲げており、定家がこの歌を理想としていたということを、後鳥羽院も知っていて語るのである。だから『百人一首』編者が、これらの歌論書の言説に注目し、定家の「憂かりける……」への高い評価を重要であるとみなして、歌を差し替えたという推測が成り立つ。おそらくこの可能性が高いのではないか。

あるいは、俊頼の子俊恵《しゅんえ》の『百人一首』の歌(『千載集』恋二・七六六)との関係もあわせて考えられるかもしれない。

夜もすがらもの思ふころは明けやらぬ閨《ねや》のひまさへつれなかりけり　(『百人一首』八五)

(無情なあなたは訪れてくれず、夜通し物思いに沈むこのごろは、なかなか夜が明けない。来ないあなただけではなく、朝の光が差し込んで来てくれない寝室の戸の隙間までもが、無情に感じられることよ。)

俊頼の「憂かりける……」も俊恵の「夜もすがら……」も、いずれも題詠で、虚構の恋歌であるが、俊頼の歌は男の立場で、恋を訴えても自分につれない女を恨む歌、俊恵の歌は女の立場で、いくら待っても来ない冷淡な男を恨む歌であり、恋のプロセスとしても同じ時期の恨み歌である。『百人一首』編者には、この俊頼・俊恵親子による虚構の恋の男歌・女歌を、『百人一首』内で対照させてみたいという気持ちがあったのかもしれない。あるいは、『百人一首』七四(俊頼)の後にある七五(基俊)が、恋歌に見紛うような表現をとった述懐歌なので、七四と七五を対にして、ライバル的な存在の俊頼・基俊の恋的情趣の歌を並べるためだったとも考えられる(一五〇頁)。

いずれにせよ、こうした類の試みは、『百人一首』巻頭、天智天皇・持統天皇の二首に呼応させて、『百人一首』で新たに巻末に後鳥羽院・順徳院の二首を置くという構成にも、顕著にあらわれている。『百人秀歌』にも対は多いが、『百人一首』にも、さまざまな対がちりばめられている(後述)。

2　配列構成の仕掛け――対照と連鎖の形成

『百人一首』の配列の思想と手法

先にみたように(一五頁)、勅撰集や私撰集、物語歌集、歌合などの構成においては、和歌一首を単体として捉えるだけではなく、その作品全体を、和歌が織りなす複合体として捉え、和歌が相互に交響していくポリフォニーを重視するという思想があった。

『百人秀歌』の歌の配列については、中川博夫［二〇二二］の「『百人秀歌』の配列・構成」の中の「歌人と和歌の並びの関連性」で、共通・対照・類縁などがわかりやすく一覧されている。この論で、『百人秀歌』の配列順は、例外もあるがおよそ全体としては、歌人の初出の勅撰集（『万葉集』を含める）ごとの時代順であると指摘されているが、これは歌人を時代順に並べる際の指標としては、勅撰集を重く見る定家の所為としてふさわしいと考えられる。これを原則としながら、定家は表現上の対称性や連なりを重視して配列したとみられる。二首の対が多いことはこれまでも指摘されているが、公任の『三十六人撰』のような対称性を残しているのだろうと思われる。また、『百人秀歌』巻末の歌群配列については、贈与する蓮生に向けての意識が濃厚に見られるということを既に述べた（八三頁）。

それに対して『百人一首』は、最後に後鳥羽院・順徳院の二首を置いたが、それだけでなく、歌九十七首は同じなのに、なぜか『百人秀歌』の配列をあちこちで並べ替えて改編している。『百人秀歌』の撰者が定家であり、『百人一首』が定家以外の編である可能性が極めて高いことが判明した今、『百人一首』編者は『百人一首』の配列をどのような意図をもって構成したのか、これは重要な問題として浮上してくるのではないか。

『百人一首』の配列の基本方針は、従来の説では歌人の没年順であるとも言われるが、それに当てはまらない箇所も多く、部分的にこの箇所は生年順とか最終官位順と言われたりするが、それも妙である。当時実際に『百人一首』編者が作者それぞれの没年まで子細に調べたかどうか、疑問に思われるし、没年未詳な歌人が多いのだから、そもそも没年は指標にはならないと思う。『百人一首』の順序は、別の行為の結果ではないか。おそらく『百人一首』では、おおよそ歌人の生きた時代順という考え方で構成しながら、編者が、『百人秀歌』とは別の意図をもって、表現上の何らかの連鎖を作りたい時や、後景の何かを歌群配列で見せたい時などに、適宜歌を入れ替えた可能性があるのではないだろうか。

そのような可能性を考慮しつつ、本節では、『百人秀歌』と『百人一首』の配列の違いに注意しながら、いくつかの歌群をとりあげて、配列構成に内在する意図を探ってみたい。なお『百人一首』の配列については、諸氏が注釈や研究で言及しているが、紙幅の関係でここではその引用は殆どできないことをお許し頂きたい。

ところで、昭和の終わりから平成の初めに、『百人一首』歌の一〇〇枚の色紙を何かの要素で連関させつつ縦横に並べると全体が縦○首×横○首という正方形になり、そこに定家が暗号として、後鳥羽院や式子内親王への「鎮魂」をあらわしている、あるいはそこに水無瀬《みなせ》の絵図が現れるというようなクロスワード的な暗号を想定する説が、国文学者ではない人々によって主張され、流行したことがあった。しかしこれまで述べてきたように『百人一首』は定家撰ではないと推定される上、その色紙は当時一〇〇枚も存在しなかったとみられるので、こうした説は成り立たない。また当時は一枚の障子に色紙二枚前後を貼ることが多かったとみられ（八九頁図11『春日権現験記絵』や『葉月物語絵巻』など参照）、障子にそのような形状が作られることはない。これらの説は後世のかるた・すごろく等の形状から発想されたものではないだろうか。また、勅撰集の和歌色紙を、縦×横という面状に連ねてそこに何かの暗号を隠すという行為や着想が当時あったとは思われず、その証跡もない。また作品全体を用いて「鎮魂」のような撰者のメッセージが作られたとは考えにくいところである。

だが一方で、こうした仮説が生まれるような背景もあり、書物である『百人一首』の横方向（つまり線状）の配列には、何らかの編者の意図が投じられることは考えられる。もちろん想像に流れすぎるのは抑制すべきだが、前述の通り、勅撰集の歌群の流れや『物語二百番歌合』などの構造などと共通するような類の配列意識は、当時の文学的営為として確かに存在していたわけである。『百人秀歌』『百人一首』でも連続する歌群の配列に何らかの意図があることは十分考えられるし、連続していない歌でも、場合によっては対応・対照などの意図が散在しているかもしれない。

なお、『百人秀歌』『百人一首』には詞書がないが、定家が誰かのために編んだ秀歌撰は、ほかのものも詞書がない（勅撰集的な『定家八代抄』にはある）。だから『百人秀歌』『百人一首』だけの特徴ではないが、詞書がないことによって、いつでも分解して一〇〇の断片にでき、断片と集成の間をいつでも往還できるゆるやかさが担保されている。

摂関家の妻たちの背景画

まず、『百人秀歌』と『百人一首』とで、小異はあるものの、さほど大きな違いはない対や歌群から見ていくことにしよう。

嘆きつつひとり寝る夜の明くる間はいかに久しきものとかは知る　右大将道綱母　（『百人一首』五三）

（あなたの不実さを嘆きながら、一人で眠る夜の明けるまでの時間は、どれほど長いものか、あなたはご存じですか。きっとご存じないことでしょう。）

忘れじの行く末まではかたければ今日を限りの命ともがな　儀同三司母　（同・五四）

（あなたが私を永遠に忘れまいと言うその言葉が、将来も変わらないことはむずかしいことです。きっといつか心変わりすることでしょう。だから、そう言って下さる今日を最後に、私は死んでしまいたいのです。）

この二首は、順序は逆だが『百人秀歌』でも隣り合わせにおかれている。この二首の作者の夫は、藤原兼家《かねいえ》・道隆父子であり、二首の向こう側には彼らがいて二重写しになる。そのことを『百人秀歌』も『百人一首』も意識して配列したとみられる。

右大将道綱母《うだいしょうみちつなのはは》は、『蜻蛉日記《かげろう》』の作者で、藤原兼家の妻となり、道綱を生んだ。兼家は師輔《もろすけ》の子で、後に摂政太政大臣、関白に至った。道綱母は宮廷女房として出仕したことはなく、生涯を家の女として過ごしたが、その和歌の才は有名だった。また美貌でも知られ、本朝三美人の一人という伝承がある。

「嘆きつつ……」(五三)の歌の背景を、『蜻蛉日記』によって述べよう(なお、定家が『蜻蛉日記』を読んでいたことは『明月記』によって知られる)。作者が道綱を産んでまもなく、兼家は町小路に住む女性のもとへ通い始めていた。兼家の行動を不審に思った作者は、召使いに兼家を尾行させて彼女の存在を知る。その数日後、兼家が作者の邸を訪れて門を叩くが、作者は門を開けさせなかったので、兼家は彼女の家へ行ってしまう。翌朝、作者はこのままにも出来まいと思い、この歌を「うつろひたる菊」につけて兼家に贈る。初句から一気に流れるように詠み下して、強く訴えかける。王朝貴族の間の贈答歌は、男から女へ贈られるものが殆どで、女から男へ歌を贈ることは少ない。女の側に何かの不安、危機、切実な事情などがある時に、女から男へと贈られる。この歌もその例である。

実は、この「町小路の女」と通称される女性は、近現代では、「町小路の女」という語感によってか、低い身分の町の女というイメージをもたれがちで、それに基づく小説も書かれているほどだ。しかしそうした従来のイメージは妥当ではない［田渕句美子、二〇一四］。そもそも「町小路の女」という言葉は『蜻蛉日記』には全くない。この町小路とは町尻小路をさし、町尻小路は当時摂関家などの邸第が建ち並ぶ地域であり、そこにある邸に住んでいる女性である。しかも『蜻蛉日記』で兼家がこの女性のことを作者に言う時、この女性に対して敬語を使っている（正妻の時姫のことを言う時は敬語を使っていない）。彼女は皇子の庶女ながらも尊貴の血が流れる王族の女性であり、身分に敬意を払われていると見て良いだろう。それに兼家は彼女と結婚したことを公然と世間に示し、出産の際には盛大に世話をし、少なくとも二年にわたって通っていた。このことは、道綱母や時姫を深く心痛させたに違いない。当時の『蜻蛉日記』の読者には（定家も含めて）、道綱母が不安を感じるような危機的な状況にあったことが理解されていただろう。だからこれは単なる恨みの歌ではなく、自分の立場を失うかもしれない不安に怯える女性の悲しみの歌で、鋭角的で哀切な響きが漂う。

翌朝、道綱母は兼家にこの歌を贈った。『蜻蛉日記』に「つとめて、なほもあらじと思ひて」とあるのは、このままでは気持ちがおさまらないという意味ではなく、門を閉ざして夫の訪れを拒否した頑なな態度を和らげ、夫婦の仲を修復するため、と考えるべきだろう。ゆえに歌の哀切さが際立つ。兼家もそれを察してすぐに返歌した（『蜻蛉日記』）。

げにやげに冬の夜ならぬ真木の戸も遅くあくるはわびしかりけり

（誠に、冬の夜がなかなか明けないのもつらいけれども、真木の戸をいつまでも開けてもらえないのもつらくて、あきらめてしまったのですよ。）

道綱母がこの女性の存在を心配していることを察しながら、「げにやげに」とゆったり相づちを打って反論せず、言外にあなたは心配することはないと妻をなだめたように見える。

『蜻蛉日記』には、夫兼家の夜離《よが》れを嘆く言葉や失望が溢れている。道綱母には道綱一人しか子がなかったこと、結局は兼家の第一の妻になれなかったことが、嘆きの根本的な原因であった。けれども、受領階層の娘が摂関家の妻となって上流貴族の一員となり、兼家一族とも親しく交流しており、それは道綱母の優れた歌才によるところが大きいが、世間から見れば恵まれた境涯にも見えたのではないか。

次の「忘れじの……」（五四）の歌には、『新古今集』で「中関白《なかのかんぱく》かよひそめ侍りけるころ」という詞書がある。中関白とは藤原道隆（兼家の子）をさし、作者は高階貴子《たかしなのきし》で、円融天皇に女房として仕え、やがて内侍となって高内侍と称した。漢学者高階成忠《なりただ》の娘で、当時の女性としては珍しく漢学・漢詩にも秀でた女性であった。

この歌は、女が最も愛されている時に死を望む恋歌である。しかしこの恋は実を結び、貴子は道隆の正妻となり、伊周《これちか》、定子、隆家《たかいえ》をもうけた。定子は一条天皇に入内して、華やかに時めく。清少納言は定子の女房である。中関白家は栄華の絶頂と見えたが、道隆が急死し、嫡男伊周は道長との政争に敗北、失脚した。伊周・隆家が流され、定子も尼となるという、中関白家の破滅を見て、その数ヶ月後、貴子は没した。

兼家と道隆の父子は、当時の宮廷社会で圧倒的な権力を持った。その妻たちがそれぞれ、愛の薄さや将来の頼みがたさを夫に訴えかける二首である。その後、一人は社会的には大過なく過ごしたが、一人は栄華と幸福の絶頂にあった時に突然悲劇に見舞われ、絶望の中で死を迎えた。相似性と対照性がこの二首の背後にある。『百人一首』(『百人秀歌』)は、ただこの二首を並べるという方法で、その背景画のコントラストを鮮明にしている。

王朝女房歌人のスターたちの歌群

前の二首の次に公任の歌(五五)、そして七首連続の王朝女房歌人群が始まる。『百人秀歌』でも順序は異なるが、同じ七首の連続歌群となっている。『百人一首』を掲げる。

あらざらんこの世のほかの思ひ出に今ひとたびの逢ふこともがな　(五六)
和泉式部

めぐり逢ひて見しやそれともわかぬ間に雲隠れにし夜半の月かげ　(五七)
紫式部

大弐三位

有馬山猪名のささ原風吹けばいでそよ人を忘れやはする　赤染衛門　（五八）

やすらはで寝なましものをさ夜更けてかたぶくまでの月を見しかな　小式部内侍　（五九）

大江山いく野の道の遠ければまだふみもみず天の橋立　伊勢大輔　（六〇）

いにしへの奈良の都の八重桜けふ九重ににほひぬるかな　清少納言　（六一）

夜をこめて鳥のそらねははかるともよに逢坂の関はゆるさじ　（六二）

一条朝頃の宮廷女房たちを鎖のように繋ぐ。彼女たちはみな王朝女房文学のスターである。明らかに意図的な配列であり、王朝女流文学史そのものであり、絢爛たる歌群である。

『百人一首』で選ばれた歌は、もとの勅撰集の詞書が長文で、何らかの状況を述べているものが全体の約七割に及んでおり、説話などで語られているものもかなり多い。読む人は作者や和歌の背景を知りながら味わうことも多いだろう。ここには詞書はなく、作者名と歌だけであるが、それでも人々はこの歌群を読んで、歌の背後のエピソードや、彼女たちが生み出した王朝の名品群を思い浮かべたに違いない。むしろ詞書がないことで、彼女たちの歌と映像がくっきりと浮かび上がるようだ。

和泉式部（五六）の歌々は比類のない輝きを持ち、天性の歌人としか言いようがない。『和泉式部日記』は帥宮との恋を描くが、多くの男性と恋をした。「あらざらん……」は、和泉式部が病気が重くなった時、ある男に詠み送った歌である。「この世ではないあの世へ行った私の思い出として、せめてもう一度あなたに逢いたいのです」と訴える。自身を「あらざらん（死んでしまうだろう）」と予測する暗いまなざし、そして張り詰めた響き。女が恋人の男に詠む恋歌は、男の不実さへの非難や恨み、反発や嘆きなどを詠むことが普通は基本だが、そうしたものはどこにもなく、強靭な言葉が歌を貫く。

続く紫式部（五七）は周知のように、『源氏物語』『紫式部日記』の作者である。「めぐり逢ひて……」は、幼な友達の女性と数年ぶりで会ったが、慌ただしく別れた時の歌である。その女性を月になぞらえ、「久しぶりにめぐり逢ったけれど、本当にあなたであったかどうかもわからないうちに、姿が見えなくなったあなたですね」という意で、『紫式部集』巻頭にある歌である。

以上の二人は王朝女房達の中でも別格の二人であり、さらにこの二首は「逢ふ」ことを主題にしたプライベートな歌で、男への歌、女への歌として対になっている。

大弐三位《だいにのさんみ》（五八）は紫式部の娘賢子《けんし》であり、その点から前歌と連ねて置かれたのだろう。母と同じく中宮彰子の女房となり、やがて後冷泉天皇の乳母、従三位典侍に至り、身分としては母をはるかに超え、キャリア女房の頂点を極めた。そして赤染衛門《あかぞめえもん》(五九)は『栄花物語』正編の作者とされる女房で、和泉式部とも親しかった。この大弐三位と赤染衛門の歌は、二首とも不実な男を恨む恋歌であることによってか、並べて置かれている。赤染衛門の歌は代作で作ったもので、その歌才を示している。

小式部内侍《こしきぶのないし》(六〇)は和泉式部の愛娘である。二十代の若さで亡くなり、短い生涯であったが、主君の彰子に愛され、藤原教通《のりみち》はじめ恋人も多かった。「大江山……」の歌は『金葉集』雑上にあり、長い詞書が記されている。母和泉式部が丹後守保昌と結婚して丹後にいた頃、宮廷で歌合があり、小式部も歌合の歌人に選ばれた。その折、中納言定頼《さだより》(藤原公任の子。六四の作者)がわざわざ小式部の局《つぼね》にやってきて、「歌はどうされましたか。母上のおられる丹後へ使者を送ったのですか。使者は帰ってきませんか。さぞご心配でしょう」と言って、小式部をからかった。「歌はいつも母上に代作してもらっているのでしょ」という嘲弄である。小式部は定頼をひきとめ、即座にこの歌を詠んだ。「母のいる丹後国は、大江山を越えて行き、生野を通って行く道程が遠いので、まだ天の橋立を私は踏んでみたこともないですし、母からの文も見ていません」との意である。私の歌は母の代作などではありません、というきっぱりした抗議を、無礼ではない柔らかい言い方で言い、「いく」「ふみ」の掛詞を詠み込み、さらには三つの地名を続けることで遠くにいる母への思いもにじませながら、その場で詠んだ。説話文学にも採られているエピソードである。

伊勢大輔《いせのたいふ》（六一）も彰子の女房である。中宮彰子のもとに八重桜が献上された時、それを受け取る役を、紫式部が新参女房の伊勢大輔に譲り、その時に藤原道長が歌を詠めと命じたので、伊勢大輔が「いにしへの……」を即座に詠んだ（『伊勢大輔集』による）。「その昔の都の奈良の八重桜が、今日は九重の宮中で美しく咲き誇っていることです」という意である。格調高く祝祭的で、平安宮廷絵巻のような景が浮かぶ。

このように書くと、宮廷の男女の人々が注視する中、伊勢大輔がこの「いにしへの……」を自分で声に出して詠じたようなイメージになりかねないが、そうではない。当時の宮廷女房は、顔も隠すが、大勢の人々の前で大きな声を出すことはタブーである〔田渕句美子、二〇一九〕。この場面は『袋草紙』にあるが、道長の命で花とともに硯と檀紙が伊勢大輔の前に置かれ、人々が注目する中、伊勢大輔は硯を引き寄せ、墨を静かにすり、檀紙にこの歌を書いて道長に奉り、道長がその歌を読んで「万人感歎し、宮中鼓動すと云々」（『袋草紙』）となった。

小式部内侍と伊勢大輔の二首は、ともに恋歌ではない。若い女房が、宮廷で自分の才能を試されるような場で、即座にふさわしい歌を詠んでみせた、女房のプライドを見せた歌なのである。この二首を並べた意図もそこにあるだろう。

最後は清少納言(六二)で、『枕草子』(図17)の才気が「夜をこめて……」の歌にきらめく。漢籍をふまえて、藤原行成と軽やかに応酬し合った折の一首である。『百人秀歌』は清少納言の歌をこの七首の最初に置いたのだが、『百人一首』がそれを変えて、最後に置いたのは、宮廷における女房たちの即詠・機知詠の三首を連続させ、そのテーマを強調したのだろう。

同時に、清少納言が仕えた定子の甥で伊周の子藤原道雅《みちまさ》(六三)の歌に繋げ、対の形で中関白家の運命を背後に示していると思われる。実は清少納言の「夜をこめて……」の歌のやりとりも、伊周らが左遷されて中関白家が凋落するという衝撃があった後のできごとである(『枕草子』)。その悲劇を背後に暗く抱えながら、次の世代の道雅の歌へと繋げている。

左京大夫道雅

今はただ思ひ絶えなんとばかりを人づてならで言ふよしもがな　(六三)

(このような状況となった今はただ、私はあなたのことをきっぱりあきらめましょう、という一言だけでも良いから、人を介してではなく、直接

図17 『枕草子絵詞』

あなたにお会いして言う方法がないものかと願って、苦しんでいます。)

道雅は歌人としてはややマイナーな存在だが、『枕草子』に「松君」として二ヶ所に登場しており、清少納言は中関白家の栄耀の中のあどけない姿を描写している。しかしその中関白家は没落し、成長した道雅は落魄の貴公子として破滅的な生活を送った。六三はそうした中での、三条院第一皇女当子《とうし》内親王との密かな恋とその終わりを描く。三条院は二人のことを知って激怒し、当子に番人をつけて警戒を厳重にし、道雅が通うのを阻んだため、道雅が当子に送った歌である(『後拾遺集』恋三)。追い詰められた状況での哀切な悲恋の歌であり、さらに清少納言の次にこの歌を置くことで、道雅の生涯がくっきりと浮かぶような構成となっていると言えよう。三条院は道雅を勘当し、やがて当子は出家し、若くして没した。一方『百人秀歌』では、清少納言と道雅は離れており、これは『百人一首』独自の配列である。

ところで、もともと『百人秀歌』でこの七首を連続歌群にしたのは定家であった。並べ方は異なるが、連続によって強調する意図は同じである。いわば定家が王朝女房文学におくった讃辞であるが、私的な面では、定家には民部卿典侍因子という愛娘がいて、彼女は長年にわたり有能な女房として活躍したことが想起される。因子は最後に仕えた藻璧門院(後堀河天皇中宮)が若くして急逝した時に出家して尼となり、ちょうどこの頃は定家と同居していた。定家はしばしば因子への父としての思いを『明月記』に吐露している。

娘民部卿典侍だけではなく、俊成・定家の一族は、華麗なる「女房の家」と言えるほど、上皇、女院、内親王、斎院などに女房として仕える娘たち・姉妹たちが多いのだ。彼女たちは、主君に仕えながら、その周辺で得られるさまざまな情報を実家に伝えたり、有益な人脈を形成したり、主君からの恩恵をもたらしたりして、御子左家の発展に寄与した。宮廷女房がどういう存在かについては論じたことがあるが［田渕句美子、二〇一九］、彼女たちの力により、長年にわたって御子左家は多大な恩恵を受けたのである。『百人一首』（『百人秀歌』）には、計十九人の女房歌人の歌が採られている。主君のため、家のために、厳しく緊張に満ちた宮廷出仕の生活を送る女房たちに、定家がそっと捧げた敬意がここに読み取れるような気がする。それもこれが私的なセレクションであるからこそであろう。

定家と家隆の相克

巻末近くに置かれた定家と家隆の対を掲げる。これは前後は逆だが『百人秀歌』でも並列されている。

来ぬ人をまつほの浦の夕なぎに焼くや藻塩の身もこがれつつ　（九七）
権中納言定家

従二位家隆

風そよぐならの小川の夕暮は禊ぎぞ夏のしるしなりける　（九八）

共に題詠歌である。江戸時代の国学者として著名な契沖《けいちゅう》が著した『百人一首』の注釈書である『百人一首改観抄《かいかんしょう》』では、「右二人又一双の心に続けられけるにや。歌はおのおの本性のごとくよみ得たるを選ばれけるなるべし。」と指摘されている。この二首は、「夕なぎ」（九七）と「風そよぐ……夕暮」（九八）ということばが一つの接続点ではあるが、それよりも重要なのは、定家と家隆の歌風の対照であり、歌が纏っている空気の対照であろう。

九七（定家）の歌は、『万葉集』の歌を本歌とし、そこで歌われている伝説の少女を詠歌主体に据える。淡路国の松帆の浦に立ちつくして来ない男を待つ少女は、じりじり焼かれる藻塩さながらに、焦燥感で身を焦がす。夕なぎで風が静止し、藻塩の煙がまっすぐに立ちのぼり、もはや絶望のあまり人の姿も感情も動かないかのようだ。定家の恋歌に多い特徴であるが、表現の深奥に漂っていき、人の気配や生々しい感情が消失したようになる。九八（家隆）の歌は屏風歌で、水無月祓《みなづきばらえ》の景であり、風が楢の葉をそよがせる中、上賀茂神社の神域を流れる御手洗川で、夕暮れの中で禊《みそ》ぎをする人の姿があり、夏から秋に移り変わる、清浄で涼やかな空気が漂い、さらさら流れる小川のさわやかさが全体を包み込む。まさしく定家の歌とは好対照である。

定家と家隆は、歌壇で終始ライバル的な存在であり、『新古今集』では十三ヶ所において、二人の歌が並べられた。定家がそうした位置づけに抗するかのように、定家撰『新勅撰集』では一ヶ所だけにしたことは注目しても良いだろう。しかし、後鳥羽院は隠岐で、二人だけの歌を番える『定家家隆両卿撰歌合』を編んだ。その後もこの二人を一対として対置する視線は続いており、たとえば鎌倉中期の私撰集『秋風抄』序文では、赤人・人麻呂のような二歌聖として定家・家隆を並べて顕彰し、この二首も含む彼らの歌を掲げている。『百人秀歌』『百人一首』でも、定家・家隆は、人麻呂・赤人と対称の位置に置かれている。

以上のように、対の二首でも、歌群の流れでも、和歌がゆらゆらと動き、語り出し、歌人たちが互いに対峙しているような、会話しているような時空間が生まれる。勅撰集でもそうしたことはあるが、『百人秀歌』『百人一首』では歌人ごとに一首だけなので、さらにそれが鮮明である。しかも詞書が後ろに後退しているので、和歌と作者が前面に出てきてたわむれるかのようだ。人と時間、人と歴史のたわむれとでも言ったらいいだろうか。

契沖『百人一首改観抄』の配列論

契沖は、『百人一首改観抄』の中で、配列上の連続性や対照性についてしばしば指摘している。たとえば、遍昭(一二)の次が陽成院(一三)であるが、「遍昭は此御時の御持僧なりければ、御製ここに有歟。」と言う。四三(権中納言敦忠)と四四(中納言朝忠)の二首について、「右二首、官位のほど、人のほど、又歌心も似たるを一類とす。」と、端的に記す。同様の例で、八三(俊成)と八四(清輔)について、「右二首、作者もよきあはひにて、歌も共に述懐なるを一類としてつらねらる。」と述べていて、たしかにこの二首は当時歌壇でライバル関係にあった俊成と清輔であり、歌はいずれも述懐歌という点で好対照である。だが、定家は『百人秀歌』で俊成を藤原実定《さねさだ》(後徳大寺左大臣)と西行の間に置いており、異なった配置にしていた。契沖はほかにも多数指摘している。それは『百人秀歌』も同じという所もあるが、『百人一首』独自の配列に特徴が見出されていることが多い。

契沖が指摘する中から、連続する歌群の例をあげてみよう。これも『百人秀歌』ではこの四首は全く離れているので、『百人一首』編者が独自に作った四首一連である。

山川に風のかけたるしがらみは流れもやらぬ紅葉なりけり　春道列樹　(三二)

久方の光のどけき春の日にしづ心なく花の散るらん　紀友則　(三三)

誰をかも知る人にせん高砂の松も昔の友ならなくに　藤原興風　(三四)

人はいさ心も知らず故郷は花ぞ昔の香ににほひける　紀貫之　(三五)

契沖は「列樹《つらき》よりこなた四人の歌、紅葉、桜、松、梅をよめるを一類とす。其中に初二首は、紅葉と桜と同じく隙なく散事をよめるを一類とし、興風が歌と貫之の歌は、心の似たるをもてつらねらるる歟。次の両首は季の次第なるべし。」と言う。

たしかに契沖が指摘するように、もとは全くばらばらな歌が、紅葉↓桜↓松↓梅と変わっていく中で、前半二首は風によって絶え間なく吹き散らされる紅葉と桜の景を対照する。後半二首は、このように並べられることによって、「人」と「昔」、時間の流れの中で、悠久の自然と限りある人間とを対比しているかのようであり、懐旧の情が色濃く漂う。三四の「誰をかも知る人にせん」を三五が「人はいさ心も知らず」と受けとめて、三四は老いた自分の友は皆いなくなり長年の老松も昔からの友ではないという絶対的な孤独を、三五は人の心はさておき昔と変わらず咲き匂う梅に感じる慰めとほのかな孤独を詠じて、二首が交響し合うようだ。

続いて、契沖が言う「季の次第」となる。貫之の歌がこの歌群への橋渡しをしている。この配列も『百人秀歌』にはないので、『百人一首』編者が作ったものである。

紀貫之

人はいさ心も知らず故郷は花ぞ昔の香ににほひける　（三五）

清原深養父

夏の夜はまだ宵ながら明けぬるを雲のいづくに月宿るらむ　（三六）

白露を風の吹きしく秋の野はつらぬきとめぬ玉ぞ散りける
文屋朝康（三七）

三五は春、三六は夏、三七は秋というように、また新しい歌群三首一連がここから始まり、それぞれの季節の代表的景物（春の梅花、夏の短夜と月、秋の白露）への愛惜の情がこの歌群を流れていくように見える。この後は急に転調して恋歌が長々と続く。『百人秀歌』でも恋歌連続歌群が創られているのだが、やはり『百人一首』はその配列を変えている。

このように『百人一首』の配列は、色合いを変えながら始まり、終わり、また始まる。このほかにも『百人一首』の独自性が散見される。では契沖の指摘も参考にしながら、『百人一首』の配列の工夫についてさらに見ていこう。

3　歴史を紡ぐ物語——舞台での変貌

陽成院から始まるコラージュ的歌群

定家の選択では、『百人秀歌』に選んだ天皇は、天智・持統・陽成・光孝・三条・崇徳の六人である。このうち不遇とみられる天皇は陽成・三条・崇徳の三人なので、定家は特にそういった天皇を多く選んだわけではない。それに対して『百人一首』では、さらに後鳥羽院、順徳院を加えたので、悲劇の帝王たちのイメージが『百人一首』で一気に強くなり、それが『百人一首』を特徴づけるものとなった。『百人一首』における敗北の帝王や悲劇の貴公子たちについては、目崎徳衛[一九八三]の魅力的な論があり、以下にも関わる。

『百人一首』ではその歌自体の背景、つまりもともとの遡源だけではなく、作者の人生や歴史をふまえた背景が舞台として作られ、歌群に新たな意味が吹き込まれて、何かを語り出すようなことがある。その例を二ヶ所みてみよう。

『百人一首』で、陽成院から始まる三首を掲げる。

筑波嶺の峰より落つるみなの川恋ぞつもりて淵となりける　陽成院　(一三)

(筑波山の嶺から少しずつ流れ落ちるみなの川が、次第に水量《みずかさ》を増して深い淵となるように、私のあなたへの思いも、つもりつもって深い淵のようになりました。)

陸奥のしのぶもぢずり誰ゆゑに乱れそめにし我ならなくに　河原左大臣　(一四)

(陸奥の信夫もじ摺りの乱れ染めのように、私の心は乱れに乱れていますが、いったいあなた以外の誰のために、乱れはじめた私なのでしょうか。ほかならぬあなたのために心乱れているのですよ。それなのにあなたは。)

光孝天皇

君がため春の野にいでて若菜つむ我が衣手に雪は降りつつ　（一五）

（あなたに差し上げるために、早春の野に出て若菜を摘んでいる私の袖に、雪がしきりに降りかかることです。）

陽成院は清和天皇と藤原高子《たかいこ》の間に生まれ、九歳で天皇となった。一三の歌は、光孝天皇の皇女綏子《すいし》内親王に、恋の思いが積もり積もって、今は淵のように深い思いになりました、と訴える歌であるが、いつ頃詠まれたものかは不明である。陽成天皇は「物狂《ものぐるい》」で奇行や暴力的な振舞いが多く（事実ではないという説もある）、当時の権力者である藤原基経《もとつね》によって、心ならずも退位させられた。基経は当初は陽成天皇の摂政であったが、意のままにならない陽成天皇とその母である妹高子を放逐し、仁明天皇の皇子で不遇な親王であった五十五歳の光孝天皇を擁立して、即位させたのである。それは、仁明→文徳→清和→陽成、と続いた皇統が絶えてしまい、皇統が、仁明→光孝→宇多→醍醐、に大きく転換したことを意味しており、二度と文徳の皇統に戻ることはなかった。これは平安前期の一大事件であり、文学作品の生成にも影響を与えている。高子は基経の妹で、在原業平（一七の作者）はそのサロンの一員であるが、恋人とも伝承された（『伊勢物語』）。光孝天皇は一五の歌があらわすような穏やかな人柄で、基経の恩を忘れず輔弼とした。その後、この皇統が続き、宇多天皇、醍醐天皇と継承されて、醍醐朝に勅撰集の時代が始まる。

『百人一首』で陽成院と光孝天皇の間に置かれている河原左大臣《かわらのさだいじん》源融《とおる》は、嵯峨天皇の皇子で、元服後仁明天皇の皇子となり、源姓を賜り臣籍に下った。風流人であり、光源氏のモデルと言われ、河原院という邸第を造営し、河原院には陸奥の塩釜を模した庭園を造らせたことが有名である。一四の歌は恋歌で、陸奥産のしのぶ摺りの乱れ模様を、自身の心の乱れに重ねて詠むが、この撰歌は融が河原院に作らせた陸奥の景の史的イメージに基づくものとみられる。源融は清和・陽成・光孝・宇多の四代の天皇のもと、寛平七年(八九五)まで二十四年にわたり左大臣の地位にあり、そのことがこの位置にも反映されているのだろう。実は源融は、陽成天皇の後の天皇を決める時に、自分も候補にしてほしいと言ったが、臣籍に下った人はだめだと、基経に退けられたという(『大鏡』)。

『百人一首』のこの三首一連には、ただならぬ不穏さが漂っている。また歌はそれぞれの人物像や生涯をあらわすような歌である。この一三・一四・一五の裏にいるのは藤原基経であり、この後も基経の影が続いて、軋み合うようだ。しかし基経自身の姿はなく、基経の背信は表だってあらわされていない。一六・一七は在原行平・業平であり、一七は二条后高子がかつて制作させた屏風絵の歌である。そして宇多朝の二首(一八・一九)を挟んで、二〇は、『後撰集』の詞書によれば、元良親王が京極御息所《きょうごくのみやすどころ》褒子《ほうし》との秘めたる恋が露顕した後に、褒子に贈った歌である。

わびぬれば今はた同じ難波なる身をつくしても逢はむとぞ思ふ　元良親王（二〇）

（この恋にこれほど苦しんでいれば今はもう破滅しても同じことだ。難波の澪標《みをつくし》ということばのように、身を尽くし身を破滅させてでも、あなたに逢おうと思う。）

元良親王は陽成院の第一皇子で、本来なら天皇になれる筈だった悲劇の親王だが、その運命に抗するかのように多くの恋に浮名を流した。ところがこの恋の相手褒子は、憎むべき基経の孫娘で、宇多法皇の寵妃である。褒子は醍醐天皇に入内する筈だったのを、父の宇多法皇が奪い取ったという。その褒子との絶望的な禁忌の恋を詠んだこの歌は、『百人一首』の恋歌の中でも鮮烈な印象を残す歌である。宇多は光孝天皇の子で、臣籍に下っていたが、光孝天皇の望みにより立太子し、思いがけず天皇となった。このように、『百人一首』での陽成院・元良親王親子は、栄耀の光孝・宇多天皇（宇多の歌はない）親子の陰画のようになっている。しかし陽成院も元良親王も、政治的に鬱屈した激情は、この烈しい恋歌によって象《かたど》られるしかないのだ。

なお、源融の死後に宇多法皇の所有となっていた河原院で、褒子と宇多法皇が逢っていた時に融の亡霊が出たという逸話があり（これは『源氏物語』夕顔の死の場面に転移する）、当時融の怨念も噂されていた。同じように臣籍に下っていながら、天皇になれなかった融と、天皇になり得た宇多。亡霊の噂が立つのも当然であろう。一四の融の歌も相手の女性を恨む恋歌であるが、それも政治的な恨みの声となって呼び戻されてくるようなイメージに転化する。

このあたり、『百人一首』の表側でも裏側でも、関わりのある人々が交錯する。陽成院と元良親王、光孝天皇と宇多天皇、綏子内親王、基経、高子、業平、源融、京極御息所褒子。歴史上のある場面やある一瞬が、針目のように見え隠れしながら縫われていく。

一方、定家は陽成院・源融・光孝天皇の三首を採歌したが、『百人秀歌』の配列では陽成院は離して置いており、歴史上の悲劇の衣を纏わせるような配置はしていない。驚くことに、陽成院は勅撰集に他に入集がなく、この歌も特に注目された跡は見えない。定家の眼によってこの一首に光が当てられたのである。けれども定家はここで、遠い過去のできごとであっても、至尊の存在に対してあからさまに悲劇と葛藤の物語を呼び起こすような配列はしていない。つまり、定家の配列を改編して、『百人一首』が新たに作り上げたコラージュなのである。

崇徳院をめぐる流謫の物語

この歌群に似た例がほかにもある。これは題詠の時代になってからの題詠歌群なので、遡源としてはある題に基づいて詠まれた歌に過ぎず、本来その人の人生とは無関係なのだが、ここにも『百人一首』の演出がありそうだ。

わたの原漕ぎいでてみれば久方の雲居にまがふ沖つ白波　法性寺入道関白太政大臣（七六）

（大海原に舟を漕ぎだして眺めわたしてみると、はるかかなたに、白雲と見紛うばかりに沖の白波が立っている。）

瀬をはやみ岩にせかるる滝川のわれても末にあはんとぞ思ふ　崇徳院御製（七七）

（川瀬の流れが速いので、岩にせきとめられてその急流がふたつに分かれても、いずれまた一つに合流するように、今は障害があってあなたと逢うことができなくても、将来は必ずお逢いしようと思います。）

淡路島通ふ千鳥のなく声に幾夜ねざめぬ須磨の関守　源兼昌（七八）

（淡路島からこの須磨の浦へ通ってくる千鳥の、もの悲しく鳴く声に、いったい幾夜、目をさましたことだろうか、冬の夜更けの須磨の関守は。）

海（七六）↓川（七七）↓島・浦（七八）という空間の動きを見せる歌群である。しかし藤原忠通（法性寺入道関白太政大臣）↓崇徳院（図18）という並びが、不穏なものを感じさせる。これは保元元年（一一五六）の保元の乱でぶつかった、勝利者と敗北者である。しかし歌は保元の乱とは無縁なものであり、ここにあげた三首とも歌題に基づく題詠であるから、本来は現実に繋げることはできない。

七六(忠通)は崇徳院が天皇であった時の、保延元年(一一三五)内裏歌合での「海上遠望」という詠で、悠揚たる調べにのせて、大海原の沖の白波が白雲と渾融する遠景を描く題詠歌である。その十五年後、久安《きゅうあん》六年(一一五〇)頃の『久安百首』の歌が七七(崇徳院)であるが、一転して、激しく流れる奔流が岩にぶつかり、割れ砕けて白いしぶきをあげ、流れが分岐し、やがては再び一つの流れとなるという、疾走感溢れるショットを描き出す。恋の題詠歌であるが、その激しさが、保元の乱に敗北して讃岐《さぬき》に流された崇徳院の激烈な悲憤を思わせるようでもあり、「末にあはんとぞ思ふ」がまるで配流先の讃岐からいずれ都に帰って会おう、と言っているようにも読めてしまう。崇徳院は帰京が許されず、讃岐で自身の後生の菩提を祈って三年かけて五部大乗経を書写したが、それを都近辺の寺に置くことすらも拒絶されて、怨みの念深くして、髪も爪も切らず、人にも会わず、生きながら天狗の姿となったという伝承がある(『保元物語』)。遂に帰

図18　崇徳院像(『天子摂関御影』)

洛することなく崩御した後、都で大火や動乱などの凶事が次々に起こったため、死後には怨霊となったと信じられ、人々は深く恐れた。この崇徳院伝承を中世の人々は熟知している。

続く七八(兼昌)は、『源氏物語』須磨巻の「友千鳥もろ声に鳴く暁はひとり寝ざめの床もたのもし」という、流離の孤独に耐える光源氏の歌に拠ったとみられ、寂しげな物語的世界を描き出す題詠歌である。兼昌はマイナーな歌人であるが、定家はこの歌のそうした点を評価して採入したのだろう。七八の表現は、光源氏やそのモデルとされる須磨に流された在原行平も想起させるのだが、さらには、『百人一首』でこの位置に置かれると、淡路島の向こう、方角としては西に位置する讃岐国白峰《しらみね》にいた崇徳院の影が漂うようにも見える。須磨沖・明石沖・淡路島の北は崇徳院が配流された時のルートでもあった。

爰ハ須磨、明石ト申ケレバ、行平中納言被流テ、何ナル罪ノ報ニテト歎ケン所ニコソトゾ思食シ知ラレケル。カレハ淡路ト申ケレバ、大炊廃帝被流テ、思ニ絶ズ、何程モ無テ隠サセ給ニケル所ニコソ、今ハ御身ニ思食知テゾ哀也。　(『保元物語』下)

また平安末期の私撰集『言葉集』に、崇徳院(讃岐院)が配所讃岐から都に送った次のような歌があり、『保元物語』『平家物語』『沙石集《しやせきしゆう》』等にも見え、五部大乗経の入洛を請う手紙に添えられていたともいう。この歌はかなり人口に膾炙していたとみられる。

遠国より、都なる人にたまはせける　讃岐院御製

浜千鳥あとは都にかよへども身は末山にねをのみぞなく

（『言葉集』三〇九）

兼昌の歌（七八）では貴人の流謫《るたく》の地である須磨にいる関守が、そしてこの歌では讃岐にいる流謫の身の崇徳院自身が、通う千鳥に悲愁をかきたてられている。

『百人一首』が崇徳院の後に兼昌の歌を置いたのは、そこに崇徳院が詠じた「浜千鳥……」の歌をも重ね合わせるようにして、崇徳院の敗北と流謫の物語を織り上げるためだったのではないか。続く七九は、崇徳院に勅撰集撰進を命じられて『詞花集』を編纂した藤原顕輔の歌であり、これも『久安百首』の歌である。そして再び七六（忠通）に戻れば、これは『百人一首』一一の小野篁《おののたかむら》の歌「わたの原八十島かけて漕ぎいでぬと人には告げよ海人の釣舟」を意識しており、篁の歌は隠岐島に配流された時の歌であるから、忠通の歌をこの流れの中におくと、時間が円環して崇徳院の配流の風景を読者に想起させるように歌群構成しているとみられる。

しかし、この『百人一首』の連続配列に対して、やはり元の『百人秀歌』の配列は非連続であり、定家はここでも、これらの歌は採ったが、上皇という至尊の存在の敗北の物語を強調して読者に見せるようなことはしなかった。こうしたことには、公卿であり廷臣である定家は、むしろ抑制的であったと想像される。

また、編纂の方法としても、定家はこうした歴史の物語のように見せることに、関心が強かったとは思えない。たとえば『新勅撰集』は定家の編纂であり、その配列は極めて精密なものだが、定家はそこで歌人のイメージによって流れを作ることはさほど多くはしておらず、それよりも和歌自体の表現世界の可能性をあれこれ探り、押し広げ、和歌の力を引っ張るようにして配列することが多いように思う。『百人秀歌』の配列にも同様の定家の意識が感じられる。

『百人秀歌』は、歌人の配列の点で、たとえば六歌仙の歌人、あるいは『古今集』撰者をなるべく一ヶ所にまとめるような意図はうかがわれる。しかし基本的には、表現上の連関・対照で並列するなど、表現面を重視して配列構成する意識が強く、『百人一首』のように歌の配列を用いて、天皇を含む歌人たちの背景としての歴史的興亡や悲劇、葛藤などを強調するようなことには、定家は積極的ではなかったように思う。

『百人一首』の「劇化」演出

『百人一首』編者が、巻末に後鳥羽院・順徳院の歌を連続配列して歌群構成したことは、単に二首を追加したということではなく、以上のような『百人一首』独自の演出方法の一環なのではないだろうか。

他の箇所でもたとえば、『百人一首』は歌壇の指導者の地位をめぐってせめぎ合った二人、御子左家の俊成(八三)と六条家の清輔(八四)を隣り合わせに並べているが、定家は『百人秀歌』で並べていなかった。また俊頼(七四)と基俊(七五)も歌壇においてライバル的存在であったが、定家は『百人秀歌』でこれも並列していなかった。それを『百人一首』編者はわざわざ並べ替えて再編成しているのであり、過去の歌壇の指導者たちや動向にも関心があった人かと想像される。『百人一首』で以上の二首の対は、いずれも作者だけではなく、歌内容・表現の点でも対照性・類縁性があり、歌人の関係だけではないかもしれないが、わざわざ『百人秀歌』の定家の配列を入れ替えている行為には、和歌史における人々のドラマを鮮明に演出するような意図も感じられる。

片桐洋一[二〇〇五]も、『百人一首』が俊頼・基俊、俊成・清輔を並べた点について言及しているが、加えて、『百人秀歌』では定家が俊成(八七)と西行法師(八八)を並べていたのに、『百人一首』では俊成を離して、俊恵法師(八五)、西行法師(八六)、寂蓮法師(八七)の三人を並べたことについて、俊成と西行の深い関係が実感をもって認識されていた時代が過ぎ去って、二人の歌は離されてしまったのではないかと述べている。たしかに『百人一首』で、この時代を担った歌僧三人の一連は強い印象を与える。『百人一首』は緩急をつけながら、部分的にこうした演出をちりばめているように思う。

このような『百人一首』の演出によって、ある歌、ある歌群は、『百人一首』という舞台の上で、連鎖的にさまざまな声で敗者たちの悲劇や人々の葛藤などを語り始めるようだ。その歌が詠まれた時の実際の背景とは離れて、そこに歌による別の文脈ができ、ポリフォニーが発生する。『百人一首』は一人一首であるから、勅撰集と比べるとさらにはっきりと歌人同士のドラマが強く交響するように見える。『百人一首』に詞書がないことが、こうした群像劇のような印象を呼び起こしている面もあり、題詠の歌の場合はもとの文脈とは離れることがさらに容易になる。

もう一つ気づくのは、『百人秀歌』と『百人一首』の配列において、天皇・上皇の歌の位置をめぐって異なる姿勢が見られることである。中世の言説で、勅撰集では、御製(天皇・上皇の歌)に隣接して身分の低い人(殿上人《てんじょうびと》以下)を配置してはならないが、例外として著名歌人ならば許されるし、女房歌人も許される(女房歌人は身分的に一種の超越性を持つためである)という故実があった(『愚秘抄』)。『愚秘抄』は二条家庶流周辺における偽書なので注意が必要だが、たしかに鎌倉期の勅撰集ではこの傾向が強くみられる。これは一人一首のアンソロジーなら尚更だろう。しかし『百人一首』はこの規制を気にしていないようだ。この歌群で、崇徳院(七七)の次に、身分が低く著名歌人でもない源兼昌(七八)を置くのは、このルールから逸脱している。しかし定家は『百人秀歌』で、崇徳院を著名歌人俊頼と女房堀河の間に置いていた。同様の例では、『百人一首』が、三条院(六八)の次に数寄者歌人の能因(六九)を置くのは、このルールでは不適当と思われるのに対して、『百人秀歌』では、三条院を一条院皇后宮定子と、儀同三司母貴子の間に置くというように、全体に勅撰集の故実にかなっている。つまり、『百人秀歌』

が勅撰集撰者が意識していた故実や規制の内側にあるのに対して、『百人一首』はそうではない。

以上のように『百人一首』は、二首の対や三首以上の歌群において、『百人秀歌』をしばしば改編して、時に大胆に、歴史的な視点で劇化する演出を緩急をつけてちりばめているとみられる。従来は『百人秀歌』も『百人一首』も定家撰と言われることが多かったため、その違いがぼやけていたが、『百人一首』が定家以外の編である可能性が極めて高いことが判明した今、定家が配列したのではなく、定家ではない後世の誰かが配列したからこそ、ある部分が、歴史を紡ぐような物語になっていることがくっきり見えてくる。それが『百人一首』の特質の一つであり、魅力となっているのではないだろうか。

4　和歌を読み解く——更新される解釈

「しほる」とは何か

さてここでは、詠歌の表現自体に目を転じてみよう。ある表現や状況の再検討、あるいは新たな視点の獲得によって、歌の見方ががらっと変貌することがある。『百人一首』に限らないが、和歌の解釈は、新たな発見によって更新されていくものである。本章の流れから少し脱線するが、重要なことなので、ここで述べておきたい。近年において解釈等に新見があった歌を数首取り上げ、その変貌を見る。そして最後に本章の趣旨に戻ろう。

契りきなかたみに袖をしほりつつ末の松山波越さじとは　清原元輔（四二）

（固くお約束しましたよね。お互いに袖をびっしょりと泣き濡らしながら、あの末の松山を波が越えることがないように、私たちの愛も決して変わることがないということを。それなのに、あなたの心は変わってしまいました。）

問題は第三句「しほりつつ」である。これは従来、「しぼりつつ（絞りつつ）」と表記され、「濡れた袖を絞りながら」と訳されていた。これに対して岩佐美代子［二〇一二］が、小西甚一の説をふまえながら、これまで「絞る」と解されてきた和歌の多くが、「霑る（しほる）」（涙などでびっしょりと濡れる・濡らす）の意とみられることを検証している。反論［長谷川哲夫、二〇一五］もあるが、それでも今後はこの岩佐説を無視することはできないだろう。

そこで掲げられている例の中に、次のような歌がある。

片敷きの袖は鏡としほれども影にも似たる物だにぞなき　（『和泉式部続集』五九）

（愛する人を失い、独り片敷いて寝る袖は、水鏡となるほどに涙をたたえているが、そこに映る影としてすら、あの人に似たものはありはしない。）

これを「絞る」と解釈するのは不可能であり、誤写かとされてきたが、この解釈で解決する。「泰時も鎧の袖をしほる」(『増鏡』新島守)も、鎧の袖を「絞る」のは無理である。
和歌・物語などの表記では「しほる」「しをる」「しぼる」が混在しており、それが「霑る」か、あるいは「絞る」なのかは、文脈から慎重に判断しなくてはならない。和歌ではかなり多くが「泣き濡れる・泣き濡らす」の意となるとみられる。そして言うまでもなく、「しほる」「しほり」は、連歌、能楽、俳諧で重要な用語として使われていくことになる。

「末の松山」と津波の記憶

この清原元輔(四二)の歌で詠まれている「末の松山」は、『古今集』の著名な歌を本歌とする。

君をおきてあだし心をわが持たば末の松山波も越えなむ　(東歌・一〇九三)

(あなたをさしおいて、私がほかの人に心を移すようなことがあれば、あの末の松山を波が越えてしまうことでしょう。私のあなたへの愛は絶対に変わりません。)

「末の松山」は陸奥国《むつのくに》の歌枕であり、宮城県多賀城市八幡の末松山宝国寺の裏山辺りという説によって、ここが現在名所となっている。実際にここであったかどうかは不明ながら、「末の松山」を波が越えるのは、あり得ないことの譬喩という見方がなされてきた。けれども、あり得ないことの譬喩ならばほかにいくらでもわかりやすい譬喩が可能なのに、なぜ「末の松山」がこれほど和歌の世界で膨張したのか、不明なままであった。

これに一石を投じたのが、海底考古学・海底遺跡研究の分野からの論文〔河野幸夫、二〇〇七〕であり、貞観十一年(八六九)の貞観大地震による大津波が「末の松山」を越え、その時の記憶が『古今集』一〇九三に残ったと推定した。その後、東日本大震災が起こり、現在の名所「末の松山」の近くまで津波が到達した。今の私達の記憶には、東日本大震災の津波の映像が刻まれている。震災後、国文学の研究者数名が直ちにこの歌をめぐる論を発表し、そこでは貞観大地震の時に「末の松山」を津波が越えたかどうか、都人に短い期間でその記憶が共有され得るか、あるいはその地震は本当に貞観大地震なのかどうか(これ以前の地震かもしれない)等々、種々の観点で論じられている。おそらくは『古今集』東歌の「末の松山波も越えなむ」は、単なる大げさな譬喩ではなく、大津波の衝撃を伝える民間伝承に淵源があると見てよいだろう。

このように、元輔や都の歌人たちは知らなかったかもしれないが、この「波」はおそらく津波であり、怖ろしい災害の記憶に何らか繋がっていくものである。歴史的事実の伝承が、東歌という古歌の中に埋め込まれていた。

「心あてに」の幻視と緊張

（二九）

凡河内躬恒

心あてに折らばや折らん初霜の置きまどはせる白菊の花

（心して見定めて折るなら折れるだろうか。初霜が一面におりて、霜か白菊か見分けにくくしているけれど、その白菊の花を。）

「心あてに」は従来「当て推量に」「あてずっぽうに」と訳されることが多かったが、徳原茂実［二〇一五、初出は一九八九］によって「よく注意して」「慎重に」という意であることが論証された。渡部泰明［一九九七］がこれをふまえて、「初霜が置くなか、いっそう白さを際立たせて咲く白菊。ぜひにも折り取りたいが、その凜としたこの世ならぬ美しさは、どうしても手を触れるのをためらわせる。その美を、錯視とためらいの身振りの表現によってかろうじて我が物にして見せたのである」と評し、この歌の魅力を解き明かした。この歌が古来から愛され、理屈だけの歌が嫌いな俊成・定家にも評価されたことが納得される。

「あてずっぽうに」ではこの歌のいのちが消えてしまいかねない。正岡子規が「五たび歌よみに与ふる書」で「一文半のねうちも無之駄歌に御座候。此歌は嘘の趣向なり。初霜が置いた位で白菊が見えなくなる気遣無之候。」などと激烈に批判して有名になったが、比喩ではなく、韜晦された讃美の表現なのである。ある国語教科書には「見当をつける」とあって、訳としては正しいが、動作表現の感じがする。「心して」「慎重に」という意によって、白が重層する白艶美を前にしての感動、ためらい、緊張感がより正確に伝わるように思う。

式子内親王が「男装」した歌

玉の緒よ絶えなば絶えね長らへば忍ぶることの弱りもぞする　（八九）

式子内親王

（私の命よ、絶えるなら絶えてしまえ。長らえると、私の恋をあの人に秘めておく心が弱って、抑えきれずに思いが外に現れてしまうかもしれないから。）

『百人一首』の中で最もよく知られている歌の一つだろう。『新古今集』では恋一にある。自らの死を願って緊迫する上句、「長らへば」で一呼吸おき、流れ落ちるように収束する下句。強く張りつめた弦のような響きが、下句で哀艶なはかない音に変わっていく。この歌では、「絶え」「長らへ」「弱り」がすべて「緒」（糸）の縁語である。縁語とは、歌の中に散乱する詞を、掛詞を用いて裏側で一つのイメージにまとめるものであり、表側の解釈には出てこない。この歌は『新古今集』の詞書によると「忍恋《しのぶるこい》」という歌題の題詠である。既に述べたように、題詠歌では作者と詠歌主体とは別なのだが、この歌の切迫した感情が印象的なゆえか、式子自身の恋をそこに読み取ることが度々行われてきた。一般に女性歌人の恋歌については、現実の恋を想像する解釈が行われがちな面もあるだろう。

この歌について、「忍恋」という歌題は、恋の初期段階に、男性が恋する女性に思慕の情を明かさないことであって、「玉の緒よ……」は男歌（男性が詠歌主体の歌）の題詠であることが論証された［後藤祥子、一九九二］。しかも、式子の恋歌には全体に男歌と思われるものが多い。そして式子は百首歌（一二五頁参照）をいくつも詠んでいる。式子内親王についてはかつて論じたが［田渕句美子、二〇一四］、ここでも少し触れておきたい。

内親王がジェンダーを超え、いわば「男装」して詠んだ男歌は、和歌の歴史で式子の作が最初であり、特異なことだった。しかも式子内親王以前には、内親王は百首歌を詠まず、公的な場で題詠歌を詠む機会もなく、男歌も詠まないのが普通だった。内親王という不自由な立場にいた式子が、題詠歌の中での自由さを愛し、作歌に身を捧げたと言えよう。さらには、激情的な、死を歌う恋歌をさまざまに題詠で詠んだことも、皇女として逸脱している。

式子内親王のイメージには、現在でも、恋情を内に押し隠した孤独な未婚の皇女、斎院という特別な空間に生きた皇女、あるいは世に忘れられた皇女、といった像があるかもしれない。しかしそれは、式子の歌の見方を狭めてしまう。

しかも式子は社会的に、世に忘れられた皇女ではない。文治元年（一一八五）には准后《じゅごう》となっており、准后は年官・年爵という昇進の推薦の権利を持つので、人々が周囲に集まる。定家の父俊成は式子内親王に和歌を指導し、また式子内親王家に娘二人を女房として出仕させており、

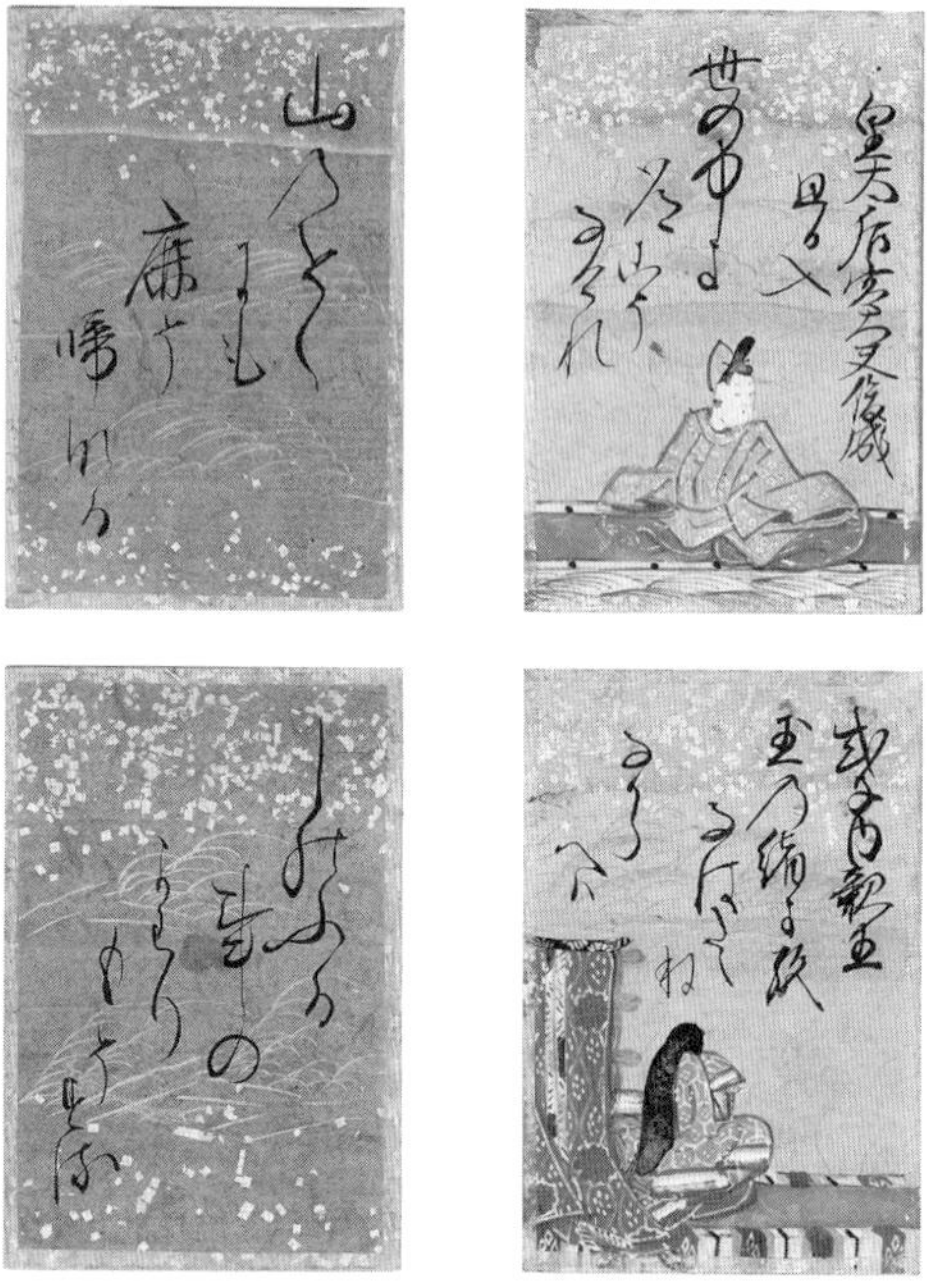

図 19 『百人一首』かるた　俊成，式子内親王，定家

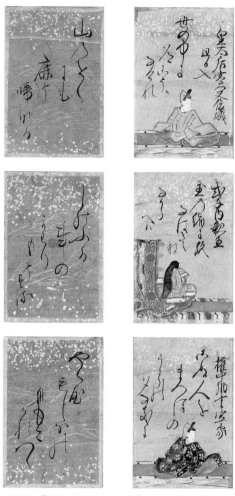

を密にしようとしている。御子左家と式子内親王との関わりは深い(図19)。
定家も家司として出仕させた。定家もまた子息光家と娘因子を式子のもとに参上させ、繋がり

式子は定家や良経ら新古今歌壇の歌人たちと詠歌の上で互いに交流し合い、修練を重ね、やがては後鳥羽院にも特別に評価されていく。そこで皇女の立場を自ら逸脱して、百首歌という虚構の舞台の上で活躍することを選んだ。式子は、ジェンダーを超え、いくつもの詠歌主体を自在に詠み分け、異なる「私」を演出する。「玉の緒よ……」のようにある女への秘めた恋に苦しむ「私」、男の愛に絶望する「私」、隠棲する「私」、昔に斎院であった「私」、世と時代を見渡す「私」、言葉を投げつけるように嘆く「私」もいる。そして『新古今集』の式子の歌には、穏やかで静謐な歌、繊細な感覚表現の歌、優艶な女歌、無常の歌など、さまざまな秀歌があるが、定家は式子の鋭角的な個性を示すような「玉の緒よ……」という男歌を選んだ。式子の生涯と精神のありかを象徴するような歌である。

式子のこの歌(八九)と、前に掲げた定家の「来ぬ人をまつほの浦の夕なぎに焼くや藻塩の身もこがれつつ」(九七)とは、『百人秀歌』でも『百人一首』でも隣り合っていないが、この二首は、女性による男歌、男性による女歌の対照である。そしていずれも、巧緻に組み上げた「もみもみと」した歌、切迫感を極限に表現した恋の歌である。後藤祥子[一九九二]が述べているように、「男装」の式子と「女装」の定家が向かい合っているようでもある。式子と定家が恋

愛関係にあったという説は事実ではないが、この個性ある二人は、互いの深い理解者であったと思われる。
式子の歌への定家の高い評価や敬愛があってこそ、内親王としてはただ一人だけ、それも革新的で鮮烈なこの歌が採られた。そして「玉の緒よ……」は『百人一首』を代表する歌となり、現在も多くの人にとって最も印象深い歌となっているのではないだろうか。

「契り置きし」の背景

藤原基俊

契り置きしさせもが露を命にてあはれ今年の秋もいぬめり　（七五）

（約束して下さった「頼みにせよ」というあなた様の一言を命と思って頼みにしておりましたが、ああ、今年の秋も空しく去ってしまうようです。）

勅撰集の詞書に戻らなければ、「契り置きし」等の表現からは、これはまるで哀艶な恋歌のように見える。しかし出典の『千載集』雑上・一〇二六に「律師光覚、維摩会《ゆいまえ》の講師の請を申しけるを、たびたびもれにければ、法性寺入道前太政大臣に恨み申しけるを、しめぢの原と侍りけれども、又その年ももれにければ、よみて遣はしける」とある。この時八十歳位の最晩年の基俊は、子である興福寺僧の光覚が、興福寺の維摩会の講師になれるように、その人事権を持つ藤原忠通（法性寺入道前太政大臣）にしばしば頼み、忠通は「しめぢの原」（「私を頼みにせよ」という意）と言ったのに、またその年も選にもれたので、それを恨んで忠通に送った歌である。恨みや無念を強く訴えるのに、閨怨の恋歌の表現を用いたのである。なお『基俊集』には、この件をめぐる忠通と基俊との贈答詩歌があり、この歌もそこにあり、そのやりとりを細やかに読み解く論考もある［北山円正、二〇二〇・二〇二二］。

実は、『千載集』詞書には史実との齟齬があって、光覚が望んだのは講師ではなく、竪義（竪者）であり、それは講師の地位より下である。さらに光覚は律師にも僧都にも至っていない（『千載集』俊成自筆本断簡である日野切には「僧都」と書かれている）のだが、これらは基俊を師とする俊成による意図的改変かとみられている［家永香織、二〇二二］。

このようにこの歌は、俊成が背景を格上げするようにして『千載集』に入れ、それを定家が詞書のない『百人秀歌』八二に入れた。『百人秀歌』では歌表現から次の道因の恋歌「思ひわびさても命はあるものを憂きに堪へぬは涙なりけり」（『百人秀歌』八三。『百人一首』では八二）と対のように配列した。それを『百人一首』編者が、忠通（七六）の前に置き換えて、前述のような背景が浮かび上がる形にした。さらに、基俊（七五）の前は俊頼（七四）の恋歌であり、この二首は歌内容から対をなしているのだが、前述したように、作者の面でも基俊と俊頼はライバル的存在で、狷介な基俊はしばしば人々の前で俊頼を攻撃したという（『無名抄』）。

源俊頼朝臣

憂かりける人を初瀬の山おろしよはげしかれとは祈らぬものを　（七四）

藤原基俊

契り置きしさせもが露を命にてあはれ今年の秋もいぬめり　（七五）

法性寺入道関白太政大臣

わたの原漕ぎいでてみれば久方の雲居にまがふ沖つ白波　（七六）

この後、忠通の歌は次の崇徳院の歌に繫がっていくのだが（一四六頁）、ここでも、『百人一首』は背景にあった人々のドラマを次々に繰り広げて、強調して見せるような配列方法をとっている。繰り返しになるが、これは『百人秀歌』にはない、『百人一首』の大きな特徴と言えるだろう。

「人もをし人も恨めし」の転移と再構成

人もをし人も恨めしあぢきなく世を思ふゆゑにもの思ふ身は　（九九）
後鳥羽院御製

（人がいとしくもあり、あるいは人が恨めしくもなる。いかんともし難くて、世の政事を思うゆえにこそ、苦しい物思いに沈む我が身であるよ。）

建暦二年(一二一二)、「五人百首」の中の一首である。後鳥羽院歌壇の狂騒はこの頃には沈静し、『新古今集』もこの二年前に完成していた。歌壇の中心は、即位したばかりの若き順徳天皇の歌壇に移り、後鳥羽院はこのとき一時的に和歌への情熱を失いつつあったが、治天の君として変わらず「世」に君臨していた。が、しだいに政治をめぐって鎌倉幕府との対立が深まり、承久三年(一二二一)五月、北条義時追討の院宣を出して承久の乱を起こす。しかしすぐに上洛してきた幕府軍に敗れ、幕府によって隠岐島に流された。都に帰ることを夢見ながら、十九年をそこで過ごし、隠岐で崩御した。中世の人々は誰もが知っていることである。

この歌は、『百人一首』編者により巻末に追加され、順徳院の歌と並べて置かれることで、歴史の文脈へと転移したと言えよう。巻末二首は、後鳥羽院はなぜ承久の乱を起こしたのだろうと、後世から問いかけるようでもあるが、後白河院の血を受け、内には常にたぎる何かをもち、すべてを支配したい王にとっては、あらがえない運命だったのだろうか。そのような類い稀な帝王の悲劇を、わずか一首で象徴的に示すようでもある。あるいは、建暦二年にそれを予言するかのような一首にも見えるし、詠歌年時から全く切り離せば、「人もをし人も恨めし」は、なつかしい都の人を「をし」(愛しい)、帝王たる自分を流罪にした幕府側の人を「恨めし」と言い、隠岐でこの歌を詠んだような錯覚も誘うかもしれない。

しかし実際には、承久の乱の九年前に詠んだものであるし、承久の乱には関係がない。しかもこの歌を詠んだ頃には、後鳥羽院と幕府将軍源実朝との関係は良好であり、安定していた。また、もし仮に後鳥羽院の心中に鎌倉幕府への対抗心が芽生えていたとしても、その心を「人も恨めし」という直接的な言い方で、公的な宮廷和歌の場で詠むことはないと思われる。

建暦二年の「五人百首」という詠作の場に戻ってこの歌を再考してみると、詠作当時には、まったく別の詠歌意図があった可能性もある。この時、後鳥羽院は、藤原定家、藤原家隆ら四人に、各二十首を詠進させ、自らも二十首を詠んで、あわせて百首とした。後鳥羽院は、春五首、秋十首、述懐五首を分担し、これはその述懐五首のうちの一首である。この「五人百首」の後鳥羽院、定家、家隆の歌の一部には、元久三年(一二〇六)に急逝した摂政太政大臣良経への追想の念があるという指摘がある[吉野朋美、二〇一五]。その論では「人もをし……」については言及されていない。が、他にもいくつかの徴証が見出されるので、後鳥羽院の「人もをし人も恨めし」の「人」とは、臣下の人々一般ではなく、後鳥羽院が深く敬愛し、追慕した良経その人を指しているのではないかと筆者は考えている。しかしこれを『百人一首』編者は知らなかったのではないか。

あるアンソロジーが編まれるとき、そもそもの遡源である詠作時から離れて、それを編纂する二次的、三次的、四次的な場面においては、それが題詠歌であっても、作者自身の詠作意図とずれても、時間的・空間的な齟齬がそこにあっても、歌仙絵があってもなくても、その歌人のイメージを表象するような歌、あるいはその心中や生涯、その時代を語るような歌が選ばれたり、何かを発光する歌群が作られたりすることがある。『百人一首』では、背景にあった歴史と人の物語を、次々に視点を変え、緩急をつけながら繰り広げて再構成するドラマツルギーとも言える方法がみられると言えよう。しかもそこでは物語化のための新たな言葉はまったく付加されていない。ただ和歌を前後に動かす、最後に二首加える、というだけなのだが、まるで巧みな人形つかいのように、そこに歴史を紡ぐような物語をイメージさせている。

それは定家の時代からかなり下って、平安王朝の史的興亡も後鳥羽院・順徳院の悲劇も遠い昔の記憶となった頃にこそ、可能だったことではないだろうか。

5　『時代不同歌合』との併走——後鳥羽院と定家

『時代不同歌合』とどちらが先か、影響関係があるか

後鳥羽院の『時代不同歌合』は、『百人一首』(『百人秀歌』)との関係がしばしば取り上げられる作品である。どちらが先なのか、影響関係があるのか、問題となるところである。この点を検討することで、『百人一首』がよりくっきり浮かび上がる面があるので、ここで述べておきたい。

都から遠く離れた隠岐にいても、後鳥羽院は、歌を詠んだり歌集や歌合などを編纂したりすることを続けていた。その一つが『時代不同歌合』で、王朝の歌人と当代に近い時代の歌人を計一〇〇人撰んで、時を超えて一対とし、一人三首を番える歌合に仕立てたものである。つまり和歌は計三〇〇首、百五十番の歌合であり、歌は原則として『古今集』から『新古今集』までの八代集から選んでいる。一〇〇人の歌人という点で、『百人秀歌』(『百人一首』)と同じであることが注目され、その歌人は、一〇〇人のうち六十七人が共通している。この『時代不同歌合』を定家が見たかどうか、それが問題である。

後鳥羽院が、左方に王朝古典として仰がれる三代集時代の歌人をおき、右方に題詠が兆し始める『後拾遺集』以降の歌人を対置させたのは、斬新な作りである。これは、王朝古典世界に生きた人々が詠んだ実詠歌(現実の生活での実感を詠む歌)と、院政期以降の歌人たちが本意と虚構の世界に飛翔した題詠歌とを、左右に対置してみるという試みであったのではないか。すべてではないが、左右が実詠歌と題詠歌の対照である番が多数に及ぶ。これは『時代不同歌合』の特徴と言えるだろう。比べると『百人秀歌』の撰歌の方が全体に尚古的で、王朝古典和歌を重視している。

『時代不同歌合』初撰本では、『新古今集』から一〇四首もの歌が選ばれ、三分の一以上に及ぶ。かつ『百人秀歌』(『百人一首』)が入れていない新古今歌人である、藤原有家《ありいえ》、藤原秀能《ひでよし》、藤原隆信《たかのぶ》(以上は和歌所寄人《よりうど》)、及び女房歌人の宜秋門院丹後《ぎしゅうもんいんたんご》と宮内卿《くないきょう》を入れている。つまり後鳥羽院が心血を注いだ『新古今集』を重視している点で、『時代不同歌合』は、『百人秀歌』(『百人一首』)とは大きく異なる。もう一つ目立つ点は、一〇〇人の中に、醍醐天皇、花山院、白河院、崇徳院、後鳥羽院自身を入れていることである。つまり『古今集』『拾遺集』『後拾遺集』『金葉集』『詞花集』『新古今集』の撰進下命者である天皇・上皇への敬意を示すとともに、かつて自身が歌壇を領導した帝王であったことの矜持を見せているようだ。

『時代不同歌合』初撰本は貞永元年(一二三二)―文暦二年(一二三五)頃、再撰本は嘉禎二年(一二三六)―延応元年(一二三九)頃に成立とされているので、『百人秀歌』の成立(文暦二年)と接近している。この二つの間に影響関係はあるのかどうかについては、それを判断できる資料がまったくないので、実際のところはわからない。ただ、後鳥羽院が流されていた隠岐と、都との間には、驚くほど活発な文化的・文献的交流があり、さまざまな情報が行き来していた[田渕句美子、二〇〇一]。『時代不同歌合』が直ちに都に運ばれたかどうか、そして定家がそれを見たかどうか、目にした可能性はあるが、確かな証跡は残っていない。一方、蓮生に贈与された私的な性格の『百人秀歌』が、隠岐に運ばれることはおそらくなかったと思われるので、後鳥羽院は『百人秀歌』を見ていないだろう。

ところで定家が、『時代不同歌合』で元良親王と番えられたことに不満をもち、その歌人は初めて知ったとの皮肉を言ったという後世の説話があり(頓阿『井蛙抄』)、面白い話だが、それはあり得ない。なぜなら、元良親王の歌を定家は『定家八代抄』に三首入れているからだ。一方、後鳥羽院が自詠を番えた具平親王は、定家は『定家八代抄』に一首も入れておらず、全く評価していない。むしろ、『時代不同歌合』は貴人について身分秩序をかなり重視して左右を番えているので、権中納言定家が身分的に元良親王と番えられるのは特別な扱いであると言えるし、現実の恋歌が多い元良親王と、虚構の恋歌の名手定家とを番えたところに、後鳥羽院の意図があったと思う。だからこの説話は、定家が『時代不同歌合』を見たという証拠にはなり得ず、後世に創作されたものとみられる。

『百人秀歌』と『時代不同歌合』は、厳密にどちらが先なのか、そしてそこに影響関係があるのかどうか、確実なことはわからない。むしろ、どちらも互いに関わりなく、百首歌のかたちの影響から、偶然に定家と後鳥羽院それぞれが一〇〇人の歌人を撰ぶという発想になったという可能性も高いのではないだろうか。

『時代不同歌合』の迅速な広がり

後鳥羽院の『時代不同歌合』は、歌仙絵があるものとないものがあるが、古い伝本(断簡)には歌仙絵があるもの(『時代不同歌合絵』)が多い。これは、当初は歌仙絵がなかったとみられる

『百人秀歌』『百人一首』(後述)とは、大きく異なっている。また、テキストとしての『時代不同歌合』自体も、鎌倉期に受容の痕跡がない『百人秀歌』『百人一首』とは異なって、鎌倉中期から後期にかけて、かなり流布していた。

『時代不同歌合絵』の鎌倉期の伝本・断簡はかなり多く現存しており、それを見ると、『時代不同歌合』が広く流布していたことに加えて、歌合の形態が変化したことがわかる〔田渕句美子、二〇二三〕。詳しくはこの論を見ていただきたいが、『時代不同歌合』は、百五十番本の形から、歌仙絵を重視する考え方によって、一部で五十番本の形が生まれた可能性が高い。五十番本とは、一つの番に和歌を三首ずつ列記して番え、五十番にしてあるものである。その変化は、五十番本『時代不同歌合絵』断簡(図20)の古さから類推して、『時代不同歌合』成立後、長くみても半世紀以内に起こったと推測できる。歌仙絵の存在が、歌合という作品テキストの形態・構造に強い影響を及ぼし、一番あたり三首ずつ番えるという奇妙な形に

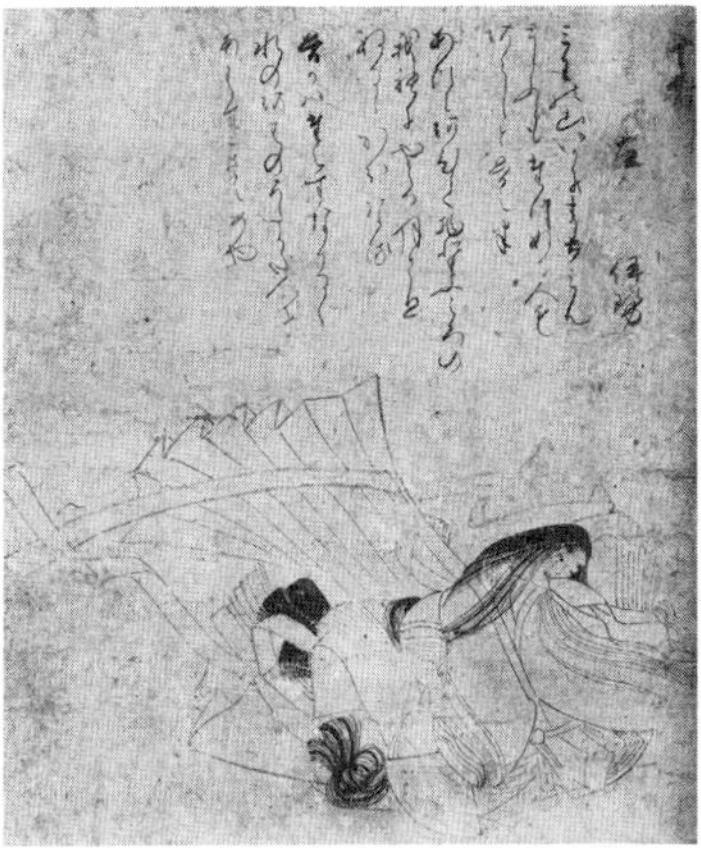

図20 『時代不同歌合絵』五十番本断簡 伊勢

改変させてしまったのだ。それほど迅速な、そして多くの享受が、『時代不同歌合』にあったことがわかる。しかしそうであっても、成立直後の『時代不同歌合』を定家が直ちに入手して見たとは、断言できないところである。

ところで、『時代不同歌合』の撰歌(各歌人三首)を見ると、西行や慈円の歌で恋の歌は選ばれておらず、能因や西行の歌は旅の歌が多く、式子内親王の歌では、式子に多い男歌からは選ばれずに女歌のみである、というような点に気づく。おそらく『時代不同歌合』は、絵画化される歌人イメージを大切にして撰歌したとみられ、隠岐での成立当初から歌仙絵が描かれていた可能性もある。美術史研究において、鎌倉期の『時代不同歌合絵』の多くが彩色を伴わない白描画であることから、「これは後鳥羽院周辺で作られた初発的な伝本が他ならぬ白描画であった可能性を示唆する」という指摘があり[土屋貴裕、二〇一九]、『時代不同歌合』が当初から歌仙絵を伴っていた可能性が高いことを示し、重要である。そして、この『時代不同歌合絵』の影響、触発によって、佐竹本『三十六歌仙絵』をはじめとする中世歌仙絵が制作されたと推定されている[同前]。

このような『時代不同歌合』の歌仙絵の迅速で圧倒的な影響力に対して、『百人一首』の歌仙絵は、中世の確実な遺品は現在残っていない。『百人一首』歌仙絵が生まれたのはずっと遅く、江戸時代とも言われている(後述)。二つの歩みは対照的であった。

後世まで続く交錯

このように、『時代不同歌合』は成立後まもなくから都で受容されて、享受の広がりがあり、周辺に大きな影響を及ぼした。そして『時代不同歌合』という作品の枠組の踏襲という点でも、時をおかずして続編のような性格の『新時代不同歌合』が作られた。これは藤原基家撰とされ、文永五年(一二六八)—八年の成立である〔樋口芳麻呂、一九八三〕。

一方、『百人秀歌』『百人一首』は、前述のように、定家没後約一二〇年間は文献で言及されることすらなく、鎌倉期の受容は全く確認できず、南北朝期に頓阿が『水蛙眼目』で触れたのが最初である。『百人一首』の最古写本は文安二年(一四四五)の奥書をもつ尭孝筆本(宮内庁書陵部蔵)である。そして『百人一首』の構造が踏襲された『新百人一首』は、足利義尚が文明十五年(一四八三)に撰定したものである。室町中期から連歌師、歌僧、武家などによって『百人一首』の注釈などが生まれ、江戸時代になると爆発的に受容が拡大していくが、『百人一首』受容の始まりの時期は、『時代不同歌合』よりもずっと遅い。

後鳥羽院と定家の二人は、目に見えない糸で繋がれ、前になり後になり、ずっと併走しているように見える。また時空を越えて、互いに透明な言葉を投げかけ合っているようにも見える。しかし『時代不同歌合』は、やがては『百人一首』がいるような文化史の表舞台からは消えて、後方に後退していく。もちろん『時代不同歌合』は歌書として重んじられ、江戸時代にも読まれて書写されているが、今日では『百人一首』のように一般に著名な作品ではない。むしろ後鳥羽院は『百人一首』の最後を飾る悲劇の上皇の一人として知られているという面もあるだろう。

それぞれが死に至るまで、互いを心中深く意識し続けた定家と後鳥羽院の二人は、後世までずっと因縁が続いており、本人たちは知らないままに、この二つの作品も併走し、交錯しているのだ。そうした二人の様相はこの二作品だけではないが、彼らの運命としか言いようがないような気がする。

第四章　時代の中で担ったもの

『百人一首』画帖（狩野探幽画）　小野小町

1　歌仙絵と小倉色紙――積み重なる虚実の伝説

成立当時に歌仙絵はあったか

既に触れたように、南北朝期に歌僧頓阿《とんあ》が、定家編の秀歌撰の一つとして「嵯峨の山庄の障子に、上古以来歌仙百人の似せ絵を書きて、各一首の歌をかきそへられたる。」(『水蛙《すいあ》眼目《がんもく》』)と書き記したのが、『百人一首』という言葉こそないが、その存在に触れる最初の記事である。かつ歌仙絵があったと述べる最初の資料でもあるが、これが何に拠っているのかは不明である。蓮生の中院山荘に飾られた障子和歌の色紙形には、「似せ絵」、ここでは歌仙絵も付随していたのだろうか。これについては昔から諸説があるが、私見を述べよう[田渕句美子、二〇二〇]。

まず、天皇・大臣など貴人の歌仙絵・似絵を、臣下(この場合は出家した幕府御家人)の山荘の障子和歌として室内に飾るか、という疑問がある。院政期から、貴族たちの似絵が描かれ始める。けれども尊い身分の貴人の似絵には、当初は抵抗感があった。それは『月詣《つきもうで》和歌集』雑下(七八七・七八八)や、九条兼実の日記『玉葉』承安三年(一一七三)九月九日条・十二月七日条に見える。後者では、兼実は自分の面貌が、後白河院と建春門院の御所の障子絵に描かれるのを避けることができたと、ひそかに安堵している。

また、平安中期から鎌倉前期にかけて天皇の御影が描かれる例は少なくないが、それはいずれも追慕・顕彰もしくは宗教的尊崇のためであり、制作はその天皇・上皇周辺で行われ、その命によるものである、という点に注意したい。

さらに、書物の絵巻などに歌仙絵が描かれることと、障子・屛風のような調度品に歌仙絵が飾られることとは、性格が全く異なる。『百人秀歌』の歌人には、天皇家の人々と大臣が計十九人含まれており、全体の二割近くに及ぶ。これら貴人の歌仙絵を、調度品として武士の私邸の山荘に飾るような行為は、鎌倉前期では考え難いことである。天智天皇など遠い古代の天皇だけならあり得るかもしれないが、『百人秀歌』には、近い時代の崇徳院、前関白太政大臣忠通、左大臣実定、式子内親王、摂政前太政大臣良経、右大臣実朝、さらに当代の権門、入道前太政大臣公経がいる。しかも女性の式子も含まれる。蓮生の山荘の障子に、彼らの歌仙絵の色紙形が貼られて人々に賞玩されることなど、まずあり得ないだろう。

『百人一首』の歌仙絵は江戸時代に盛行し、かるたも生まれて、『百人一首』には歌仙絵があるのが当然のようになったため、成立当初も歌仙絵が付随していたと思われがちである。しかし以上のように、定家当時の「嵯峨中院障子色紙形」に歌仙絵があったと想定するには難点がある上に、何らかの絵の存在を示す当時の証跡が何もなく、さらにその後、『水蛙眼目』までの約一二〇年間も全くないのだ。『水蛙眼目』以後、この記述を受け継ぐような言説がいくつ

図21　小倉山荘で『百人一首』の歌仙絵を眺める定家（『百人一首基箭抄』〈部分〉）

かあらわれるが、それをもって成立時に歌仙絵があったと推定することはむずかしい。成立当初には歌仙絵の色紙形はなかったと断定してよいだろう。美術史の分野では『百人一首』の歌仙絵は、遺品がないこと等から中世にはなかったのではないかと推測されている［森暢、一九八二］。

この歌仙絵の問題については、近年さらに深く論じられている。渡邉裕美子［二〇二二］は色紙形と歌仙絵の史的展開や、絵をめぐる人々及び定家の意識を辿り、その上で、蓮生の山荘が歌仙絵で装飾された可能性はほぼ無く、定家の山荘に描かれたという言説が十四世紀以降に拡大したのは、定家の山荘である必要性があったこと、それは『百人一首』を二条派の正典の一つとして位置づけるためだったこと、また藤原信実による歌仙絵が当時あったという説が現在多いのは、研究で信実の画業に対する関心が高まったゆえであると述べ、明快である。

たしかに『百人一首』という作品は、その時代ごとに必要とされたものや関心のありかに応じて、現代に至るまで姿を変貌させながら、幻想に彩られて物語化され、図21のように、その幻想に基づいて江戸時代に絵画化もされていくのである。

前述したように、中世において『時代不同歌合絵』は成立後まもなくから流布し、影響力があったが、『百人一首』はそうではない。『百人一首』の歌仙絵は成立当時にはなく、また中世にあったことも確実には確かめられない。近世にこそ『百人一首』の絵画化が一気に花開いて、画帖、絵入刊本、かるた、扁額、調度品、衣装などに、歌仙絵や歌意絵が描かれて、注釈とも交差しながら、江戸の幅広い享受層の中で新たな世界を華やかに拓いていく（二〇〇頁）。

小倉色紙の定家伝説の始まり

小倉色紙は、定家筆と伝称される『百人一首』の色紙の一群である。小倉色紙は約五十点が伝存するが、その殆どは定家真筆ではなく、室町時代から江戸時代のものであり、そのうちわずか五枚のみが定家の時代の可能性があるもの・自筆に近いと考えてよいものであること〔名児耶明、一九九四〕、うち二枚の紙背が重要であることは、九五頁で述べた。

定家の筆跡は独特なものであり、その書風を模写・偽筆・擬筆も含めて定家《てい か》様《よう》という。鎌倉時代にも定家様を書く人々は歌道家周辺にいたが、歌人定家の神格化が進むにつれて、定家様は室町末から江戸時代にかけて大流行する。小倉色紙もこうした定家尊崇の潮流の一つとして捉えられるし、『百人一首』の流布とも連動する。

小倉色紙は、十五世紀末の宗祇《そうぎ》周辺からその存在が言及されるようになる。宗祇は好学の公家、三条西実隆邸に始終出入りしている。宗祇のような一流連歌師は、連歌と和歌を指導しながら、都と諸国の大名・豪族たちを結び、文物と情報を運搬し、財力をもち、貴重な古典籍を売買・贈与したり斡旋したりした。

定家が没してから約二五〇年後になるが、『実隆公記』には数度、小倉色紙らしきものがあらわれる。中でも延徳二年(一四九〇)十一月二十九日条では、この時七十歳の宗祇が、定家真筆という色紙形を持参し(陽成院の「みなの河」の歌とあるので小倉色紙と見られる)、三十六歳の実隆に証明書を書いて欲しいと依頼、実隆は信用できない偽物だと思ったものの、証明書の執筆を承知した、という記事である。既に小倉色紙の偽物が作られているのである。小倉色紙の珍重は、宗祇、宗碩《そうせき》(宗祇の弟子)、武野紹鷗《たけのじょうおう》など、連歌に関わる人々を中心に始まっている［名児耶明、一九九四］。

小倉色紙を見比べると、料紙は斐紙、素紙、装飾料紙、金銀・下絵の料紙、継紙のものなどさまざまであり、色紙の大きさも一定しない。また書風も定家様とはいえ、用字・書き方が多様であり、仮名を殆ど漢字(仮名字母)で書くものもある。同じ歌の色紙が複数枚あるものもある。つまり、ある時にまとめて定家によって書かれたとは到底考えられない一群なのだが、時には偽作と思われながらも、定家尊崇のもとで小倉色紙の知名度が増幅されていった。小倉色紙の伝来に関して、宗祇、宗長、東常縁《とうのつねより》などの説話や伝承が虚実とりまぜてさまざま語られ、小倉色紙の伝説を形成している。

小倉色紙の初記事から約半世紀後、茶席で用いる掛物《かけもの》（茶掛《ちゃがけ》）として、和歌色紙として最初に小倉色紙が使われた。その最初は武野紹鷗であるが、津田宗及《そうぎゅう》、今井宗久《そうきゅう》らの茶会記にも見えており、すぐに大名や権力者と結びついて、茶道具の名物と同様に最高級の贈答品ともなった。江戸時代には古筆の中でも極めて高価な、大名クラスの茶会で使われるような名物掛物として尊ばれた。もともと紹鷗は三条西実隆から定家の『詠歌大概』の講釈を聞いて、茶の湯に開眼し（『山上宗二記』）、さらに『新古今集』の定家の著名な歌「見渡せば花も紅葉もなかりけり浦の苫屋の秋の夕暮」（『新古今集』秋・三六三）を「わび茶」の心として尊重したという伝承がある（『南方録』）。また大名茶人・歌人の小堀遠州《こぼりえんしゅう》は、定家の書を崇めてそれを模し、定家様は茶の湯の世界へ広がった。小倉色紙も『百人一首』も定家も、茶道の世界で文脈を変えて増幅していく。

2　和歌の規範となる――『百人一首』の価値の拡大

『百人一首』受容の始まり

前にも引用したが、南北朝期の地下《じげ》歌人で二条為世の高弟であった頓阿が、定家による秀歌撰の一つとして「嵯峨の山庄の障子に、上古以来歌仙百人の似せ絵を書きて、各一首の歌をかきそへられたる。」(『水蛙眼目』)と言及したのが、その存在に触れる最初の記事である。また『桐火桶抄《きりひおけしょう》』でも、再び頓阿は「又百人一首とて上古以来歌仙百人を定家の撰ばれて候にも、……」と言及している。これに関して、十四世紀半ばごろには、御子左家の嫡流であり歌道師範家の二条家一門が分裂の危機にあり、対抗する冷泉家が伸張する中で、『百人一首』は二条家を支える頓阿によって新たに生命を与えられ、二条派の「正風体」の秀歌撰として「発見」されたものと論じられており〔小川剛生、二〇一八〕、この位置づけは重要である。

室町初期頃には、『百人一首』はある程度は流布していたらしいことが、『百人一首』断簡(古筆切)の存在によって知られる〔久保木秀夫、二〇二二〕。そして宮内庁書陵部蔵堯孝《ぎょうこう》(尭孝)自筆の『百人一首』(文安二年〈一四四五〉)が書かれ、これが現存では最古の『百人一首』写本である(図22)。定家の死から二〇〇年余り後のことである。これは『百人一首』単独ではなく、前半が定家著の歌論書『詠歌大概』(およびこれに付属する秀歌撰『秀歌体大略』)であり、後半が『百人一首』であり、二つ合わせて書写されているが、この形の古写本は多い。

この尭孝は頓阿の曽孫であり、頓阿－経賢－尭尋－尭孝と続く一族である(常光院流と呼ばれる)。尭孝の弟子には尭恵《ぎょうえ》、そして東常縁がいた。文明三年(一四七一)にその常縁の講釈を陪聴した宗祇《そうぎ》が、文明十年(一四七八)に、現存では最初の『百人一首』注釈書である『百人一首抄』(『宗祇抄』と呼ばれる)を著した。この中にも「世に百人一首と号する也」とある。もちろん定家はあずかり知らぬ書名である。なお、『百人一首満基抄』(『応永抄』と呼ばれる)が最古の注釈書と長らく言われてきたが、この応永十三年(一四〇六)の奥書は偽物で、実は『宗祇抄』の一本であることが近年の研究によって確定している。

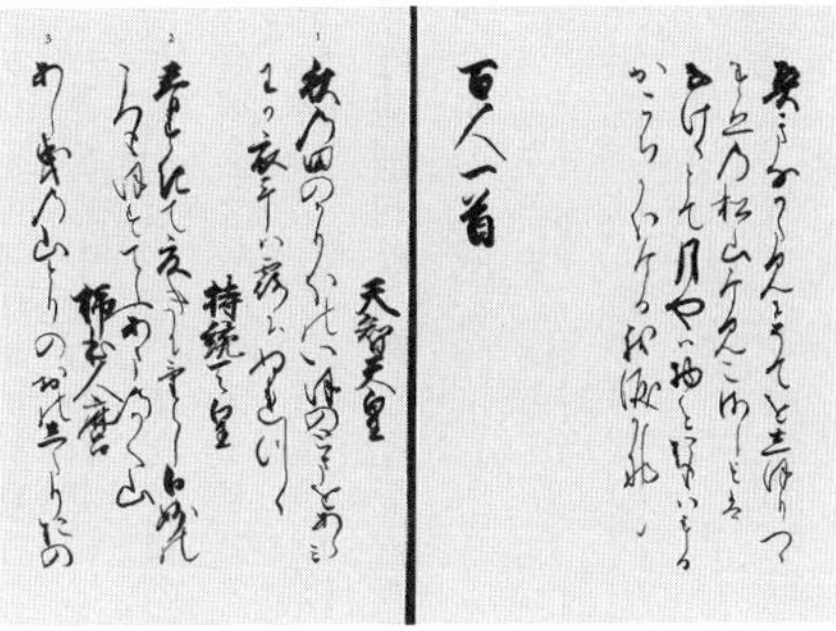

図22　尭孝筆『百人一首』巻頭

宗祇と古注釈

『百人一首』は、現在に至るまでさまざまな注釈が書かれ、刊行されている。しかし、鎌倉末・南北朝から室町時代のいわゆる中世の注釈(古注・古注釈)とは、あるコミュニティ・流派(歌道家の周縁の人々のことが多い)の中で行われた口伝であり、現在のようにあらゆる人に開かれている注釈書とは異なったものだった。また今日の注釈書はあくまでもその歌や古典の本文を解釈するもので、何かの意図を含んだパフォーマンスではないが、中世の古注釈は秘説を含み、注釈者の立場や状況を反映し、ある意図でいわば「読みなす」解釈があり、純粋に学問的なものとは限らず、しばしば独創的な、時には荒唐無稽な説とともに伝えられた。こうした伝授(伝受)や講釈・談義は、何らかの権威を誇示しようとすることが多く、秘儀的な場合もある。歌学の世界では『古今集』の秘説的な伝授が多く行われており(古今伝授という)、『伊勢物語』も同様である。こうした伝授では、ある解釈の説が相承されることに大きな意味があり、古注釈はその流派の権威化の道具でもあった。この古注釈の世界へ『百人一首』が入ってきたのである。その最大の仕掛け人は、おそらく連歌師宗祇であった。これは前述の小倉色紙の重宝化が、宗祇周辺で始まったのと軌を一にしている。『百人一首』の伝授は、古今伝授と並行して行われていく。

宗祇は『百人一首』をしばしば講釈しており、宗祇が果たした役割は極めて大きかった。宗祇の手によって『百人一首』は古注釈の世界に参入し、やがて二条流の正統な歌学を伝える歌道の入門書として認知されていき、権威の誇示とともに二条流の「伝授」に組み込まれ、常光院流と常縁流(宗祇流)の二流から、『百人一首』の講釈・伝授が織りなされていく。十五世紀末には、宮中でも堯恵による『古今集』『百人一首』などの「談義」が行われている（『お湯殿上日記』）。このようにして『百人一首』の中世の古注は、一世紀ほどのうちに次々と著され、確認されるものだけで三十種余りに及ぶという［吉海直人、一九九九］。『百人一首』はこうして歌学の大きな秘伝の一つとなったのである。

昭和初期に、『百人一首』は定家に仮託して宗祇が作ったという宗祇撰者説が提唱され、支持されていたことがあった。その説は現在は完全に否定されているが、宗祇が『百人一首』講釈と小倉色紙の伝承の中心にいたことは確かで、宗祇が敷いたレールの上で堯恵も『百人一首』を位置づけていく［鈴木元、二〇〇七］。このように、頓阿から一世紀余り、定家からは二世紀以上が経って、宗祇を契機に、『百人一首』は二条派の歌学の正典としての地位を得て、さらには和歌・古典文学の主役の座に近づいていくことになる。

しかし実のところ、宗祇は『百人一首』の成立事情について、正確な事実はほぼ何も知らなかったとみられる。『宗祇抄』序文には、「右百首は京極黄門小倉山庄障子色紙和歌也。それを世に百人一首と号する也。これをえらび書きをかるる事は、新古今集の撰、定家卿の心にかなはず。……古今百人の歌を撰びて、我山庄に書きをき給ふ者也。」とある。ここでは『新古今集』編纂の時、『新古今集』の歌風が実ではなく花をもとにしており、それは定家の意に反したことだったので、ゆえに定家は古今百人の歌を選んで自身の小倉山荘に書き置いた、という。

さらにこの後の部分では、この百首の風体は『新勅撰集』の心と同じであること、定家在世時には秘していて流布せず、為家の時代に世に広まり、その色紙も少々世に残っていること、この百首は二条家の「骨目」であることなどを、師である常縁の説という形にして記している。しかし現実には、『百人秀歌』の編纂は『新古今集』の成立とは三十年離れている上に、実際には色紙形が貼られた場所は定家の山荘ではないなど、全体に『明月記』の記事とは噛み合わず、為家の時代に世に広まった痕跡は見出されず、根拠も不明である。これは『百人一首』が、『新古今集』とちがって定家が真に評価する歌を撰んだもので、貴重な秀歌撰であることや、すぐには世に流布していなかった理由などを創作した言説と考えられ、色紙が少々残っているという言も、宗祇周辺から小倉色紙が世に出ていったことと一致する。宗祇による戦略的な言説であり、事実かどうかよりも、二条流の「骨目」を伝えるテキストとしてその価値を標榜するものである。しかしこの言説の骨格的部分は、この後も長く江戸時代の注釈まで、流れに応じてさまざまな相違はありつつも継承されていく。

このように、『百人一首』の成立事情については、その流布の立役者であった宗祇によって、定家が『新古今集』が意に沿わなかったために、真に評価する百首を選んで自分の小倉山荘に貼ったという言説がまことしやかに語られた後、形を変えながらも受け継がれて浸透していくのである。

時代が求めた『百人一首』

室町期に連歌は最盛期を迎え、文芸の担い手が階層を越えて拡大する中で、宗祇のような職業的連歌師が生まれた。前述したように彼らは文化と情報を運搬する人々であったが、特に連歌詠作のための古典注釈を積極的に行い、古典を伝授・指導した。彼らの注釈の対象となった作品として、『百人一首』のほかに、『新古今集』のダイジェスト的な『自讃歌』、結題の手本として伝定家作『藤河百首』、名所のエッセンスとして『内裏名所百首』の定家の百首などがあり、これらはいずれも一〇〇首レベルの小作品であったことが、注釈の対象になりやすかったと指摘されており［浅田徹、二〇一二］、この視点は『百人一首』を考える上でも重要である。つまり、『百人一首』が入門的な和歌テキストとしての性格を有し（二一〇―二一六頁参照）、しかも定家の手腕によって、一〇〇首という小さい器に種々の要素が圧縮されたアンソロジーになっているという特徴が、室町時代、さらには江戸時代に享受層がさらに急拡大していく中で、とてつもない価値をもって浮上してきたのである。

『百人一首』は、室町期の連歌師と二条流古注の秘伝的世界を通り抜けて、さらに広い世界へと伝播し、歌学の上で重要な作品として認知されていく。戦国大名で歌人の細川幽斎《ゆうさい》は『百人一首』を「和歌の骨髄」と述べて注釈書『百人一首抄』（『幽斎抄』とも）を著し、これは寛永八年(一六三二)に出版されてから版を重ねて流布した。そして近世の国学者たちも多くが『百人一首』の注釈に取り組んだ。このように学問的対象として注釈が行われていく一方で、王朝時代への憧憬と、教養としての和歌への希求をもとに、『百人一首』はさまざまな方向へ波のように広がっていくのである。『古今集』『伊勢物語』『源氏物語』などは重要な王朝古典であり、その位置を失うことはないが、いずれも相当の分量があり、『百人一首』ほどコンパクトではない。これらも室町期に古注釈がさまざま織りなされているし、江戸時代にもそれぞれの作品は版を重ねるが、『百人一首』関係の出版物の多種多様さは注目される。

勅撰集がもはやなくなった時代に、古典和歌を含む文芸が、非貴族層や武家層、やがては町人層にまで拡大していこうとする大きな潮流があった。まるでそのような時代の到来を予知したかのように、まさに時代に求められる形で、『百人一首』がコンパクトな和歌の規範的テキストとして浮かび上がり、出版の世界でもロングセラーとなっていくのである。

3　異種百人一首の編纂——世界を入れる箱として

定家の撰歌に追加する・対抗する『百人一首』

以上述べてきたように、十五世紀は、『百人一首』が流布する画期となった時期であるが、ちょうどその頃に『新百人一首』が作られた。『新百人一首』は、和歌を愛した室町幕府九代将軍足利義尚《よしひさ》が、文明十五年（一四八三）に撰定したものである。この序（三条西実隆作）には「今の世までのもてあそびとせるならし」とあり、『百人一首』がある程度流布している状態であったことを物語る。『宗祇抄』が著されたのが文明十年（一四七八）であり、ちょうどこの頃が『百人一首』の受容と展開において節目的な時期であったと考えられる。

『新百人一首』が異種百人一首の最初であると言われるが、性格から言えば、『時代不同歌合』と『新時代不同歌合』のように、『新百人一首』は『百人一首』の続編・補遺として作られたもので、同じ形式で歌人を追加することを目的としている。『新百人一首』は『百人一首』にない歌人を入れるにあたって、南北朝期まで拡げて歌人を選んでいる。ただ従二位成忠女は『百人一首』の儀同三司母と同一人なのでこれは錯誤とみられる。和歌はすべて勅撰集の二十一代集から採っていること、およそ時代順であること（あまり正確ではない）、そして巻頭二首が文武天皇・聖武天皇親子、巻末二首が伏見院・花園院親子であり、この巻末二首はともに天皇としての矜持を示す詠であることは、『百人一首』の型を踏襲する姿勢をあらわしている。

伏見院

わすれずよみはしの花の木の間より霞みてふけし雲の上の月　（『新百人一首』九九）

（決して忘れはしない。私が在位の時、南殿の階段のそばに咲く桜の梢の間から見た、霞んだままに夜が更けていった、あの内裏の月を。）

あし原やみだれし国の風をかへて民の草葉も今なびくなり　花園院（同・一〇〇）

（この葦原の日本の、一時は激しい風に吹かれる葦のように乱れた国情を、この北朝が安定させて、今は人民も平和に安らぎ、草葉が穏やかになびいている。）

さて『後撰百人一首』は二条良基撰を装うが、おそらく後世の偽撰で、文化四年（一八〇七）刊である。九十六首までが二十一代集から採られ、天暦から南北朝の歌人一〇〇人を選ぶ。『百人一首』とは歌人が重複しないように作っているが、配列は時代順ではなく、巻頭巻末の踏襲もない。この『後撰百人一首』のように、撰歌の時代を拡げ歌人を増やして秀歌を選ぶ方針の異種百人一首は、江戸時代にも生まれた。補うにせよ、対抗するにせよ、大きな枠組としては『百人一首』の型を踏襲するのは、『百人一首』が絶対的な聖典となったからである。

ところで、日本漢詩のアンソロジーの『百人一首』もある。絶海・義堂以下一〇〇人の漢詩を各一首、合計一〇〇首（すべて七言絶句）のアンソロジーであり、横川景三《おうせんけいさん》編で、時代順に配列している。文明十二年（一四八〇）―明応二年（一四九三）の成立なので、足利義尚の『新百人一首』と和漢一対で編まれた可能性もあり、かつ内容は、五山文壇の歴史的通観を意図しながら、詩の題材や五山僧の逸話にも配慮し、「漢」の担い手として室町文化を主導してきた五山の社会的・文化的役割がおのずと理解できるようになっているという〔堀川貴司、二〇一四〕。漢詩でありながら、『百人一首』のコンセプト・構造を継承して作られているので、これも広い意味で異種百人一首と言っても良いであろう。

現代においても、作家や歌人による、定家の撰歌に対抗するような異種百人一首がある。丸谷才一の『新々百人一首』(一九九九年)は、『百人一首』と『新百人一首』の所収歌と重複しないように(歌人は重複する)、古代から室町時代の一〇〇人の各一首を撰んだ。完成までに二十五年かかったという。丸谷は「『小倉百人一首』で日本人の恋愛論と風景美学を規定した定家と腕くらべをしてみたかった」(「対談　百人一首腕くらべ」丸谷才一・俵万智、『文学界』五三巻九号、一九九九年九月)と述べている。また「これは子規の『歌よみに与ふる書』と張り合うための本なんです。確かに子規の喧嘩の仕方はたいへん上手だけれども、あれは日本文学にとって困るものですから」〔同前〕と語る。この『新々百人一首』は単なるアンソロジーではない。歌に付された注釈は長大なものもあり、古典和歌の本質を語る詳細な評論となっている。

また塚本邦雄は、『百人一首』を凡作一〇〇首であると強く主張しており、『王朝百首』(一九七四年)では在原業平から藤原雅経までの九十四人(時代順ではない。『百人一首』と同じ歌人は五十四人)による計百首について詩と評を載せ、『珠玉百歌仙』(一九七九年)では斉明天皇から森鷗外までの一一二人(時代順)から一首ずつ選んで評を付した。そしてさらにこれらの撰歌との重複を避けつつ、『新撰小倉百人一首』(一九八〇年)を著し、ここでは『百人一首』の歌人一〇〇人について、他に殆ど歌がない安倍仲麿と陽成院は同じ歌としたが、それ以外の九十八人について別の歌を選んで評を加えた。塚本が、崇敬する定家に突きつけた挑戦状のようなアンソロジーである。

『百人一首』は偉大な歌人定家が精選したものというイメージが強くあり、選ばれた歌人には他にもっと優れた歌があるのになぜ『百人一首』ではこの歌なのか? という疑問が、こうした編纂を促した。けれども定家は、その歌人の最も優れた歌を撰ぶという目的だけで『百人秀歌』を撰歌したわけではなく、贈与先への配慮も含めて、そこには複数の意図があり(終章参照)、一〇一首のまとまりとして古典和歌の世界を示そうとしていたとみられる。しかし『百人一首』が和歌のアンソロジーの中で突出して聖典化され、しかも分節しやすいために、その歌人の最も優れた一首を集めたものという、実際とは異なるイメージが固着してしまったのである。

夥しく作られた「異種」と「もじり」

異種百人一首(変わり百人一首)の類は、近世、近代までいったいどのくらい作られたのか、把握できないほど夥しく存在しており、その種類は少なくとも五百、あるいは千とも言われている〔吉海直人、二〇一二〕。なお、異種百人一首の盛行に伴い、『百人一首』は『小倉百人一首』と呼称されるようになるが、本書では終始『百人一首』と表記する。

武家社会を反映して、武家の歌を集めた異種百人一首が多く生まれた。古いとされるものでは、『武備百人一首』は室町幕府将軍足利義輝以下を載せ、天文二十年（一五五一）の六角義実撰とあるが、その年時の成立かどうかは要検討であろう。著名なものの最初は『武家百人一首』（榊原忠次撰、万治三年〈一六六〇〉跋）で、高名な武将一〇〇人の歌を載せ、菱川師宣の絵入り本が刊行され、注釈書も生まれる程に流布し、後世に影響を与えた。この後も、『英雄百人一首』（天保十五年〈一八四四〉刊）、『続英雄百人一首』（嘉永二年〈一八四九〉刊）ほか、枚挙にいとまがない。女性の歌を一〇〇首集めたものでは、『女百人一首』（貞享五年〈一六八八〉刊）、『女房百人一首』（安永九年〈一七八〇〉刊）、『祇園名妓百人一首』（文政三年〈一八二〇〉刊）、『烈女百人一首』（弘化四年〈一八四七〉刊）、『女百人一首』（嘉永四年〈一八五一〉刊）等々、異なった性格のものが多数作られ、明治以降も続く。

このように、秀歌のアンソロジーであってもなくても、歴史上の、あるいは同時代の人物カタログとして、『百人一首』という器は非常に便利だったということがうかがえる。ほかにも撰歌範囲を江戸時代やその編纂当時に限ったり、出典や地域を限定したり、名所を類聚《るいじゅう》したり、撰歌・編纂の視点は多岐に亘っている。仏教的教戒性を前面に出した『道歌百人一首』の類も

図 23 『江戸名所百人一首』 小野小町

多い。『源氏百人一首』は黒沢翁満《おきなまろ》編、天保十年（一八三九）刊で、『源氏物語』から桐壺帝以下、一人一首を撰び（実際には一二三人）、「惣論」の中で、これは『小倉百人一首』絵入り本にならって作ったものだと述べている。長篇小説『源氏物語』すらも『百人一首』の器に吸収してしまったのだ。以上のような江戸の異種百人一首は絵入り本が多い。こうしたさまざまな異種百人一首の刊行は、江戸後期から明治二十年代頃に非常に隆盛した。

並行して、『百人一首』の浸透と共に、古典の「もじり」（パロディ）を狙う滑稽・諧謔の狂歌『百人一首』が、多くは絵入り本として刊行された。『犬百人一首』（寛文九年〈一六六九〉刊）をはじめ、『百人一首』のもじり狂歌は江戸時代を通じて盛行し、人気を博した。『犬百人一首』の冒頭の天智天皇の「秋の田の……」のもじり狂歌を掲げよう。これは作者名もパロディにしている。

鈍智《どんち》てんほう

あきれたのかれこれ囲碁の友をあつめ我だまし手は終にしれつつ

（我ながら呆れたことだ。あちこちの囲碁の友人を集めて遊んだのだが、私がずるをしていることがわかってしまったよ。）

『江戸名所百人一首』（享保十六年〈一七三一〉頃刊か）は『百人一首』をもじって江戸の神社仏閣一〇〇ヶ所を紹介する狂歌の百首である。浮世絵師近藤清春によって当時の行楽や生活の風俗が生き生きと描かれ、狂歌も清春作で本歌（元歌）のパロディだが、名所の名称やその特色が機知的に詠み込まれている。今と変わらないような行楽の風景も見える（図23）。

春過ぎて夏来にけらし亀井戸の藤のさがりにあまたまくうつ　（持統天皇）

花のころはさかりにけりな上野山わが身べんとをひらきせしまに　（小野小町）

『狂歌百人一首』（一部が蜀山人作とされる。天保十四年〈一八四三〉）は、『百人一首』の歌句をもじりながら、『百人一首』の歌や歌人の姿を戯画化して見せている。

秋の田のかりほの庵の歌がるたとりぞこなつて雪は降りつつ　（天智天皇）

（「秋の田の……」と読まれたのでさっとかるた札を取ったら、間違えて「わが衣手に雪はふりつつ」の札を取ってしまったよ。）

質蔵《しちぐら》にかけし赤地の虫干しは流れもあへぬ紅葉なりけり　（春道列樹）

（質屋が虫干ししている赤地のあれは、まだ質流れせずになんとか質屋に留まっている赤地錦で、流れていかない紅葉のようだなあ。）

天智天皇のもじり狂歌は、天智天皇の歌「秋の田の……」と光孝天皇の歌「君がため……」が、下句が似ているのでかるた取りでよく間違えられることを背景としている。

「異種百人一首」が示すこと

『百人一首』には恋歌が四十三首あるが、明治期にはこれが問題視され、恋歌をすべて削除してほかの歌にさしかえたものが作られた。これも異種百人一首の内に入る。西村茂樹撰『新撰百人一首』(明治十六年〈一八八三〉)と蔦廼舎《つたのや》主人撰『修正小倉百首』(明治二十六年〈一八九三〉)である。女子教育に恋歌が多い『百人一首』を使うのは良くないという教育の立場からの批判や、また明治二、三〇年代に若い男女が出会う唯一の場として歌留多会が流行しており、そこに恋歌があるのは良くないという道徳論からの非難等があったからであるという〔岩井茂樹、二〇〇五〕。この例にも見られるように、どのような異種百人一首が作られているのかは、その時代・社会の価値観や思考、生活をそのまま映していて、社会資料であり文化資料でもある。

近代以降も異種百人一首は数多く作られ続けたが、そのうち最も浸透したものが『愛国百人一首』である。日本文学報国会編、情報局と大政翼賛会後援、毎日新聞社の協力により、情報局の検閲を経て、太平洋戦争のさなか、一九四二年十一月に発表された。選定にあたったのは佐佐木信綱、斎藤茂吉、太田水穂、尾上柴舟、窪田空穂、川田順ら十一名である。『百人一首』

とは重複しておらず、巻頭は人麻呂、巻末は橘曙覧で（時代順ではない）、忠心を捧げられる側の天皇家の歌人は採られていない。忠君愛国的な表現を含む歌を多く載せるものの、この時代のイデオロギーによって読み変えられた歌もある。たとえば藤原良経の歌は、西行を追悼する『花月百首』の巻頭歌で、桜と吉野を愛した西行の歌をふまえた歌である。しかしここでは吉野朝の忠臣達をイメージさせ、主君への忠誠と死というテーマが引き出されるという［松澤俊二、二〇一三］。橘曙覧の歌は『古事記』を詠むものである。

昔たれかかる桜の花を植ゑて吉野を春の山となしけむ　藤原良経　（三四）

（昔、いったい誰がこのように美しい桜を植えて、吉野山を春の山としたのだろうか。）

春にあけてまづ見る書も天地のはじめの時と読み出づるかな　橘曙覧　（一〇〇）

（夜が明けて立春・元旦になり、読書始めに開いて読む書物も「天地初めてひらけし時」と始まる『古事記』を読みいだすことだよ。）

『愛国百人一首』は、米英への戦意高揚をめざしたプロパガンダとして、帝国日本の歴史的・精神的アイデンティティを誇示・確認するために作られたものであり、国策として日本国内はもとより占領地にも広められた。発表直後から、解説書、評釈、かるた、紙芝居、書道手本、各国語への翻訳書など、多くの関連書・関連品が作られ、学校現場や家庭に浸透し、新聞やラジオなどさまざまなメディアで盛り立てられたが、戦後はあっという間に消えた。異種百人一首が時代を映す鏡であることを、端的に示している。

以上述べてきたように、異種百人一首がこれほど多種多様に多数作られたということは、『百人一首』の型の磁力を語るものである。一〇〇人の歌を一首ずつ選んで(創作して)アンソロジーにするという単純な方法が、時代を超えて人々の心を摑んだ。

一〇〇人(または一〇〇首)が参加できる異種百人一首は、定家という権威性・歴史的正統性を背にしており、その形式を満たしていれば、どこか悠久の歴史に繋がっていくことができるような感覚も伴う。勅撰集のようなアンソロジーを作るのは並大抵のことではできないし、歌合に仕立てるのも手間がかかるが、『百人一首』の器を使って『百人一首』風にしたものなら容易に作れるし、何でも投げ入れることができる。

さらには、歌仙の秀歌を選ぶという歌仙思想や古典和歌の枠から飛び出していって、歌をあるカテゴリから選んで人物カタログにしたり、出典や地域を限定したり、ある時・場の歌をまとめたり、『百人一首』の知名度に基づいてもじり(パロディ)を創作して笑いを誘ったり、何かのアイテムをリスト化・コレクション化したり、ある目的のために作り上げて宣伝・教戒に用いたり、さまざまなことが可能である。異種百人一首の盛行がそれを示している。現在も沢山あり、未来も続くだろう。

定家のたまたまだったかもしれない編纂のアイディアが、その個人的な思惑を越えて、社会の隅々にまで浸透するような普遍性と多様性を顕現したのである。とはいえ、『百人一首』に内在する配列の思想や多くの要素の凝縮を意図した撰歌は高度な手法を必要としており、やはり一〇〇人という枠に比重があるものが多いだろうし、一〇〇という数だけならば『百人一首』によっているとも限らない。それでも『百人一首』とその型は、現代に至るまでこれほど絶え間なく消費されているのに、不思議に色褪せない。

4　『百人一首』の浸透──江戸から現代まで

江戸時代の文化における位置

定家没から約三五〇年後、江戸時代が始まるが、そこで『百人一首』はどのように受容され変貌していったのだろうか。少し戻るが、ごくおおまかに概観しておこう。

前述のように『百人一首』は、室町期に二条派歌学の正典として、秘伝的な古注釈の伝授を経てきたが、江戸時代には、上流層向けの美しい上質な写本や画帖が作られたり、あるいは国学者や歌人たちの学問的な注釈書が刊行されたりすることに加えて、武士や町人・庶民向けのさまざまなものが夥しく作られ、急速に受容が増大していく。

注釈書は、近世国学者たちの実証的研究の注釈書として、契沖の『百人一首改観抄』(延享五年〈一七四八〉刊)、賀茂真淵の『宇比麻奈備《うひまなび》』(天明元年〈一七八一〉刊)、香川景樹の『百首異見』(文政六年〈一八二三〉刊)他が刊行された。また和歌の評釈に加え、歌人のエピソードを集めて絵も添えた読み物風の『百人一首一夕話《ひとよがたり》』九巻(天保四年〈一八三三〉刊)が人気を博した。

『百人一首』絵の著名なものでは狩野探幽筆の画帖(本章扉の図版参照)があり、こうした豪華な画帖は大名家の婚礼道具ともなった。そうした流れとは別に、絵入版本『百人一首』は、寛永の素庵本『百人一首』を嚆矢として次々に刊行される。中でも菱川師宣の『百人一首像讃《ぞうさん》抄』(延宝六年〈一六七八〉刊)は、歌仙伝と系図に加えて、歌仙絵・歌意絵の両方をすべての歌に載せるという斬新な構成を取り、ロングセラーとなった。近世の絵入本『百人一首』については、近年の研究では神作研一[二〇一三]、鈴木健一[二〇一三]などに詳しいので、そちらをご参照いただきたいが、江戸時代末期に至るまで、前述の異種百人一首の盛行も加わり、多種多様な絵入本『百人一首』が夥しく刊行された。

出版文化の隆盛や平和な社会の到来によって、絵画的なものが浸透し、想像する余地の大きい文学と、一瞬にして映像を喚起する絵画の両方を、どう組み合わせて知的に表現するかについて技巧を凝らすことは、この時代に広く行き渡った手法だったと論じられている[鈴木健一、二〇二三〕。『百人一首』の絵入り本にもその試行錯誤と変遷がみられる。

また『百人一首』絵は、神社に奉納された扁額、歌かるた、すごろくなどに作られた。歌かるたは当初は上流層での遊戯であり、古典文学では『伊勢物語』『源氏物語』『古今集』『新古今集』『三十六歌仙』『百人一首』などのかるたや、やや珍しいものでは『自讃歌』『詠歌大概』のかるたもあるが、江戸時代半ばから『百人一首』かるたは庶民にも広く普及した。歌かるたは、分節された和歌・歌仙絵として究極の小さな形である上、自由自在に動かせることが、さらに『百人一首』をめぐる想像力を拡げたと思われる。

図24　忍蒔絵硯箱．金平蒔絵の忍草で埋め尽くし，蓋表中央に「たれゆゑに」(河原左大臣源融の歌)と記す

『百人一首』の和歌の意匠は、調度品や道具、衣装などにさまざま描かれた。古典文学を用いた衣装の図柄集は数多くあるが、『百人一首』だけを題材とした小袖模様雛形もある。このように、『百人一首』所収の歌、およびその歌表現は、種々の文学に嵌め込まれるだけではなく、書道、演劇、芸能、音曲、落語、狂歌、川柳、美術、浮世絵、工芸品、図柄デザインなどで、広く用いら

れた（図24）。

こうした享受の広がりは『伊勢物語』『源氏物語』などの王朝古典にも見られるが、これらに比べて『百人一首』は、十四世紀に歌道家周辺に顔を出し、十五世紀にようやく一般的受容が始まった後発の作品であるのに、江戸時代後半に怒濤の如く広がった。それはこれまで述べてきたような『百人一首』の特質によるところが大きい。江戸時代において『百人一首』は、上流層から武士、町人、庶民まで、あらゆる階層の人々に共有されるようになった。コンパクトな古典和歌の教育テキスト、教養の礎というだけではなく、学ぶ、遊ぶ、競う、笑う、聞く、味わう、美やデザインを鑑賞する、といった実生活のさまざまな場に広く浸透し、軽やかな楽しみも生み、階層を超えた文化の共有基盤を形成したのである。

このような江戸時代の『百人一首』の諸相については、さまざまな方向から研究が進んでいる。これについては本書では殆ど触れられないが、居初《いそめ》つなという多才な作家・制作者、そして女子往来物を少し覗いてみよう。

女たちの『百人一首』と生活百科

『女百人一首』（貞享五年〈一六八八〉刊）は、異種百人一首の一つで、衣通姫から染殿后までの女性の和歌百首を選ぶ。その流麗な書と絵は、居初（窪田）つなという江戸前期から中期の女性書家・画家によるものであって、『女教訓文章』（元禄七年〈一六九四〉刊）、『女実語教・女童子教』（元禄八年〈一六九五〉刊）ほかの往来物の作者であり、本文を著すだけではなく版下の文字も絵も描いており、母の窪田やすも初期女子往来物の作者であり、さらに、つなは大量の奈良絵本・

図25　居初つな筆画『百人一首』かるた

絵巻を、絵・詞書とともに制作していることが明らかになっている［石川透、二〇〇九］。つまり、今から三〇〇年以上前に、本格的な絵本作家が存在していたことになり、このような例は、日本はもちろん、世界的にも珍しいという［石川透、二〇二三］。つなの作品には奈良絵本『伊勢物語』『源氏物語』『徒然草』などや、『女百人一首』『女三十六歌仙』『女歌仙絵巻』、また屏風『虫の歌合』など、数多くあり［同前］、どれも美しく、愛らしい絵である。その作品群の中には『百人一首』かるたもある（図25）。

さて、つなもその作家であった往来物とは、当初は往復書簡の形をとった学習テキストを指したが、近世以降は寺子屋などで使用された読み書きテキストや教訓的テキストを広く往来物と呼ぶ。往来物は夥しく刊行されており、少なくとも一万種以上が存在し、女子用往来物は約三千種があり、うち四割が『百人一首』であるという〔小泉吉永、二〇〇五〕。『百人一首』絵入り本には女子往来物を含めた研究が必要であり、その刊行の背景・変遷が詳細に論じられている〔加藤弓枝、二〇二二〕。

往来物は男子用も女子用もあるが、『百人一首』は女子用往来物と強く結びつき、江戸時代半ば以降は、『女大学』『女今川』などの女子往来物の代表と合本されたり、多彩な付録記事が付けられたりして、「往来型百人一首」と呼ばれる女子教育のテキストとなっていった。十八世紀後半以降は特に『百人一首』が主流となり、知識集約型の便利な書物、一生ものの女性生活百科となった〔小泉吉永、二〇〇五〕。男子にとっても『百人一首』は基礎的知識の一部ではあったが、とりわけ女子にとっては必須の教養であり、江戸時代はかるた取りも女子が中心であった〔吉海直人、二〇一六〕。初歩的なテキストとして学ぶうちに、和歌の常套的表現、レトリックの諸相、そして風雅と恋の精神は、江戸の人々の心に深く浸透したとみられる。またこの女子用往来物にも、『百人一首』を選ぶ定家を描いた挿絵が多く見られる。

この「往来型百人一首」では、頭書《かしらがき》（本文の上段の付録記事）に多彩な内容のテキストや絵が載せられ（二階本）、頭書がさらに上下二段にわかれると全体が三段になる（三階本）。女子用往来物にはこうした付載記事が多いのだが、その女子用往来物の中で『百人一首』は圧倒的なシェアを占めていた。そこでは教養としての文学知識と、生活百科・歳時などの知識が、絵を含めて断片的に載せられ、混じり合っている。『百人一首』の歌(これは書道手本を兼ねている)と歌仙絵が大きく書かれ、その頭書に小さな字や挿絵で、二階あるいは三階の形式で、『百人一首』の注、『伊勢物語』『源氏物語』『三十六歌仙』など古典文学のあれこれの関連知識を載せる。

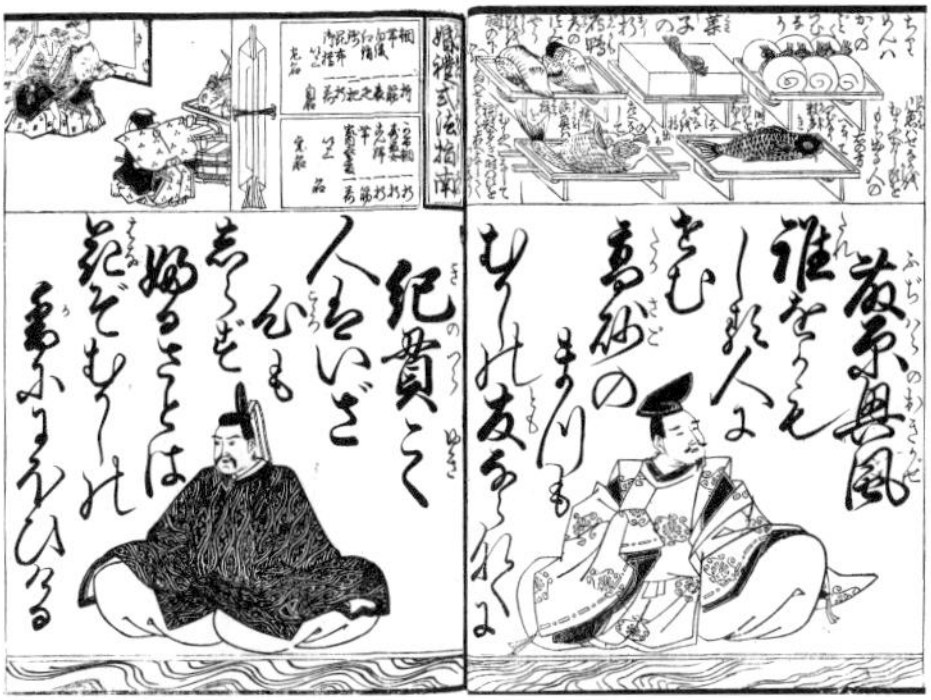

図26　『倭百人一首千年鶴』

それだけではなく、女子往来物の内容の定番である、女子向けの教訓や風俗、歴史上の女性の逸話、婚礼関係、出産関係、進物品の作法、仕立物、行事の料理、香道、楽器など、多種多様で雑多な記事と挿絵が、頭書に所狭しと載せられている。図26のように、『百人一首』とは全く関わりないものが大半なのだが、頓着せずに文字と絵がぎっしり入れ込まれており、無秩序なパッチワークのようでもあり、頁ごとにざわめいていて賑やかだ。

　この多様さは、近代以降の教科書・参考書や、新聞・雑誌などにも通じるだろう。もちろんこうした刊行物は無作為な散乱ではなく、すべてプロの編集を経ているのだが、たとえば月刊女性誌で、『百人一首』

や『源氏物語』の紹介、季節の着物や茶事、音楽、料理レシピ、著名人のインタビュー、教育関係記事などが次々に繰り広げられる様子と、女子用往来物はどこか似ているようでもあり、何よりも女性達がいる場の空気が漂っている。

『百人一首』と共に生活百科的な記事を満載している女子用往来物を覗くと、『百人一首』を学んでいる江戸の女子達のおしゃべりがどこかから聞こえてくるようで楽しい。

現代までの流れとメディア

以上のような『百人一首』が江戸時代に見せた展開の特徴は、多くが途切れずに近代、現代まで続いていると言えよう。『百人一首』は教育機関における教育テキストであり、一般社会における娯楽・教養の書物であり、さらに美術・音楽・演劇・宝塚歌劇などや、さらに江戸時代になかったメディアであるテレビや映画、アニメでも多数取り上げられている。異種百人一首は今も日本中で製作し続けられているし、かるた競技は極めて隆盛している。新しい注釈書が常に出版され続けるという傾向も江戸時代と同じであり、明治以降も現代も『百人一首』の注釈は、教育書、教養書、研究書として数多く刊行され続けている。また江戸の絵入り本にかわって、現在は『百人一首』の漫画が刊行されており、一九八三年から二〇二〇年までに四十五点が確認されている［山本皓葵、二〇二二］。中でも杉田圭『超訳百人一首　うた恋い。』は、歌と歌を、さらには場面と場面を結びつけて物語を展開させていく方法と手腕が秀逸で[渡部泰明、二〇二二]、エポックメイキングな作品である。

学校教育では、戦前の教科書には『百人一首』自体は教材として採択されてはいなかったが、戦後に本格的に登場し、中学校、特に高等学校の各社国語教科書で『百人一首』の重要度は近年高まっている[平藤幸、二〇二二]。『百人一首』がかるたや音読用教材として小学校三・四年の各社の国語教科書で導入されたことも、『百人一首』の受容、および関連書の刊行に大きな影響を及ぼした。

ところで、江戸時代に『百人一首』は階層やジャンルを超えて広がったが、現在はさらに国境を横断し、世界中に広がっている。『百人一首』の英訳は『源氏物語』英訳よりも前に刊行されており、最初の英訳は江戸時代の慶応元年(一八六五)、ディキンズによるものが生まれ、ディキンズは三度も訳している[吉海直人、二〇一六]。その後『百人一首』の英訳は非常に多くの種類が出版され、それは研究の対象ともなっている。また中国語、ドイツ語、イタリア語、フランス語、ウクライナ語、スウェーデン語、ロシア語、ミャンマー語、チェコ語、ルーマニア語、韓国語、アラビア語、エストニア語、スペイン語など、各言語の翻訳が刊行されている(国際交流基金「日本文学翻訳作品データベース」その他による)。『百人一首』は世界的にも古典和歌・古典文学への入口になっていて、競技かるたも世界に広がっている。定家はもともと入門書的テキストとして編んだとみられるのだが、それにしても、八〇〇年の歳月が流れた後もなお、地球上でこれほど広汎な読者を獲得しているとは、『百人一首』の骨格には、言語や思想を越えた普遍的な魅力があることを感じる。

終章　変貌する『百人一首』――普遍と多様と

蒔絵『百人一首』歌かるた

定家が創った詠歌テキストという骨格

第三章では『百人秀歌』と『百人一首』の差異に注目したが、ここでまた定家の手による編纂という観点に戻って、『百人一首』というアンソロジーの基本的な特質について考え、そもそも『百人一首』とはどういうテキストなのか、改めてその本質的な性格を考えたいと思う。『百人一首』に構造的にみられる基本的な形態・特色の多くは、『百人秀歌』で藤原定家が創ったものである。だから正確に言えば『百人秀歌』で既に創成された特色なのだが、それが骨格として『百人一首』に継承されているし、和歌は九十七首が同じなので、ここでは原則的に『百人一首』として書いていく。

『百人一首』は、もとの勅撰集の部立《ぶだて》で言うと、四季の歌が三十二首、恋歌が最も多くて四十三首、雑歌が二十首あり、羇旅歌四首、離別歌一首である。哀傷歌、賀歌、神祇歌、釈教歌はない。四季・恋・雑は、勅撰集において複数の巻を持つ三つの大きな柱なので、これを中心にしたのであろう。さらにその中を見ると、勅撰集によってその組成に多少の違いはあるが、主要な組成で述べると、春(上・下)・夏・秋(上・下)・冬のそれぞれの巻、恋(一―五)のそれぞれの巻、雑(上・中・下)のそれぞれの巻から、まんべんなく、バランスよく入れていることがわかる。これは一二頁で述べたように、恋の歌の場合では、恋の始まりから逢瀬、心の変化、恋の終焉、過去になった恋までのプロセスをすべて歌によって吸収する、ということである。単に歌人一人につき秀歌一首ずつを個別に入れたということでは、このような組成にはならない。歌人ごとに一首を選ぶが、常に全体の構成を考えながら撰歌したことが明瞭である。

また『百人一首』の歌を見た時に気づくのは、和歌のレトリック(修辞)を含む歌や、歌枕(和歌に詠まれる名所)を詠む歌が数多く選ばれていることである。掛詞は約四分の一の歌で使われている。歌枕はさらに多く、『百人一首』中に三十六ヶ所の歌枕(畿内と東国)が詠まれ、全体が歌枕の地誌のようである。また序詞、枕詞、見立て、擬人法、縁語など、レトリックも数多く網羅している。単純な言い方をすれば、百首の中に和歌のレトリックと歌枕を集約して見せているようだ。こうした点から考えると、これは蓮生周辺の歌人層を意識した、やや初学の歌人向けの啓蒙的・教育的な詠歌テキストであったと見てよいと思う。

『百人一首』は古典の知の集積であり、奈良・平安朝から中世前期までの和歌文化史、和歌表現史、王朝貴族・歌人の生涯と生活誌、人々の和歌生活の手引き書、これらが詰め込まれたような詠歌テキストなのである。

女性歌人たち、無名の歌人たち、入れなかった歌人たちの歌

『百人一首』は一〇〇人の歌人で構成され、そのうち二十一人(『百人秀歌』は二十二人)が女性

歌人である。これは、例えば勅撰和歌集の和歌の男女比などと見比べてみると、ほぼそれに見合った数である。しかし定家の他のアンソロジーのうち、男性貴顕のための詠歌テキスト・秀歌例では、女性歌人の歌の割合は非常に低い。必要がないからだろう。それらと比べると、『百人一首』が女性歌人・女性読者も視野におさめていることが明らかである。定家は『百人秀歌』で、蓮生ら男性歌人のみならず、宮廷上流貴族や北条得宗家と婚姻するような立場にあった蓮生一族の女性たちや、そこに仕える女房たちも視野に入れて撰歌したのではないか。また題詠歌だけではなく、現実の社会生活での贈答歌や挨拶的な詠歌の参考になるように、とも考えていたのではないか。それが撰歌にも反映されていると思う。それが『百人一首』に継承されているからこそ、江戸時代に女性向けのテキストという位置づけも可能となって、厖大な女性読者を獲得し得たと考えられる。

　選んだ歌人という点では、著名な女性歌人だけではなく、マイナーな女房歌人も多く選んだ。そのためには入れたい歌人を断念することもあったであろう。たとえば、在原元方（『定家八代抄』では八首）、平貞文（五首）、源道済（四首）、藤原高光（六首）などを入れずに、右近、儀同三司母、祐子《ゆうし》内親王家紀伊《ないしんのうけのきい》、皇嘉門院別当《こうかもんいんのべっとう》（以上の四人すべて『定家八代抄』で一首のみ）を入れている。『百人秀歌』には定子（『定家八代抄』で一首）を入れている。勅撰集には女性歌人は男性よりも入りにくいし、著名ではない女房歌人なら尚更である。また男性・僧侶では『定家八代抄』に一首のみ入集の歌人として、安倍仲麻呂、喜撰法師、陽成院、文屋朝康、良暹、源兼昌、道因がいる。なお以上の『定家八代抄』一首入集の歌人たちの『百人秀歌』への入集歌は、道因を除いて他はすべて『定家八代抄』の歌と一致している。もともと定家は九十四首を『定家八代抄』から採っており、それに『新勅撰集』の四首を加えているので、『定家八代抄』は絶対的な撰歌源なのだが、一首入集の歌人の歌もほぼそのまま採っている。むしろこれらの一首の歌は鮮烈な印象を残す歌、時代を先取りしているような歌が多く、定家はマイナーな歌人の歌であっても、そこから秀歌を選び出して今に残してくれたのである。定家の眼はゆるぎないものであった。

『百人一首』には「読人知らず」の歌はなく、代わりに、男女ともにこのようなややマイナーな歌人たちを多く入れることで、和歌世界には無名の人々が厖大に存在することを示しているように思われ、和歌そのものへの評価と共に、多様性を確保していると言えよう。

ところで、ここにあげた元方を定家が高く評価していることは、『定家八代抄』に八首採入したことからも知られるが、三六頁でも触れたように、『清正集・興風集』坊門局筆本の定家の識語の中に、「不入興風・元方卅六人、弁知歌道之人所撰歟、」という定家の言葉がある。公任が興風と元方を『三十六人撰』に入れなかったことを厳しく批判しているのだが、定家は『百人秀歌』に興風は入れたものの、元方は入れなかった。それは、次項の①から⑧に示すようなさまざまな足枷とバランスの中で、結局は元方を入れることができなかったのであろう。このことから見ても、『百人秀歌』はすぐれた歌人と秀歌を網羅することだけが目的ではなかったことがよくわかる。

入集がない天皇や貴顕に注目してみれば、醍醐天皇(『定家八代抄』では三首)、村上天皇(五首)、花山院(四首)、道長(三首)、彰子(五首)、兼実(四首)らが採られていない。つまり、天皇家全般や権力者の偏重という面は特に見られない。

入っていないことが気になるのは、新古今時代を代表する女房歌人、俊成卿女(『定家八代抄』では四首)と宮内卿(九首)である。特に俊成卿女は定家の姪にあたり、長く歌壇で活躍し、しかも恋歌の名手である。定家が俊成卿女を入れなかったのはなぜなのだろうか。定家と俊成卿《しゅんぜいきょうの》女《むすめ》との関係は晩年はあまり密ではなかったが、勅撰集への入集数を見ると、先に挙げた右近・紀伊らと俊成卿女とでは、勅撰集撰者たちの評価に歴然とした差がある。あるいは、『百人秀歌』は直接の対象が蓮生周辺の人々であり、やや初学の人のためのセレクションだったという点が影響したのだろうか。本歌取りの歌は全体の約一割だが、俊成卿女や宮内卿の複雑な文脈を成す本歌取りの巧緻な歌をさらに入れるのは、この詠歌テキストにそぐわなかったとも考えられる。

けれども『百人一首』は、きょうも日本と世界のあちこちで読まれたり、かるたで読み上げられている。その中に俊成卿女や宮内卿の歌がないのはやはり残念に感じる。

『百人一首』の撰歌と魅力

これまで述べてきたように、『百人一首』(『百人秀歌』)の構造には、複数の意図が流れている。だから撰歌の際には、定家は多くのことを勘案し調整しながら、一首ずつ入念に撰んでいかねばならなかっただろう。たとえば以下のようなことである。

①古代から王朝時代、中世前期までの約六〇〇年にわたる歌を選んで、和歌の歴史を流れるように語る。

②古《いにしえ》からの和歌のレトリック及び歌枕を詠む歌を数多く入れる。

③九集の勅撰集からあまねく採入して、それぞれの勅撰集に敬意を払う。

④部立の点では春夏秋冬恋雑の歌を入れ、しかもその中の四季や恋の時のうつろいも、時間的に偏ることなく取り込んで、森羅万象や人のこころのすべてを奏でてみせる。

⑤著名歌人だけではなく、さほど知られていない歌人も多めに入れて、彼らを含めて和歌世界が構成されていることを示す。

⑥和歌と歌人を二つの基軸として撰歌し、その中には歌人たちの人生を端的に浮かび上がらせるような歌も入れる。

⑦歌人の男女比は、ほぼ勅撰集に準じた比率になるようにする。
⑧歌風の面で、優美な歌、絢爛たる歌、直情的に心情を詠む歌、寂寞とした歌、伝承的な歌、物語的な歌、繊細幽寂な歌、季節の本意を強く示す歌、鮮明な景を詠む歌、当意即妙の歌、言語遊戯的な歌、流麗な音調の歌、象徴的な歌、不遇述懐の歌、男性による女歌、女性による男歌など、多種多様な歌を幅広く選び入れる。

これだけの多面的な要素を取り込みつつ一〇〇首に収めるのは、並大抵の技ではない。編纂に精通しているアンソロジスト定家ならではの、卓抜な手腕である。

『百人一首』の原形の『百人秀歌』は、定家の和歌観が根幹にありながらも、初学の歌人達を視野に入れた王朝古典の詠歌テキストを作ろうとする意識、一〇〇首の集合体を手の込んだ文芸品に仕上げたいという企み、そして親しい人への贈与品を作る時の微笑みのようなもの、これらが綯い交ぜとなったところから生まれ出たように思う。

さらに、『百人秀歌』も『百人一首』も、ほぼ時代順に配列しながら、それぞれに対照や連鎖を用いて何らかの意図を発信している。配列は違っていても、『百人一首』には定家が選んだ九十七首があるのだから、『百人一首』が定家撰ではなくても、その卓抜な撰歌の反映があることには変わりはない。

変わりはないどころか、『百人一首』が巻末に後鳥羽院・順徳院の歌を加えて世に放ったことで、強いインパクトを与えるものに変貌した。平安王朝の始祖である天智天皇から、平安王朝を経てここまで続いてきた時代が、この二人の上皇が起こした乱によって終焉を迎えたことを和歌によって示すような掉尾である。またこの二人の流謫が全体に響き渡って、悲劇の王たち・貴族たちの悲愁を際立たせる役割を果たしている。しかもさらに『百人一首』は、前述のように配列という方法を巧みに使って、人々の悲劇や葛藤を語り出すような演出を行っている。とりわけ、巻末の二首が最後に置かれなければ、『百人一首』はこれほど巨大な文化的存在とはならなかったと思う。たった二首だが、一種の化学反応を起こして、集全体の抽象度を高めた。

定家が創成した集合体・断片を往還する構造、そして定家個人を超えたところにある普遍性と多様性。これが『百人一首』の魅力を形成しているのではないだろうか。

歴史のなかの変貌、そして普遍

和歌は日本文学史において、古代から近代に至るすべての時代において重んじられた、稀に見る文学形式である。特に『古今集』から『新古今集』の勅撰八代集は王朝文化の精髄であった。さらにそのエッセンスが『百人一首』であり、『百人一首』は古典和歌の始発点とも終着点とも言えるテキストである。

散る桜を愛で、秋の夕暮れに寂寥を感じ、恋の心のうつろいやはかなさに魅惑され、同音異義語の掛詞の韻律に心躍らせるなど、『古今集』以来の古典和歌で培われた美意識は、その少なからぬ部分が現代にまで継承されている。それには『百人一首』の浸透も大きく寄与したに違いない。もともと和歌は短詩として不思議な力をもつが、さらに『百人一首』という形を取って、ほかに比べようのない魔力をもったように思う。一〇〇首という枠はコンパクトなものであり、その点が流布・拡大において強く機能したが、逆に一〇〇は「多くの」「あらゆる」という抽象的な意も有する。『百人一首』は単に一〇〇首の集合というだけではなく、それを超えるものとなって、古典和歌全体の象徴的存在となった。

しかしその『百人一首』受容の始まりは、藤原定家の時代よりも約二〇〇年が経った後のことである。定家の他の著作は、すぐに受容された痕跡があるものが殆どである。また他の代表的な古典、たとえば『古今集』をはじめとする勅撰集は直ちに写されて熟読された。『源氏物語』は執筆と同時並行で話題となり、成立後すぐに広がった。しかし『百人一首』は、前述のように、定家が没してから約一二〇年後に、頓阿という僧の言説の中にちらっと姿をあらわし、更に一〇〇年余り後、連歌師宗祇の手により広く世に出る契機を摑んで流布していった。更にそこから百数十年が経って江戸時代が始まると、速いスピードで階層を越えて広がり、古典中の古典となったのである。

その『百人一首』は、定家の色彩を色濃く残しながらも、定家撰『百人秀歌』からは変貌したものである。『百人一首』編者は、和歌を少し入れ替え、並べ替え、演出を加えた。最後に後鳥羽院・順徳院の二首を加えたことは、単に二首追加したということではなく、演出を含めた編纂の一環であろう。ある歌、ある歌群に急にスポットライトが当てられて舞台の上で変貌し、歴史の中の人々の物語を語り始めるような感覚を誘う。もちろん歌をばらばらにすれば、想像上の鎖は跡形もなく消える。このような物語化は、定家の時代から下って、平安王朝の陰の暗闘も、後鳥羽院・順徳院の悲劇も、はるか遠い昔の記憶となった頃にこそ、可能だったのではないだろうか。これはその人に後から与えられた歴史的イメージによって創られる。このような歴史の興亡の物語化には一定の時間の経過が必要であり、その例はたとえば軍記物語の形成や、敗者像の生成などのように、文学史にしばしば見られる。こうした後世の編集が加わったからこそ、歴史的解釈をふまえた上で、歴史を紡ぐような物語をイメージさせる部分が生まれ、それが『百人一首』に輝きを与え、唯一無二のものとなったのではないだろうか。

そして『百人一首』そのものも、歴史の流れの中で変貌し、幻想に彩られる。そもそもは定家が選んだのは『百人秀歌』であって『百人一首』ではないこと、私的な贈与品であったこと、定家は「小倉山荘」で歌を選んだり色紙を揮毫したりしていないこと、定家当時には色紙は一〇〇枚もなく、歌仙絵もなかったこと。こうした背景の事実は消え去り、『百人一首』は中世後期になってから突然に、正統の古典和歌を表象するテキストとして、定家の権威を纏った姿をあらわした。『百人一首』の和歌テキスト自体は不変であるが、時代ごとに変貌し、多様化し、装いを新たにしていくのである。

『百人一首』の歌は、どの一首をとっても、遠い現代に生きる私達の心に響く。だからこそこれほどの長きにわたり生き続け、普遍性をもっているのだ。『百人一首』の歌自体は不変で、ダイヤモンドのような強度を保ち続けている。『百人一首』の歌を詩人たちが一首ごとに現代詩にしているが(大岡信、宗左近、小池昌代、最果タヒなど)、これもその強度をあらわすものと思われる。

さらに『百人一首』には、定家によって創られた構造の非凡さが加わっている。いわば集合体のモデルとなり、この中に次々に収めてしまう。一〇〇首(一〇〇人)はいつでもすぐに断片に分節できる。一つの断片が、一人の作家の三十一文字にまで削った短編のようでもあり、どこから読んでもよい。ある一首の和歌が宙づりにされ、どこかへ呼び寄せられて変貌することも頻繁におこる。他の芸術やメディアにもすぐに嵌め込めるし、茶化し、もじりなどの笑いの精神ともなじみがよい。断片として記憶されやすく、共有されやすい性格を備えている。このようにして、断片が集になり、集からまた断片になる。そのたびに新たな意味を多様に拓いていく。類い稀なかたちと言えるだろう。

定家が発想した、集と断片を往還する構造の巧みさ、そして定家の意図を超えたところにあるような、普遍性を保ち続ける力と、多様性を招き寄せる力。これが『百人一首』には内包されていて、勅撰集不在の時代に、そして文芸を享受・創作する層が飛躍的に増大する時代が到来した時に、その力が引き出されていったのだろう。さらに、『百人一首』の多様な変貌はそれぞれの時代を映すものである。文化、教育、政治、メディア、階層、ジェンダーなど、社会のさまざまな要素が動いていく歯車のもとで、『百人一首』は時代ごとに姿を変え、絶え間なく受容され消費されて生まれ変わり、語り出し、不思議にいつも新しい。古典とはそうしたものなのだろう。

『百人秀歌』『百人一首』所収和歌一覧

『百人秀歌』本文は『冷泉家時雨亭叢書《れいぜいけしぐれていそうしょ》』第三十七巻『五代簡要　定家歌学』（朝日新聞社、一九九六年）所収『百人秀歌』による。『百人一首』は宮内庁書陵部蔵尭孝《ぎょうこう》筆『百人一首』によるが、歌句を校訂した箇所もあり、最後に注記した。漢字・清濁・仮名遣い・送り仮名などの表記はすべて私意によったが、底本の表記を尊重したところもある。作者名は下に付す。

『百人秀歌』

1 秋の田のかりほの庵の苫をあらみ我が衣手は露に濡れつつ　天智天皇御製
2 春過ぎて夏来にけらし白妙の衣干すてふ天の香具山　持統天皇御製
3 あしびきの山鳥の尾のしだり尾の長々し夜をひとりかも寝ん　柿本人麿
4 田子の浦にうちいでてみれば白妙の富士の高嶺に雪は降りつつ　山辺赤人
5 かささぎの渡せる橋に置く霜の白きを見れば夜ぞ更けにける　中納言家持
6 天の原ふりさけ見れば春日なる三笠の山に出でし月かも　安倍仲丸
7 わたの原八十島かけて漕ぎいでぬと人には告げよ海人の釣舟　参議篁

8 奥山に紅葉ふみ分け鳴く鹿の声きく時ぞ秋は悲しき　猿丸大夫

9 立ち別れいなばの山の峰に生ふるまつとし聞かば今帰りこん　中納言行平

10 ちはやぶる神代も聞かず竜田川唐紅に水くくるとは　在原業平朝臣

11 住の江の岸に寄る波夜さへや夢の通ひ路人目よくらん　藤原敏行朝臣

12 筑波嶺の峰より落つるみなの川恋ぞつもりて淵となりける　陽成院御製

13 花の色はうつりにけりないたづらに我が身世にふるながめせし間に　小野小町

14 我が庵は都のたつみしかぞ住む世をうぢ山と人はいふなり　喜撰法師

15 天つ風雲の通ひ路吹きとぢよをとめの姿しばしとどめん　僧正遍昭

16 これやこの行くもかへるも別れつつ知るも知らぬも逢坂の関　蟬丸

17 陸奥のしのぶもぢずり誰ゆゑに乱れむと思ふ我ならなくに　河原左大臣

18 君がため春の野にいでて若菜つむ我が衣手に雪は降りつつ　光孝天皇御製

19 難波潟短き葦のふしの間も逢はでこの世をすぐしてよとや　伊勢

20 わびぬれば今はた同じ難波なる身をつくしても逢はんとぞ思ふ　元良親王

21 山里は冬ぞ寂しさまさりける人目も草もかれぬと思へば　源宗于朝臣

22 今来んといひしばかりに長月の有明の月を待ちいでつるかな　素性法師

23 このたびは幣もとりあへず手向山紅葉の錦神のまにまに　菅家

24 有明のつれなく見えし別れより暁ばかり憂きものはなし　壬生忠岑

25 心あてに折らばや折らん初霜の置きまどはせる白菊の花　凡河内躬恒
26 久方の光のどけき春の日にしづ心なく花の散るらん　紀友則
27 吹くからに秋の草木のしをるればむべ山風を嵐といふらん　文屋康秀
28 人はいさ心も知らず故郷は花ぞ昔の香ににほひける　紀貫之
29 朝ぼらけ有明の月と見るまでに吉野の里に降れる白雪　坂上是則
30 月見れば千ぢにものこそ悲しけれ我が身一つの秋にはあらねど　大江千里
31 誰をかも知る人にせん高砂の松も昔の友ならなくに　藤原興風
32 山川に風のかけたるしがらみは流れもあへぬ紅葉なりけり　春道列樹
33 夏の夜はまだ宵ながら明けぬるを雲のいづこに月宿るらん　清原深養父
34 小倉山峰の紅葉葉心あらば今一たびのみゆき待たなん　貞信公
35 名にし負はば逢坂山のさねかづら人に知られでくるよしもがな　三条右大臣
36 みかの原わきて流るる泉川いつみきとてか恋しかるらん　中納言兼輔
37 浅茅生の小野のしの原しのぶれどあまりてなどか人の恋しき　参議等
38 白露に風の吹きしく秋の野はつらぬきとめぬ玉ぞ散りける　文屋朝康
39 忘らるる身をば思はず誓ひてし人の命の惜しくもあるかな　右近
40 逢ひみてののちの心にくらぶれば昔はものも思はざりけり　中納言敦忠
41 しのぶれど色に出でにけり我が恋はものや思ふと人の問ふまで　平兼盛

42 恋すてふ我が名はまだき立ちにけり人知れずこそ思ひそめしか　壬生忠見
43 あはれとも言ふべき人は思ほえで身のいたづらになりぬべきかな　謙徳公
44 逢ふことの絶えてしなくはなかなかに人をも身をも恨みざらまし　中納言朝忠
45 契りきなかたみに袖をしぼりつつ末の松山波越さじとは　清原元輔
46 風をいたみ岩打つ波のおのれのみ砕けてものを思ふころかな　源重之
47 由良の門《と》をわたる舟人かぢを絶え行方も知らぬ恋の道かな　曽禰好忠
48 御垣守衛士《みかきもり》のたく火の夜は燃え昼は消えつつものをこそ思へ　大中臣能宣朝臣
49 君がため惜しからざりし命さへ長くもがなと思ひぬるかな　藤原義孝
50 かくとだにえやはいぶきのさしも草さしも知らじな燃ゆる思ひを　藤原実方朝臣
51 明けぬれば暮るるものとは知りながらなほ恨めしき朝ぼらけかな　藤原道信朝臣
52 八重葎茂れる宿の寂しきに人こそ見えね秋は来にけり　恵慶法師
53 夜もすがら契りしことを忘れずは恋ひん涙の色ぞゆかしき　一条院皇后宮
54 心にもあらで憂き世に長らへば恋しかるべき夜半の月かな　三条院御製
55 忘れじの行く末まではかたければ今日を限りの命ともがな　儀同三司母
56 嘆きつつひとり寝る夜の明くる間はいかに久しきものとかは知る　右大将道綱母
57 嵐吹く三室の山の紅葉葉は竜田の川の錦なりけり　能因法師
58 寂しさに宿を立ちいでてながむればいづくも同じ秋の夕暮　良暹法師

59 滝の音は絶えて久しくなりぬれど名こそ流れてなほとまりけれ　大納言公任
60 夜をこめて鳥のそらねにはかるともよに逢坂の関はゆるさじ　清少納言
61 あらざらんこの世のほかの思ひ出に今ひとたびの逢ふこともがな　和泉式部
62 有馬山猪名のささ原風吹けばいでそよ人を忘れやはする　大弐三位
63 やすらはで寝なましものをさ夜更けてかたぶくまでの月を見しかな　赤染衛門
64 めぐり逢ひて見しやそれともわかぬ間に雲隠れにし夜半の月かな　紫式部
65 いにしへの奈良の都の八重桜けふ九重ににほひぬるかな　伊勢大輔
66 大江山いく野の道の遠ければまだふみもみず天の橋立　小式部内侍
67 朝ぼらけ宇治の川霧たえだえにあらはれわたる瀬々の網代木　権中納言定頼
68 今はただ思ひ絶えなんとばかりを人づてならで言ふよしもがな　左京大夫道雅
69 春の夜の夢ばかりなる手枕にかひなく立たむ名こそ惜しけれ　周防内侍
70 夕されば門田の稲葉おとづれて蘆のまろ屋に秋風ぞ吹く　大納言経信
71 もろともにあはれとおもへ山桜花よりほかに知る人もなし　前大僧正行尊
72 高砂の尾上の桜咲きにけり外山の霞立たずもあらなん　前中納言匡房
73 春日野の下萌えわたる草の上につれなく見ゆる春の淡雪　権中納言国信
74 音に聞く高師の浜のあだ波はかけじや袖の濡れもこそすれ　祐子内親王家紀伊
75 恨みわびぬ干さぬ袖だにあるものを恋に朽ちなん名こそ惜しけれ　相模

76 山桜咲きそめしより久方の雲居に見ゆる滝の白糸　源俊頼朝臣
77 瀬をはやみ岩にせかるる滝川のわれて末にもあはんとぞ思ふ　崇徳院御製
78 長からん心も知らず黒髪の乱れて今朝はものをこそ思へ　待賢門院堀河
79 わたの原漕ぎいでてみれば久方の雲居にまがふ沖つ白波　法性寺入道前関白太政大臣
80 秋風にたなびく雲の絶え間より洩りいづる月の影のさやけさ　左京大夫顕輔
81 淡路島通ふ千鳥のなく声に幾夜めざめぬ須磨の関守　源兼昌
82 契り置きしさせもが露を命にてあはれ今年の秋もいぬめり　藤原基俊
83 思ひわびさても命はあるものを憂きに堪へぬは涙なりけり　道因法師
84 長らへばまたこのごろやしのばれん憂しと見し世ぞ今は恋しき　藤原清輔朝臣
85 夜もすがらもの思ふころは明けやらぬ閨のひまさへつれなかりけり　俊恵法師
86 時鳥鳴きつる方をながむればただ有明の月ぞ残れる　後徳大寺左大臣
87 世の中よ道こそなけれ思ひ入る山の奥にも鹿ぞ鳴くなる　皇太后宮大夫俊成
88 嘆けとて月やはものを思はするかこち顔なる我が涙かな　西行法師
89 難波江の蘆のかりねの一よゆゑみをつくしてや恋ひわたるべき　皇嘉門院別当
90 紀の国の由良の岬に拾ふてふたまさかにだに逢ひ見てしかな　権中納言長方
91 見せばやな雄島の海人の袖だにも濡れにぞ濡れし色はかはらず　殷富門院大輔
92 玉の緒よ絶えなば絶えね長らへば忍ぶることの弱りもぞする　式子内親王

93 村雨の露もまだひぬまきの葉に霧立ちのぼる秋の夕暮　寂蓮法師
94 我が袖は潮干に見えぬ沖の石の人こそ知らね乾く間もなし　二条院讃岐
95 きりぎりす鳴くや霜夜のさむしろに衣片敷き一人かも寝ん　後京極摂政前太政大臣
96 おほけなく憂き世の民におほふかな我が立つ杣に墨染めの袖　前大僧正慈円
97 み吉野の山の秋風さ夜更けてふるさと寒く衣打つなり　参議雅経
98 世の中は常にもがもな渚漕ぐ海人のを舟の綱手かなしも　鎌倉右大臣
99 風そよぐならの小川の夕暮は禊ぎぞ夏のしるしなりける　正三位家隆
100 来ぬ人をまつほの浦の夕なぎに焼くや藻塩の身もこがれつつ　権中納言定家
101 花誘ふ嵐の庭の雪ならでふりゆくものは我が身なりけり　入道前太政大臣

＊底本の本文に訂正等の書き入れがある場合は、訂正後の本文を採った。4・27は底本の文字が一部欠損しているため他本により補った。

『百人一首』

1 秋の田のかりほの庵の苫をあらみ我が衣手は露に濡れつつ　天智天皇
2 春過ぎて夏来にけらし白妙の衣干すてふ天の香具山　持統天皇

3 あしびきの山鳥の尾のしだり尾の長々し夜をひとりかも寝ん　柿本人麻呂
4 田子の浦にうちいでてみれば白妙の富士の高嶺に雪は降りつつ　山辺赤人
5 奥山に紅葉ふみ分け鳴く鹿の声きく時ぞ秋は悲しき　猿丸大夫
6 かささぎの渡せる橋に置く霜の白きを見れば夜ぞ更けにける　中納言家持
7 天の原ふりさけ見れば春日なる三笠の山にいでし月かも　安倍仲麻呂
8 我が庵は都のたつみしかぞ住む世をうぢ山と人はいふなり　喜撰法師
9 花の色はうつりにけりないたづらに我が身世にふるながめせし間に　小野小町
10 これやこの行くもかへるも別れては知るも知らぬも逢坂の関　蟬丸
11 わたの原八十島かけて漕ぎいでぬと人には告げよ海人の釣舟　参議篁
12 天つ風雲の通ひ路吹きとぢよをとめの姿しばしとどめむ　僧正遍昭
13 筑波嶺の峰より落つるみなの川恋ぞつもりて淵となりける　陽成院
14 陸奥のしのぶもぢずり誰ゆゑに乱れそめにし我ならなくに　河原左大臣
15 君がため春の野にいでて若菜つむ我が衣手に雪は降りつつ　光孝天皇
16 立ち別れいなばの山の峰に生ふるまつとし聞かば今帰りこん　中納言行平
17 ちはやぶる神代も聞かず竜田川唐紅に水くくるとは　在原業平朝臣
18 住の江の岸に寄る波夜さへや夢の通ひ路人目よくらむ　藤原敏行朝臣
19 難波潟短き葦のふしの間も逢はでこの世をすぐしてよとや　伊勢

20 わびぬれば今はた同じ難波なる身をつくしても逢はむとぞ思ふ　元良親王
21 今来むといひしばかりに長月の有明の月を待ちいでつるかな　素性法師
22 吹くからに秋の草木のしをるればむべ山風を嵐といふらん　文屋康秀
23 月見れば千ぢにものこそ悲しけれ我が身一つの秋にはあらねど　大江千里
24 このたびは幣もとりあへず手向山紅葉の錦神のまにまに　菅家
25 名にし負はば逢坂山のさねかづら人に知られでくるよしもがな　三条右大臣
26 小倉山峰の紅葉葉心あらば今一たびのみゆき待たなん　貞信公
27 みかの原わきて流るる泉川いつみきとてか恋しかるらん　中納言兼輔
28 山里は冬ぞ寂しさまさりける人目も草もかれぬと思へば　源宗于朝臣
29 心あてに折らばや折らん初霜の置きまどはせる白菊の花　凡河内躬恒
30 有明のつれなく見えし別れより暁ばかり憂きものはなし　壬生忠岑
31 朝ぼらけ有明の月と見るまでに吉野の里に降れる白雪　坂上是則
32 山川に風のかけたるしがらみは流れもやらぬ紅葉なりけり　春道列樹
33 久方の光のどけき春の日にしづ心なく花の散るらん　紀友則
34 誰をかも知る人にせん高砂の松も昔の友ならなくに　藤原興風
35 人はいさ心も知らず故郷は花ぞ昔の香ににほひける　紀貫之
36 夏の夜はまだ宵ながら明けぬるを雲のいづくに月宿るらむ　清原深養父

37 白露を風の吹きしく秋の野はつらぬきとめぬ玉ぞ散りける　文屋朝康
38 忘らるる身をば思はず誓ひてし人の命の惜しくもあるかな　右近
39 浅茅生の小野のしの原しのぶれどあまりてなどか人の恋しき　参議等
40 しのぶれど色に出けり我が恋はものや思ふと人の問ふまで　平兼盛
41 恋すてふ我が名はまだき立ちにけり人知れずこそ思ひそめしか　壬生忠見
42 契りきなかたみに袖をしほりつつ末の松山波越さじとは　清原元輔
43 逢ひみてののちの心にくらぶれば昔はものを思はざりけり　権中納言敦忠
44 逢ふことの絶えてしなくはなかなかに人をも身をも恨みざらまし　中納言朝忠
45 あはれとも言ふべき人は思ほえで身のいたづらになりぬべきかな　謙徳公
46 由良の門《と》をわたる舟人かぢを絶え行方も知らぬ恋の道かな　曽禰好忠
47 八重葎茂れる宿の寂しきに人こそ見えね秋は来にけり　恵慶法師
48 風をいたみ岩打つ波のおのれのみ砕けてものを思ふころかな　源重之
49 御垣守《みかきもり》衛士のたく火の夜は燃え昼は消えつつものをこそ思へ　大中臣能宣朝臣
50 君がため惜しからざりし命さへ長くもがなと思ひけるかな　藤原義孝
51 かくとだにえやはいぶきのさしも草さしも知らじな燃ゆる思ひを　藤原実方朝臣
52 明けぬれば暮るるものとは知りながらなほ恨めしき朝ぼらけかな　藤原道信朝臣
53 嘆きつつひとり寝る夜の明くる間はいかに久しきものとかは知る　右大将道綱母

54 忘れじの行く末まではかたければ今日を限りの命ともがな　儀同三司母
55 滝の音は絶えて久しくなりぬれど名こそ流れてなほきこえけれ　大納言公任
56 あらざらんこの世のほかの思ひ出に今ひとたびの逢ふこともがな　和泉式部
57 めぐり逢ひて見しやそれともわかぬ間に雲隠れにし夜半の月かげ　紫式部
58 有馬山猪名のささ原風吹けばいでそよ人を忘れやはする　大弐三位
59 やすらはで寝なましものをさ夜更けてかたぶくまでの月を見しかな　赤染衛門
60 大江山いく野の道の遠ければまだふみもみず天の橋立　小式部内侍
61 いにしへの奈良の都の八重桜けふ九重ににほひぬるかな　伊勢大輔
62 夜をこめて鳥のそらねははかるともよに逢坂の関はゆるさじ　清少納言
63 今はただ思ひ絶えなんとばかりを人づてならで言ふよしもがな　左京大夫道雅
64 朝ぼらけ宇治の川霧たえだえにあらはれわたる瀬々の網代木　権中納言定頼
65 恨みわび干さぬ袖だにあるものを恋に朽ちなん名こそ惜しけれ　相模
66 もろともにあはれとおもへ山桜花よりほかに知る人もなし　大僧正行尊
67 春の夜の夢ばかりなる手枕にかひなく立たん名こそ惜しけれ　周防内侍
68 心にもあらで憂き世に長らへば恋しかるべき夜半の月かな　三条院御製
69 嵐吹く三室の山の紅葉葉は竜田の川の錦なりけり　能因法師
70 寂しさに宿を立ちいでてながむればいづくも同じ秋の夕暮　良暹法師

71 夕されば門田の稲葉おとづれて蘆のまろ屋に秋風ぞ吹く　大納言経信
72 音に聞く高師の浜のあだ波はかけじや袖の濡れもこそすれ　祐子内親王家紀伊
73 高砂の尾上の桜咲きにけり外山の霞立たずもあらなん　権中納言匡房
74 憂かりける人を初瀬の山おろしよはげしかれとは祈らぬものを　源俊頼朝臣
75 契り置きしさせもが露を命にてあはれ今年の秋もいぬめり　藤原基俊
76 わたの原漕ぎいでてみれば久方の雲居にまがふ沖つ白波　法性寺入道関白太政大臣
77 瀬をはやみ岩にせかるる滝川のわれても末にあはんとぞ思ふ　崇徳院御製
78 淡路島通ふ千鳥のなく声に幾夜ねざめぬ須磨の関守　源兼昌
79 秋風にたなびく雲の絶え間より洩れいづる月の影のさやけさ　左京大夫顕輔
80 長からん心も知らず黒髪の乱れて今朝はものをこそ思へ　待賢門院堀河
81 時鳥鳴きつる方をながむればただ有明の月ぞ残れる　後徳大寺左大臣
82 思ひわびさても命はあるものを憂きに堪へぬは涙なりけり　道因法師
83 世の中よ道こそなけれ思ひ入る山の奥にも鹿ぞ鳴くなる　皇太后宮大夫俊成
84 長らへばまたこのごろやしのばれん憂しと見し世ぞ今は恋しき　藤原清輔朝臣
85 夜もすがらもの思ふころは明けやらぬ閨のひまさへつれなかりけり　俊恵法師
86 嘆けとて月やはものを思はするかこち顔なる我が涙かな　西行法師
87 村雨の露もまだひぬまきの葉に霧立ちのぼる秋の夕暮　寂蓮法師

88 難波江の蘆のかりねの一よゆゑみをつくしてや恋ひわたるべき　皇嘉門院別当
89 玉の緒よ絶えなば絶えね長らへば忍ぶることの弱りもぞする　式子内親王
90 見せばやな雄島の海人の袖だにも濡れにぞ濡れし色はかはらず　殷富門院大輔
91 きりぎりす鳴くや霜夜のさむしろに衣片敷き一人かも寝ん　後京極摂政太政大臣
92 我が袖は潮干に見えぬ沖の石の人こそ知らね乾く間もなし　二条院讃岐
93 世の中は常にもがもな渚漕ぐ海人のを舟の綱手かなしも　鎌倉右大臣
94 み吉野の山の秋風さ夜更けてふるさと寒く衣打つなり　参議雅経
95 おほけなく憂き世の民におほふかな我が立つ杣に墨染めの袖　前大僧正慈鎮
96 花誘ふ嵐の庭の雪ならでふりゆくものは我が身なりけり　入道前太政大臣
97 来ぬ人をまつほの浦の夕なぎに焼くや藻塩の身もこがれつつ　権中納言定家
98 風そよぐならの小川の夕暮は禊ぎぞ夏のしるしなりける　従二位家隆
99 人もをし人も恨めしあぢきなく世を思ふゆゑにもの思ふ身は　後鳥羽院御製
100 ももしきや古き軒端のしのぶにもなほあまりある昔なりけり　順徳院御製

＊76 底本第四句「まよふ」。『詞花集』他により「まがふ」に校訂した。
77 底本第二句「くだくる」。『詞花集』他により「せかるる」に校訂した。

主要参考文献

＊本書で用いた参考文献のうち特に主要なものに限り、著者五十音順に掲出した。初出・副題等は省いた場合がある。二つ以上の章に関連するものは初めの章の項にのみ掲げた。

全般

有吉保『百人一首全訳注』(講談社学術文庫、一九八三年)
石田吉貞『藤原定家の研究』(文雅堂書店、改訂版一九六九年)
井上宗雄『百人一首を楽しくよむ』(笠間書院、二〇〇三年)
同　『百人一首――王朝和歌から中世和歌へ』(笠間書院、二〇〇四年)
大坪利絹・上條彰次・島津忠夫・吉海直人編『百人一首研究集成』(和泉書院、二〇〇三年)
小田勝『百人一首で文法談義』(和泉書院、二〇二一年)
久保田淳編『百人一首必携』(『別冊國文學』一七、學燈社、一九八二年)
久保田淳『藤原定家』(集英社、一九八四年)
同　『藤原定家とその時代』(岩波書店、一九九四年)

島津忠夫訳注『新版百人一首』（角川ソフィア文庫、新版初版一九九九年）
白幡洋三郎編『百人一首万華鏡』（思文閣出版、二〇〇五年）
鈴木日出男『百人一首』（ちくま文庫、一九九〇年）
谷知子編『百人一首（全）』（角川ソフィア文庫ビギナーズ・クラシックス、二〇一〇年）
田渕句美子『新古今集　後鳥羽院と定家の時代』（角川選書、二〇一〇年）
同　「『百人一首』の成立をめぐって——宇都宮氏への贈与という視点から」（江田郁夫編『中世宇都宮氏　一族の展開と信仰・文芸』戎光祥中世史論集九、戎光祥出版、二〇二〇年）
同　「小倉色紙と「嵯峨中院障子色紙形」——紙背と成立を中心に」（『かがみ』五〇、大東急記念文庫、二〇二〇年三月）
徳原茂実『百人一首の研究』（和泉書院、二〇一五年）
中川博夫・田渕句美子・渡邉裕美子編『百人一首の現在』（青簡舎、二〇二二年）
長谷川哲夫『百人一首私注』（風間書房、二〇一五年）
樋口芳麻呂『平安・鎌倉時代秀歌撰の研究』（ひたく書房、一九八三年）
同　校注『王朝秀歌選』（岩波文庫、一九八三年）
同　編『百人一首　宮内庁書陵部蔵堯孝筆』（笠間文庫影印シリーズ、二〇〇五年）
目崎徳衛『百人一首の作者たち——王朝文化論への試み』（角川選書、一九八三年）
吉海直人『百人一首の新研究——定家の再解釈論』（和泉書院、二〇〇一年）

同　『だれも知らなかった「百人一首」』(春秋社、二〇〇八年　↓ちくま文庫、二〇一一年)
同　『百人一首の正体』(『百人一首への招待』ちくま新書、一九九八年　↓角川ソフィア文庫、二〇一六年)

第一章

久保木秀夫「『三十六人歌合』書陵部御所本をめぐって」(『国文鶴見』四七、二〇一三年三月)
久保田淳「百人一首――百という数の意味」(前掲『百人一首必携』一九八二年)
近藤みゆき『王朝和歌研究の方法』(笠間書院、二〇一五年)
田仲洋己『中世前期の歌書と歌人』(和泉書院、二〇〇八年)
吉海直人『三十六歌仙』(角川ソフィア文庫ビギナーズ・クラシックス、二〇二一年)
渡部泰明「天皇と和歌――勅撰和歌集の時代」(『天皇と芸能』天皇の歴史10、講談社、二〇一一年)

第二章

浅田徹「近代秀歌と詠歌大概――「歌論書」とは何か」(平安文学論究会編『講座平安文学論究　第十五輯』風間書房、二〇〇一年)
伊井春樹「百人一首の成立」(『季刊墨スペシャル』〇二、一九九〇年一月。前掲『百人一首研究集成』二〇〇三年)

石田吉貞「『百人一首』撰者考」（初出一九七五年。前掲『百人一首研究集成』二〇〇三年）
市村高男「中世宇都宮氏の成立と展開」（『中世宇都宮氏の世界』彩流社、二〇一三年）
奥野陽子『式子内親王』（ミネルヴァ書房、二〇一八年）
上條彰次「『百人一首』試論――百人秀歌と百人一首」（初出一九九〇年。前掲『百人一首研究集成』二〇〇三年）
草野隆『百人一首の謎を解く』（新潮新書、二〇一六年）
五味文彦『明月記の史料学』（青史出版、二〇〇〇年）
齊藤瑠花「『百人秀歌』各歌所収秀歌撰等一覧」（前掲『百人一首の現在』二〇二二年）
佐々木孝浩「後嵯峨院歌壇における後鳥羽院の遺響」（『和歌の伝統と享受』和歌文学論集10、風間書房、一九九六年）
佐藤明浩『院政期和歌文学の基層と周縁』（和泉書院、二〇二〇年）
佐藤恒雄『藤原為家研究』（笠間書院、二〇〇八年）
杉谷寿郎「小倉色紙の紙背」（『学叢』四二、日本大学文理学部、一九八七年三月）
田口暢之「『百人一首』と『百人秀歌』の研究史――撰者説を中心に」（前掲『百人一首の現在』二〇二二年）
田渕句美子『中世初期歌人の研究』（笠間書院、二〇〇一年）
同「『物語二百番歌合』の方法――『源氏物語』の人物呼称を中心に」（『源氏研究』九、二〇〇四

年四月）
同「『物語二百番歌合』の成立と構造」（『国語と国文学』八一－五、二〇〇四年五月）
同『阿仏尼』（人物叢書、吉川弘文館、二〇〇九年）
同「後堀河院時代の王朝文化——天福元年物語絵を中心に」（陣野英則ほか編『平安文学の古注釈と受容』第二集、武蔵野書院、二〇〇九年）
同「後堀河院の文事と芸能——和歌・蹴鞠・絵画」（『明月記研究』一二、二〇一〇年一月）
同「承久の乱後の定家と後鳥羽院 追考」（『明月記研究』一三、二〇一二年一月）
同「『百人秀歌』とは何か」（前掲『百人一首の現在』二〇二二年）
角田文衛『王朝史の軌跡』（学燈社、一九八三年）
中川博夫「『百人秀歌』を読む」（前掲『百人一首の現在』二〇二二年）
名児耶明「定家様と小倉色紙」（『百人一首と秀歌撰』和歌文学論集9、風間書房、一九九四年）
樋口芳麻呂「『百人一首』への道（上）（下）」（初出一九七五年。前掲『百人一首研究集成』二〇〇三年）
村井康彦『藤原定家『明月記』の世界』（岩波新書、二〇二〇年）
渡邉裕美子『最勝四天王院障子和歌全釈』（風間書房、二〇〇七年）
同「『百人一首』と歌仙絵」（前掲『百人一首の現在』二〇二二年）

第三章

家永香織「藤原基俊「契りおきし」の歌をめぐって」（『国語と国文学』九八―八、二〇二一年八月）
井上宗雄「秀歌撰と百人一首」（秋山虔編『平安文学史論考』武蔵野書院、二〇〇九年）
岩佐美代子「「しほる」考」（『和歌文学研究』一〇二、二〇一一年六月。↓『岩佐美代子セレクション2　和歌研究』笠間書院、二〇一五年）
小川剛生「百人一首の「発見」――頓阿から宗祇へ」（就実大学吉備地方文化研究所編『人文知のトポス』和泉書院、二〇一八年）
同「『百人一首』の成立――いつ誰が撰したのか」（前掲『百人一首の現在』二〇二二年）
家郷隆文「『百人一首』における歌順変更」（初出一九九二年。前掲『百人一首研究集成』二〇〇三年）
片桐洋一「『百人一首』の成立」「同（続）」（『礫』二一〇・二二〇、二〇〇四年四月・二〇〇五年二月）
菊地仁「『百人一首』のなかの承久の乱」（初出一九八四年。前掲『百人一首研究集成』二〇〇三年）
北山円正「藤原基俊・忠通の贈答詩歌――光覚の竪義をめぐって」（上）（下）（『神女大国文』三一・三二、二〇二〇年三月・二〇二一年三月）
久保木秀夫「『百人一首』『百人秀歌』の伝本と本文」（前掲『百人一首の現在』二〇二二年）
久保木秀夫・木村孝太「付、『百人一首』要調査伝本一覧抄」（同右）
久保田淳「後鳥羽院の『時代不同歌合』と藤原定家の『百人秀歌』」（『日本學士院紀要』七六―一、二〇二一年一〇月）

河野幸夫「歌枕「末の松山」と海底考古学」(『國文學 解釈と教材の研究』五二―一六、二〇〇七年一二月)
後藤祥子『平安文学の謎解き――物語・日記・和歌』(初出一九九二年。風間書房、二〇一九年)
五島美術館編『定家様』(五島美術館展覧会図録、一九八七年)
佐藤恒雄『続後撰和歌集』(和歌文学大系37、明治書院、二〇一七年)
島津忠夫・上條彰次編『百人一首古注抄』(和泉書院、一九八二年)
鈴木健一・鈴木淳編『百人一首三奥抄・百人一首改観抄』(百人一首注釈書叢刊10、和泉書院、一九九五年)
田仲洋己「『時代不同歌合』と『百人一首』の先後関係について」(『岡大国文論稿』五〇、二〇二二年三月)
田渕句美子「敗者たちの風景――勅撰集を中心に」(『中世文学』四九、二〇〇四年六月)
同「『百人一首』の女房歌人たち」(『ユリイカ』四四―一六、二〇一三年一月)
同『異端の皇女と女房歌人――式子内親王たちの新古今集』(角川選書、二〇一四年)
同「『蜻蛉日記』の「町の小路の女」考」(『むらさき』五一、二〇一四年一二月)
同『女房文学史論――王朝から中世へ』(岩波書店、二〇一九年)
同「和歌のアンソロジー――「男歌」「女歌」、そして歌仙絵の観点から」(『和歌文学研究』一二六、二〇二三年六月)

土屋貴裕「三十六歌仙絵の成立と「時代不同歌合絵」」(『大和文華』一三五、二〇一九年八月)
中川博夫「『百人秀歌』の配列・構成」(前掲『百人一首の現在』二〇二二年)
錦仁「歌枕は実在するか――「末の松山」ほか」(『日本文学』六六－五、二〇一七年五月)
西田正宏「契沖『百人一首改観抄』再考」(『言語文化学研究』日本語日本文学編六、二〇一一年三月)
山田雄司『崇徳院怨霊の研究』(思文閣出版、二〇〇一年)
山本啓介「「末の松山」を波は越えたのか」(『日本文学』六〇－八、二〇一一年八月)
吉海直人「百人秀歌型配列の異本百人一首について」(初出一九九〇年。前掲『百人一首研究集成』二〇〇三年)
同「もう一つの『百人秀歌』――新出冷泉家所蔵為村筆本の「跋文」の翻刻と解題」(『同志社女子大学学術研究年報』七〇、二〇一九年)
吉田幸一編『百人一首古注』(古典文庫、一九七一年)
吉田幸一『百人一首　為家本・尊円親王本考』(笠間書院、一九九九年)
吉野朋美『後鳥羽院とその時代』(笠間書院、二〇一五年)
渡部泰明「見立て――幻視の身振り」(小林幸夫ほか『【うた】をよむ――三十一字の詩学』三省堂、一九九七年)
同「百人一首選歌の謎」(『ユリイカ』四四－一六、二〇一三年一月)

第四章

浅田徹「室町期の和歌注釈を読むための覚書——百人一首注を中心に」（前田雅之編『中世の学芸と古典注釈』中世文学と隣接諸学5、竹林舎、二〇一一年）
有吉保「異種百人一首」（『國文學　解釈と鑑賞』四八—一、一九八三年一月）
石川透『奈良絵本・絵巻の展開』（三弥井書店、二〇〇九年）
同『へびをかぶったお姫さま』（第35回慶應義塾図書館貴重書展示会図録、慶應義塾図書館、二〇二三年）
伊藤嘉夫「百人一首と佐佐木信綱・愛国百人一首前後」（『跡見学園女子大学紀要』四、一九七一年三月）
同「異種百人一首序説」（『跡見学園女子大学紀要』九、一九七六年三月）
※他にも異種百人一首の論考あり
井上宗雄「異種百人一首のいろいろ」（『別冊歴史読本』特別増刊号、一九九二年一月）
同『中世歌壇と歌人伝の研究』（笠間書院、二〇〇七年）
岩井茂樹「恋歌の消滅——百人一首の近代的特徴」（前掲『百人一首万華鏡』二〇〇五年）
江橋崇『ものと人間の文化史189　百人一首』（法政大学出版局、二〇二二年）
小川剛生編『百人一首宗祇抄　姉小路基綱筆』（三弥井書店、二〇一八年）
加藤弓枝「絵入百人一首の出版——女子用往来物を中心に」（前掲『百人一首の現在』二〇二二年）
川上一「百人一首の古注釈——宗祇抄を中心に」（前掲『百人一首の現在』二〇二二年）

神作研一『近世和歌史の研究』(角川学芸出版、二〇一三年)
菊地仁「異種百人一首から小倉百人一首へ」(前掲『百人一首と秀歌撰』一九九四年)
小泉吉永編・吉海直人校訂『女子用往来刊本総目録』(大空社、一九九六年)
小泉吉永「女子用往来と百人一首」(前掲『百人一首万華鏡』二〇〇五年)
近藤清春画作・浅野秀剛解題『どうけ百人一首三部作』(太平書屋、一九八五年)
杉田圭『超訳百人一首　うた恋い。』既刊四巻(メディアファクトリー、二〇一〇年―)
鈴木健一『近世文学史論――古典知の継承と展開』(岩波書店、二〇二三年)
鈴木元「伝授――「百人一首」受容史の一局面」(『國文學　解釈と教材の研究』五二―一六、二〇〇七年一二月)
寺島恒世『百人一首に絵はあったか』(平凡社、二〇一八年)
中山尚夫「狂歌と浮世絵の百人一首――『江戸名所百人一首』」(『國文學　解釈と教材の研究』五二―一六、二〇〇七年一二月)
新美哲彦ほか「『犬百人一首』全注釈(一)」(『呉工業高等専門学校研究報告』六八、二〇〇六年八月)
平藤幸「国語教科書の『百人一首』」(前掲『百人一首の現在』二〇二二年)
堀川貴司「日本中世禅僧による日本漢詩のアンソロジー」(国文学研究資料館、コレージュ・ド・フランス日本学高等研究所編『集と断片　類聚と編纂の日本文化』勉誠出版、二〇一四年)
松澤俊二「つくられる〝愛国〟とその受容――「愛国百人一首」をめぐって」(『超域的日本文化研究』四、

二〇一三年三月）
松村雄二『百人一首　定家とカルタの文学史』（セミナー［原典を読む］6、平凡社、一九九五年）
武藤禎夫『江戸のパロディー　もじり百人一首を読む』（東京堂出版、一九九八年）
森暢『歌仙絵・百人一首絵』（角川書店、一九八一年）
山本晧葵「『百人一首』漫画関係リスト」（前掲『百人一首の現在』二〇二二年）
吉海直人『百人一首年表』（日本書誌学大系75、青裳堂書店、一九九七年）
同　『百人一首注釈書目略解題』（百人一首注釈書叢刊1、和泉書院、一九九九年）
同　「女大学と百人一首」（石川松太郎監修『女大学資料集成』別巻、大空社、二〇〇六年）
同　「「かるた」に化けた『百人一首』」（前掲『百人一首の現在』二〇二二年）
渡部泰明「『超訳百人一首　うた恋い。』について」（前掲『百人一首の現在』二〇二二年）

図版出典一覧

【章扉】

序　章　徳川美術館蔵。©徳川美術館イメージアーカイブ/DNPartcom
第一章　佐々木孝浩氏蔵
第二章　冷泉家時雨亭文庫蔵。『京の雅・和歌のこころ　冷泉家の至宝展』(NHK・NHKプロモーション、一九九七年)
第三章　東洋文庫蔵。別冊太陽愛蔵版『百人一首』(平凡社、一九七四年)
第四章　個人蔵。別冊太陽愛蔵版『百人一首』(平凡社、一九七四年)
終　章　滴翠美術館蔵。別冊太陽日本のこころ213『百人一首への招待』(平凡社、二〇一三年)

図1　国文学研究資料館蔵。国書データベース
図2　国文学研究資料館蔵碧洋臼田甚五郎文庫。国書データベース
図3　国文学研究資料館蔵。国書データベース
図4　宮内庁書陵部蔵。国書データベース

図5　大東急記念文庫蔵。大東急記念文庫善本叢刊『中古中世篇　第七巻　和歌Ⅳ』（汲古書院、二〇〇五年）
図6　三の丸尚蔵館蔵。『鎌倉期の宸筆と名筆――皇室の文庫から』（宮内庁書陵部・宮内庁三の丸尚蔵館、二〇一二年）
図7　冷泉家時雨亭文庫蔵。冷泉家時雨亭叢書37『五代簡要　定家歌学』（朝日新聞社、一九九六年）
図8　東京大学史料編纂所蔵。史料編纂所所蔵肖像画模本データベース
図9　知恩院蔵。続日本絵巻大成3『法然上人絵伝　下』（中央公論社、一九八一年）
図10　三の丸尚蔵館蔵。『鎌倉期の宸筆と名筆――皇室の文庫から』（宮内庁書陵部・宮内庁三の丸尚蔵館、二〇一二年）
図11　三の丸尚蔵館蔵。続日本絵巻大成14『春日権現験記絵　上』（中央公論社、一九八二年）
図12　『集古十種　第二』（縮刷、国書刊行会、一九〇八年）
図13　同右
図14　著者撮影
図15　有吉保編『影印本　百人一首大成』（新典社、一九九四年）
図16　国文学研究資料館蔵。国書データベース
図17　浅野家蔵。日本絵巻大成10『葉月物語絵巻　枕草子絵詞　隆房卿艶詞絵巻』（中央公論社、一九七八年）

図18　三の丸尚蔵館蔵。『鎌倉期の宸筆と名筆――皇室の文庫から』（宮内庁書陵部・宮内庁三の丸尚蔵館、二〇一二年）
図19　著者蔵
図20　東京国立博物館蔵。『歌仙絵』（東京国立博物館、二〇一六年）
図21　国文学研究資料館蔵。国書データベース
図22　宮内庁書陵部蔵。樋口芳麻呂編『百人一首　宮内庁書陵部蔵堯孝筆』（笠間文庫影印シリーズ、二〇〇五年）
図23　『江戸名所百人一首』（複製本、米山堂、一九一八年）
図24　東京国立博物館蔵。Image: TNM Image Archives
図25　個人蔵。『へびをかぶったお姫さま――奈良絵本・絵巻の中の異類・異形』（慶應義塾図書館、二〇二三年）
図26　著者蔵

あとがき

『百人一首』はなぜ、今も、読み継がれているのか。その一つの答えを、編集者と共に悩み抜いて決めた「編纂がひらく小宇宙」という副題に込めた。

『百人一首』にはどれほどの編纂(編集)が施されているのか、編纂にはそのような力があるのか、と思われるかもしれない。『百人一首』というと歌かるたのイメージが強く、和歌それぞれが広く知られているだけに、疑問はもっともだ。もちろん、一首一首の歌が力を持っている。しかし、各歌人の秀歌を一つにまとめただけでは、そこから八〇〇年も残る名作にならない。映画や音楽と同じように、編纂というものの力は思いのほか大きく、読者の意識と無意識に強くはたらきかける。全体を構想し、そのためにどの歌を撰び、どう編み上げるか。そうした編纂こそが、『百人一首』という作品にこれほどの輝きと強度を与えたように思う。

最初に藤原定家が『百人秀歌』というアンソロジーを作った。そこで発案されたかたちと撰歌は、定家ならではの卓抜なものだった。そこでは撰歌と編纂によって、あたかも歌で森羅万象・人間世界の小宇宙を包含しているかのように仕組まれている。その『百人秀歌』をもとにして『百人一首』ができた。定家によって創成された『百人秀歌』の骨格をそのまま活かした上、さらに作品を魅力的にする編纂が加えられて、強度が増したのである。

そして江戸時代以降は爆発的に広がり、人々の心を惹きつけ、『百人一首』という書物から飛び立って、あらゆる文化とアートの世界に吸収されていった。現代に至るまで、『百人一首』は変貌し、さまざまな創作・編纂がさらに施されて、無数の小宇宙を形成している。定家はそれほど意識していなかったかもしれないが、一人一首で計一〇〇首というシンプルなかたちは、文化史を刷新するものだった。まさしく編纂によって、新たな文化のあり方をひらいたのである。『百人一首』(『百人秀歌』)に宿るもともとの強靱な編纂力と、その後のさまざまな編纂がつくった作品たちからは、編纂の魔術ともいうべきものをうかがい知ることができる。編纂とは創造的営為にほかならない。

『百人一首』の撰者については、一般には藤原定家であるとされることが多い。しかし実は研究の世界では長きにわたって確固たる像を結ぶことなく、さまざまな推測や刺激的な仮説が広がり、迷路のようになっていた。だから本や雑誌などで、「『百人一首』の謎」のような言い方が数多くなされている。「謎」だからこそ読者を惹きつけている面もあるだろう。

しかしやはり私は研究者の一人として、これほど著名な作品の成立・撰者の問題を、「謎」のままに放置してはいけないのではないかと思った。これまで私がやってきたさまざまな研究と関わる上、『百人一首』の成立論については昔からどこかおかしいと感じていたこともあって、改めて取り組み始めた。

心したのは、一つ一つの文献資料に対して虚心に向き合い、定家自身の意識や同時代的事実のピースを伝える資料と、後世のイメージや物語化をあらわす資料とを分けることだ。細い糸をたぐり、根拠があることをもとに、これだけは言えるということを積み重ねて、複雑に絡み合っていた糸がようやくほどけてくるのを感じた。それは『百人一首』が物語化される以前へ、ゆっくりと遡っていく道程であったような気がする。

私達は限られた痕跡を限られた「今」の価値観で見ており、常に制約の中で眺めているに過ぎず、後世からの見方・解析であるから、すべてがわかるわけではない。けれど、少なくともここまでは確実にわかる、ということを示そうと思い、二〇二〇〜二二年にかけて三本の学術論文を発表した。本書の第二章と第三章の一部はそれに基づいたものであり、ほかの章はこれまで考えてきたことや、新たに『百人一首』について考えたことをもとにして書き下ろしたものである。

『百人一首』が定家撰ではないという説、あるいは後人の手が多少なりとも加わっているという見方は、江戸時代から一部であるにせよ存在していた。しかしこれほど定家撰者説が浸透している現在、『百人秀歌』は定家撰だが『百人一首』は定家編ではない、と言い切ることは、これまで混迷が続いていただけに、なかなか勇気が要ることでもあった。それでも三本の論文でそのように結論できたのは、定家の日記『明月記』をはじめとする諸資料が事実のピースを伝えてくれるからである。『明月記』は難解であり、そこに書かれた事実を、ましてや定家の思念を、正確に読み取るのは容易ではない。また『明月記』のある一節だけを切り出してしまうと、誤読することにもなってしまう。その時の道案内となったのは、四半世紀にわたり『明月記』を読み続けた明月記研究会(代表五味文彦氏)で少しずつ学んだ事柄であり、迷路に入りそうな時に助けてくれた。研究会に深く感謝している。

『百人一首』については周知の通り、厖大な研究の集積がある。先学の研究にはできる限り眼を通し、そこから多くを学び、学恩に感謝するばかりだが、この小さな本の中ではすべてを個別に引用することはむずかしく、巻末の「主要参考文献」も限定的なものにせざるを得なかった。このような点はどうかご寛恕いただきたいと思う。遠慮無く先学の批判をしている箇所もあるが、学説は先学から今に手渡されてきたものであり、それを次世代へ引き継いでいくのが研究なので、お許しいただきたい。もちろんこの小著も相対化されていくだろう。

本書を執筆するにあたり、『百人一首の現在』(二〇二二年刊)が大きな拠り所であった。これは『百人一首』を対象とする最新の論集であり、私も後から編者の一人となったが、執筆者たちは一度も一堂に会したことはなく打ち合わせ等もなかったのに、紙上で熱い議論を戦わせている共同研究会のような趣の研究書となった。先学による従来の研究に加えて、この本からも『百人一首』の展開について、さまざまな視点で考えていく基盤と知見を得た。執筆者全員に敬意を捧げ、特に共編者の中川博夫氏と渡邉裕美子氏に深く感謝したい。また、図版のためにご架蔵本を撮影して下さった佐々木孝浩氏に厚く御礼申し上げる。

また多忙な中で原稿を読んであれこれ批評してくれた娘にも、感謝を記しておきたいと思う。「これはほんとにミステリのようなものだね」という感想が耳に残っている。そうなのだ。岩波書店の『図書』(二〇二二年九月)に書いた「『百人一首』をゼロ時間へ――藤原定家が撰者ではないこと」は本書の骨子の一部だが、このタイトルはアガサ・クリスティの『ゼロ時間へ』をふまえたものである。なお、この文章は、外務省委託の日本の外交専門ウェブ誌であるDiscuss Japanの74号(二〇二二年一二月)に英訳が掲載されている。文献的証拠の確実性を一つ一つ見極め、すべての証拠が指し示す道筋を辿り、作者・編者や成立圏を明らかにするような研究は、歴史学もそうだと思うが、緻密なミステリの謎解きにも似ている。

けれどもミステリの場合は本の最後に書いてある結末が動くことはないし、その結末は先に決められていて、読者を驚かせ盛り上げるために創作されたものである。研究はドラマティックに創作されることはなく、結論ありきということもなく、ただ淡々と、当時どうであったかを論証していく地味な営みである。それに研究の場合は、『百人秀歌』が突然発見されたように、もしも新たな資料が発見されたりすれば、結論も動くかもしれない。また一〇〇首の和歌の解釈も固定しておらず、新たな知見によって変わっていく可能性もある。これが古典文学研究のスリリングなところでもある。本書で、『百人一首』自体の魅力とともに、それを研究することの面白さがお伝えできているならば幸せである。

本書のほとんどは、二〇二三年の初夏から五ヶ月ほどかけて集中的に執筆したものである。過ぎ去った夏の日々、あの酷暑と苦しさは、たぶん記憶から消えないだろう。そうして書き上げたこのささやかな本が、『百人一首』の理解や普及に役立つことがあるならば、この上なく嬉しいことである。

編集部の吉田裕氏は企画から完成までずっと併走してくださり、その励ましや的を射たコメントによって書き続けることができた。それがなければこの本はできなかったと感じている。深く感謝したい。

二〇二三年師走

田渕句美子

田渕句美子

1957年生まれ．お茶の水女子大学大学院人間文化研究科博士課程退学．日本中世文学・和歌文学・女房文学専攻．
現在－早稲田大学 教育・総合科学学術院教授
著書－『阿仏尼』(人物叢書，吉川弘文館，2009年)，『新古今集 後鳥羽院と定家の時代』(角川選書，2010年)，『異端の皇女と女房歌人――式子内親王たちの新古今集』(角川選書，2014年)，『民部卿典侍集・土御門院女房全釈』(共著，風間書房，2016年)，『女房文学史論――王朝から中世へ』(岩波書店，2019年)，『和歌史の中世から近世へ』(共編著，花鳥社，2020年)，『窪田空穂 「評釈」の可能性』(近代「国文学」の肖像4，岩波書店，2021年)，『百人一首の現在』(共編著，青簡舎，2022年)，『阿仏の文〈乳母の文・庭の訓〉注釈』(共著，青簡舎，2023年)ほか多数．

百人一首 ―編纂がひらく小宇宙　　岩波新書(新赤版)2006

2024年1月19日　第1刷発行
2024年5月24日　第3刷発行

著　者　田渕句美子《たぶちくみこ》

発行者　坂本政謙

発行所　株式会社 岩波書店
〒101-8002 東京都千代田区一ツ橋2-5-5
案内 03-5210-4000　営業部 03-5210-4111
https://www.iwanami.co.jp/

新書編集部 03-5210-4054
https://www.iwanami.co.jp/sin/

印刷製本・法令印刷　カバー・半七印刷

ISBN 978-4-00-432006-7　　Printed in Japan

岩波新書新赤版一〇〇〇点に際して

ひとつの時代が終わったと言われて久しい。だが、その先にいかなる時代を展望するのか、私たちはその輪郭すら描きえていない。二〇世紀から持ち越した課題の多くは、未だ解決の緒を見つけることのできないままであり、二一世紀が新たに招きよせた問題も少なくない。グローバル資本主義の浸透、憎悪の連鎖、暴力の応酬――世界は混沌として深い不安の只中にある。

現代社会においては変化が常態となり、速さと新しさに絶対的な価値が与えられた。消費社会の深化と情報技術の革命は、種々の境界を無くし、人々の生活やコミュニケーションの様式を根底から変容させてきた。ライフスタイルは多様化し、一面では個人の生き方をそれぞれが選びとる時代が始まっている。同時に、新たな格差が生まれ、様々な次元での亀裂や分断が深まっている。社会や歴史に対する意識が揺らぎ、普遍的な理念に対する根本的な懐疑や、現実を変えることへの無力感がひそかに根を張りつつある。そして生きることに誰もが困難を覚える時代が到来している。

しかし、日常生活のそれぞれの場で、自由と民主主義を獲得し実践することを通じて、私たち自身がそうした閉塞を乗り超え、希望の時代の幕開けを告げてゆくことは不可能ではあるまい。そのために、いま求められていること――それは、個と個の間で開かれた対話を積み重ねながら、人間らしく生きることの条件について一人ひとりが粘り強く思考することではないか。その営みの糧となるものが、教養に外ならないと私たちは考える。歴史とは何か、よく生きるとはいかなることか、世界そして人間はどこへ向かうべきなのか――こうした根源的な問いとの格闘が、文化と知の厚みを作り出し、個人と社会を支える基盤としての教養となった。まさにそのような教養への道案内こそ、岩波新書が創刊以来、追求してきたことである。

岩波新書は、日中戦争下の一九三八年一一月に赤版として創刊された。創刊の辞は、道義の精神に則らない日本の行動を憂慮し、批判的精神と良心的行動の欠如を戒めつつ、現代人の現代的教養を刊行の目的とする、と謳っている。以後、青版、黄版、新赤版と装いを改めながら、合計二五〇〇点余りを世に問うてきた。そして、いままた新赤版が一〇〇〇点を迎えたのを機に、人間の理性と良心への信頼を再確認し、それに裏打ちされた文化を培っていく決意を込めて、新しい装丁のもとに再出発したいと思う。一冊一冊から吹き出す新風が一人でも多くの読者の許に届くこと、そして希望ある時代への想像力を豊かにかき立てることを切に願う。

（二〇〇六年四月）

文学

川端康成 孤独を駆ける	十重田裕一
いちにち、古典 〈とき〉をめぐる日本文学誌	田中貴子
芭蕉のあそび	深沢眞二
森鷗外 学芸の散歩者	中島国彦
万葉集に出会う	大谷雅夫
大岡信 架橋する詩人	大井浩一
源氏物語を読む	高木和子
『失われた時を求めて』への招待	吉川一義
三島由紀夫 悲劇への欲動	佐藤秀明
有島武郎	荒木優太
ジョージ・オーウェル	川端康雄
大岡信『折々のうた』選 詩と歌謡	蜂飼耳編
大岡信『折々のうた』選 短歌㈠・㈡	水原紫苑編
大岡信『折々のうた』選 俳句㈠・㈡	長谷川櫂編
日曜俳句入門	吉竹純
短篇小説講義〔増補版〕	筒井康隆
日本の同時代小説	斎藤美奈子
武蔵野をよむ	赤坂憲雄
中原中也 沈黙の音楽	佐々木幹郎
戦争をよむ 70冊の小説案内	中川成美
夏目漱石と西田幾多郎	小林敏明
『レ・ミゼラブル』の世界	西永良成
北原白秋 言葉の魔術師	今野真二
漱石のこころ	赤木昭夫
夏目漱石	十川信介
村上春樹は、むずかしい◆	加藤典洋
「私」をつくる 近代小説の試み	安藤宏
現代秀歌	永田和宏
言葉と歩く日記	多和田葉子
近代秀歌	永田和宏
杜甫	川合康三
古典力	齋藤孝
和本のすすめ	中野三敏
老いの歌	小高賢
魯迅◆	藤井省三
ラテンアメリカ十大小説	木村榮一
正岡子規 言葉と生きる	坪内稔典
白楽天	川合康三
ぼくらの言葉塾	ねじめ正一
季語の誕生	宮坂静生
和歌とは何か	渡部泰明
小林多喜二	ノーマ・フィールド
いくさ物語の世界	日下力
漱石 母に愛されなかった子	三浦雅士
アラビアンナイト	西尾哲夫
小説の読み書き	佐藤正午
季語集◆	坪内稔典
学力を育てる	志水宏吉
森鷗外 文化の翻訳者	長島要一
英語でよむ万葉集◆	リービ英雄
源氏物語の世界	日向一雅

岩波新書より

花のある暮らし　栗田　勇
読書力　齋藤　孝
一億三千万人のための小説教室　高橋源一郎
一葉の四季　森　まゆみ
西遊記　中野美代子
中国文章家列伝　井波律子
太宰治　細谷　博
ジェイムズ・ジョイスの謎を解く　柳瀬尚紀
三国志演義　井波律子
短歌をよむ　俵　万智
新しい文学のために　大江健三郎
歌い来しかた わが短歌戦後史　近藤芳美
万葉群像　北山茂夫
新折々のうた 1～9◆　大岡　信
続 折々のうた　大岡　信
詩への架橋　大岡　信
アメリカ感情旅行　安岡章太郎
読書論　小泉信三

黄表紙・洒落本の世界　水野　稔
詩の中にめざめる日本　真壁　仁編
日本の現代小説　中村光夫
日本の近代小説　中村光夫
平家物語◆　石母田正
源氏物語　秋山　虔
古事記の世界◆　西郷信綱
日本文学の古典〔第二版〕◆　西郷信綱・永積安明・広末　保
李白　A・ウェイリー　小川環樹・栗山稔訳
新唐詩選　吉川幸次郎・三好達治
中国文学講話　倉石武四郎
ギリシア神話◆　高津春繁
文学入門　桑原武夫
万葉秀歌 上・下　斎藤茂吉

岩波新書/最新刊から

2008
同性婚と司法
千葉勝美 著

元最高裁判事の著者が同性婚を認めない法律の違憲性を論じる。日本は同性婚を実現できるか。個人の尊厳の意味を問う注目の一冊。

2009
ジェンダー史10講
姫岡とし子 著

女性史・ジェンダー史は歴史の見方をいかに刷新してきたか――史学史と家族・労働・戦争などのテーマから総合的に論じる入門書。

2010
〈一人前〉と戦後社会
―対等を求めて―
禹宗杬
沼尻晃伸 著

弱い者が〈一人前〉として、他者と対等にふるまうことで社会を動かしてきた。私たちの原動力を取り戻す方法を歴史のなかに探る。

2011
魔女狩りのヨーロッパ史
池上俊一 著

ヨーロッパ文明が光を放ち始めた一五〜一八世紀、魔女狩りという闇が口を開いたのはなぜか。進展著しい研究をふまえ本質に迫る。

2012
ピアノトリオ
―モダンジャズへの入り口―
マイク・モラスキー 著

日本のジャズ界でも人気のピアノトリオ。エヴァンスなどの名盤を取り上げながら、その歴史を紐解き、具体的な魅力、聴き方を語る。

2013
スタートアップとは何か
―経済活性化への処方箋―
加藤雅俊 著

経済活性化への期待を担うスタートアップ。アカデミックな知見に基づきその実態を見定め、「挑戦者」への適切な支援を考える。

2014
罪を犯した人々を支える
―刑事司法と福祉のはざまで―
藤原正範 著

「凶悪な犯罪者」からはほど遠い、社会復帰のために支援を必要とするリアルな姿。司法と福祉の溝を社会はどう乗り越えるのか。

2015
日本語と漢字
―正書法がないことばの歴史―
今野真二 著

漢字は単なる文字であることを超えて、日本語に影響を与えつづけてきた。さまざまなかたちから探る、「変わらないもの」の歴史。

(2024.5)